报刊史料与当代文学史研究

武新军 著

"报刊史料与20世纪中国文学史"丛书

关爱和 主编

国家出版基金项目
NATIONAL PUBLICATION FOUNDATION

中国大百科全书出版社

图书在版编目（CIP）数据

报刊史料与当代文学史研究 / 武新军著. —北京：
中国大百科全书出版社，2023.11
（报刊史料与20世纪中国文学史 / 关爱和主编）
ISBN 978-7-5202-1401-8

Ⅰ.①报… Ⅱ.①武… Ⅲ.①中国文学—当代文学—
文学史研究 Ⅳ.① I209.7

中国国家版本馆 CIP 数据核字（2023）第 149034 号

出 版 人	刘祚臣
策 划 人	曾　辉
责任编辑	易希瑶　曾　辉
责任印制	魏　婷
封面设计	黄　琛
出版发行	中国大百科全书出版社
社　　址	北京阜成门北大街 17 号
邮政编码	100037
电　　话	010-88390969
网　　址	http://www.ecph.com.cn
印　　刷	明玺印务（廊坊）有限公司
开　　本	710 毫米 ×1000 毫米　　1/16
印　　张	16.5
字　　数	212 千字
印　　次	2023 年 11 月第 1 版　2023 年 11 月第 1 次印刷
书　　号	ISBN 978-7-5202-1401-8
定　　价	78.00 元

总　序

关爱和

　　晚清以降，随着新的媒介技术和传播载体的传入，报刊一跃成为变法维新、思想启蒙、知识传播的经国利器，报馆与学堂、学会、社团、沙龙等共同构成中国社会的公共舆论空间，这一新的媒介环境彻底改变了中国传统文学生产、传播与接受的生态体系，一个以报刊为中心的文学时代悄然登场。梁启超在《中国历史研究法》（1921 年）中指出："史料为史之组织细胞，史料不具或不确，则无复史之可言。"文献史料是历史研究的前提和根据，而以报刊为史料，可以说是近现代文学研究和 20 世纪中国文学史研究的重要特质。

　　报刊作为西学东渐的舶来品，本质上是一种信息交流媒介和意见表达系统，在近代中国传统社会秩序崩解与转型中扮演了极为重要的角色。文学史的研究和书写是叙述和重构过往文学实践的过程。20 世纪文学史研究必须关注报刊、出版等一系列新的媒介变量，时代的因缘际会，使报刊成为文本的载体和传播方式，也是文本生成的重要场域，从而建构起文学嬗变的第一现场。因此，以报刊为切入点，将报刊、出版等媒介活动与文学实践结合起来，才能使文学创作、出版、传播、阅读与接受形成一个完整的文学实践活动的闭环。需要强调一点，报刊史料不是僵化的材料，而是问题和灵感的源泉，更重要的是一种研究方法和关注视角。梁启超认为近代史学进步有两大特征，其一是"客观的资料之整理"，其二即为"主观的观念之革新"。报刊背后隐藏着深刻的媒介和技术逻辑，在研究中应坚持入手于报刊，立足于文学的价值立场，保持开放的学术眼光，回应新形势、新变化，保持与历史、文化、媒介、传播等其他人文学科对话的开放姿态，建立报刊与文学共生共兴的话语体系。

数字信息时代，各种数据库、检索工具为我们搜集、整理和利用报刊史料提供了极大便利。如今，足不出户便可指点江山，在研究中不能过分依赖检索工具，丧失自己的判断，否则只能失之浅薄，要在博洽赅通的基础上自出手眼，别有新见。也要避免先入为主的功利主义，横摘竖取，为我所用，应学习古人博学积久，待征乃决的治学精神，做到考论精严，论从史出，这也是文学知识体系创新与完善的应有之义。

河南大学文学院现当代文学研究素来有重视史料、覃思精研的优良传统，丛书的三位中青年作者在当代文学的跨媒介传播、晚清旅行文学与近代诗界革命等领域各有所长，展示了各自研究领域的新创获。中国大百科全书出版社重视出版物的学术品格，与河南大学文学院联袂打造"报刊史料与 20 世纪中国文学史"这一出版品牌，并持续锤炼，为有志于此的学者提供融通开放的交流和展示平台，这是一件惠及学林的好事，相信以后会有更多的优秀成果不断涌现。

2023 年 7 月 15 日

目　录

绪　论
文学报刊史研究需要整体性的视野

　　文学报刊史研究需要建立"整体史"和"跨学科"的视野，需要以文学报刊为中心，搞清不同时期、不同传播媒介之间相互竞争与合作的关系及其历史变化过程，需要把文学报刊放在由口语文化、印刷文化、电子文化所构成的结构性框架中去考量，把外部研究和内部研究很好地结合起来，沟通社会学、传媒学和文体学研究。在整体性的视野中，才能形成史料基础扎实可靠、历史脉络清晰、富有理论阐释力的文学报刊发展史。

一

　　过去十几年我主要是研究当代文学报刊，从文学报刊角度做了一些史料整理与文学史的研究工作，先是进行《文艺报》研究，接着是对地方文学期刊进行研究，后来对文学报刊与当代文学史的关系进行整体性的研究，最近转向当代文学跨媒介传播史研究。为了适应新的研究对象，与同学们一起阅读了一些理论著作，如哈罗德·伊尼斯《帝国与传播》，尼尔·波兹曼《技术垄断》，约书亚·梅罗维茨《消失的地域：电子媒介对社会行为的影响》，沃尔特·翁《口语文化与书面文化》等。总体感觉，这些研究成果视野开阔，没有局限于某一学科，"整体性""跨学科"研究的特征非常明显，所得出的结论也富有历史洞见。而在研读国内的相关成果时，还很少见到这种在"整体性""跨学科"研究基础上所得出的洞见性结论。

任何事物的发展，都不可能是孤立的，而是在与外部事物相互作用的"结构性"变化中发展变化的。中国报刊发展的历史过程也是如此，它一直受制于民族、国家以及区域的发展状况，受制于政治、经济、文化环境，受制于邮政、交通、城市等外部环境，受制于电报、电话、广播、戏剧、影视、网络等传播媒介的变革。因此在我看来，只有在跨学科视野中进行的"整体性"研究，才能称得上是"新报刊史"的研究。"新报刊史"的研究需要把报刊作为"整体传媒结构"的一个组成部分进行研究，搞清楚不同传播媒介相互关系的变迁史，搞清楚不同传播主体、接受主体的代际差异及其相互关系的变迁史，搞清楚各个传播环节（生产、传播、接受）关系的变迁史，才能完整、准确、深入地呈现出新的"中国报刊发展史"。

中国报刊史的研究，必须建立"整体史"和"跨学科"的视野，必须找到有效的历史阐释方法，才能有实质性的突破和提高。缺乏整体视野的报刊史研究，必然会存在现象叙述支离破碎，历史线索模糊不清，历史发展的矛盾、动力、方向与规律揭示不足，缺乏应有的深度等缺陷。由于研究思路存在封闭性，缺乏横向贯通的整合力，未能很好地沟通报刊研究与外部研究的关系，因此中国报刊史研究缺乏纵向贯通的历史感，未能充分揭示出文学报刊在政治、经济、文化变革以及传媒结构变革等形成的"整体结构"中向前发展的原因与过程。

视野狭小，恪守专业的边界，难免会出现"坐井观天""盲人摸象""横看成岭侧成峰"等现象。而在跨学科、跨媒介的视野中研究报刊史，则可以在整体性联系中获得更多的新发现，对某些重要的问题做出更有说服力的解释。比如 20 世纪 80 年代中国的文学热，并非文学报刊单方面努力的结果，而是多种传播媒介联动的结果，好的作品在报刊上发表后，立即会被改编为连环画、广播剧、戏剧、电影，从而激发作家创作的热情，把文学读者、连环画读者、戏迷、影迷等不同类型的接受者广泛链接起来，形成波及全社会的轰动效应。而 20 世纪 80 年代中后期文学逐渐失去轰动效应，则是因为各种传播形式联袂互动的格局逐渐崩溃，先是话剧、地方戏陷入生存危机，很少再改编当代文学作品，接着是连环画改编迅速萎缩，再接下来是文学广播剧热的降温。没有多种改编的刺激，作家创作热情降低，可资借鉴的写作资源减少，多种传播方式共同凝聚接受者的力量消失。文学失去轰动效应也就不难理解了。

二

除了横向贯通能力的不足，某些文学报刊史研究成果，还缺乏纵向贯通的"历史感"，对不同时期各媒介之间的相互关系，不同时期不同媒介在城市、乡村、民族地区的实际状况，还缺乏严格的历史性梳理和准确的历史定位。邮政、电报、电话、email、电子邮件、QQ、微信等，在不同时期的报刊组稿中都曾发挥过重要的作用；马车、自行车、汽车、火车、飞机等交通工具，在不同时期的报刊发行中，也都曾发挥过重要的作用。而关于报刊与交通、邮政之间的关系，我们尚未见到更多历史性的研究成果，尚未在历史性研究的格局中，准确定位不同时期的报刊与周边环境的关系。

最近看了许多当代文学作品改编的连环画，发现许多很有意思的细节，有助于我们理解 20 世纪 40 年代各种传播媒介的状况及其相互关系。当时的交通和信息技术还是很落后的：汽车、火车，电报、电话等，还主要在战争中使用,《铁道游击队》《敌后武工队》《吕梁英雄传》《烈火金刚》《战斗的青春》《永不消失的电波》等战争题材连环画中,很多斗争都是围绕着上述先进的交通、通信工具展开的。连环画《草地上的电波》中红军长征过草地时使用的电台,还依靠手摇发电机,需要摇机员配合,因为没有天线,战士们用三根扁担接起来接收信息。在连环画《红日》中,信号弹、冲锋号、望远镜等,还是主要信息传播工具,连环画《鸡毛信》还依靠消息树来传递信息。连环画《风满潇湘》中的交通员主要靠步行送信,连环画《林海雪原》还靠两条腿来传递情报,在树上做标记来传递信息,而《红灯记》中则依靠红灯来传递信息。这些作品中所呈现的传播细节,好像距离"烽火戏诸侯"的年代并不遥远。

我们可以看到不少关于民族国家、城市发展与报刊关系的研究文章,而关于报刊在城市、乡村、民族地区等区域之间的差别,相关的研究成果还很少。报刊是通过什么方式进入农村和民族地区的,是如何把新的观念带到农村和民族地区的,这些问题理应是报刊史研究的重要内容。连环画中也有不少有意义的细节,在连环画《青春之歌》中,林道静在杨各庄教学时,通过工友拿来的报纸知道了"九一八"事件;回到北京后,她在《小实报》上看到了招收年轻家庭女教师的广告,足以说明河北农村与北京在传媒方面的差异。在连环画《创业史》中,徐改霞在学校阅览室看到《人民画报》上纱厂女工生活的照片,想到要考取工人,农业技术员通过马拉胶轮车把传递科学的印刷品(几张关于稻螟虫、小麦吸浆虫、玉米钻心虫由卵变成虫的示意图)带到农村;在连环画《艳阳天》中,地主马小辫收到儿子来信,知道北京正在"大鸣大放",马之悦到镇子里打探消息,看到从公共汽车上下来的人带来的北京一个月以前的旧报纸,对政治形势得出错误的判断。而萧长春通过从北京回来的马车送货人,获知了大辩论的最新情况,得出与马之悦不同的判断。在连环画《爬满青藤的木屋》中,收音机把现代文明输入民族地区,从而引发激烈的伦理冲突，造成毁灭性悲剧。在连环画《人生》中，高加林步行到县城文化馆，才能够读到报刊，与乡村之外的现代世界建立联系。

从上述与传播媒介相关的细节，有助于对不同时期、不同区域的媒介状况进行历史定位，关于各传媒关系的史料，还散见于不同时期的日记、书信、统计资料、档案中，只有进行充分打捞，才能把各传媒的发展状况及其相互关系搞清楚。研究文学报刊史，需要以文学报刊为中心，梳理邮政、交通、出版、发行、书店、剧场、影院、通信、录音、摄像、广播、电视、网络与各类传播方式的发展史，梳理不同时期文艺传播结构内部各传播媒介的关系，辨析不同传媒之间相互竞争与合作的关系及其历史发展过程，区分出不同时期强势传媒与弱势传媒、传统媒体与新兴媒体的关系，才能发现强势传媒、弱势传媒与报刊相互影响的关系，才能形成史料基础扎实可靠、历史脉络清晰、富有理论阐释力的文学报刊发展史。

三

研究中国文学报刊史，对于西方有影响的传播学论著和研究范式，也不能生搬硬套。譬如，在不少传播学经典论著中，学者们提出"口语文化时代""书面文化时代""电子文化时代"等概念。在传播技术发展变革的历史进程中，三种文化传播方式之间的确存在着此消彼长的历史性变化趋势，但三个时代之间并没有明确的历史界限，口语文化与书面印刷文化是长期相互纠缠的：书面文化曾经把大量优秀的口语文化固定下来，推动了口语文化的传播。在各地图书馆，我们今天还能看到大量唱本，用文字把说唱固定下来，大量图书用文字把民间故事、民谚、民歌固定下来，推动了说唱文化的传播。但书面文化也在不断地摧毁着口语文化的根基。口语文化有了被文字固定的可能，使传统的口传心授技艺受到冲击。同样的道理，口语文化与电子文化、书面文化与电子文化之间，也存在着相互利用、相互纠缠的关系。因此，研究文学报刊史，必须充分重视口语文化、电子文化对文学报刊的深刻影响。

这里主要以"十七年"的文学报刊为例进行阐释。当时的文学报刊深受口语文化传统的影响：在民族化、大众化、地方化的文艺政策推动下，大量民族史诗、民间故事、民间歌谣被整理出来并付梓出版。作家和编辑们高度重视民间艺术形式，如民歌民谣、说唱艺术、口语、方言等，因此它们不断地进入书面文学作品中，不断地进入到文学报刊中，显示出口语文化的强大力量。在当时，舌战、辩论、赛诗、赛歌、对歌等具有对抗色彩的口语文化，还是一种非常流行的文化生活方式，各地方剧种与说唱艺术也出现前所未有的繁荣。

口语文化的强大影响力，是由当时的文艺传播结构决定的，产生了大量依靠说唱谋生的个人、民间艺术群体，庞大的剧场、曲艺以及广播传播网，可以说是绝对强势媒体，对文学报刊影响甚巨。当时大多数地方文学期刊，曾经一度承担着为地方剧团、群众文艺活动提供演唱材料的重任，呈现出鲜明的说唱化特征，不少地方刊物因为未能很好地承担这一任务而受到批判，被指责脱离群众，"地方化""群众化"不够。在"十七年"间，地方戏和曲艺一直是主导性的文艺形式，文学编辑与剧团、书场、民间演出团体之间互动频繁，这对文学报刊的影响是极其深刻的。在当时的地方文学报刊上，经常会看到评剧、沪剧、粤剧、昆剧、黄梅戏、昆曲、桂剧、评书、京韵大鼓、扬州清曲、山东快书、陕西信天游、四川金钱板、蒙古爬山调、朗诵诗等说唱艺术形式，文学期刊的"文艺化"倾向非常明显，尤其是在阶级斗争紧张时期。也就是说，不能就文学报刊而研究文学报刊，只有把报刊放在由口语文化、书面文化、电子文化所构成的大的结构性框架中，我们才能更好地理解文学报刊的发展状况。

四

研究文学报刊有两种不同的方法：其一，侧重于内部研究，研究报刊传播什么的历史；其二，侧重于外部研究，研究报刊如何传播的历史。我最初开始进入《文艺报》研究，把研究的重点放在报刊的内部，即报刊所传播的内容，后来把研究的重点放在文学报刊的外部，即影响文学报刊传播的各种外部力量。随着研究的不断深入，逐渐认识到文学报刊的内部与外部的关系，才是最重要的。只有把外部研究和内部研究很好地结合起来，沟通社会学、传媒学和文体学研究，聚焦各种外部力量与文学报刊各种文体的关系，才能有实质性的收获。

政治文化潮流、交通状况、教育水平、传播技术等各种外部力量，对文学报刊的编者、作者和读者影响甚巨，并进而对文学报刊上各文学文体产生影响。只有满足读者心理期待的文体形式，才能获得更多读者的青睐，作家们期待获得更多的受众，在写作时会考虑如何才能被强势传媒改编的问题，而弱势传媒的编辑们，也期待文学作品被强势传媒改编而获得更好的效果或更大的收益。因此，文学作品跨媒介改编的规律，一般是从弱势传媒走向强势传媒的，依托于弱势传媒的文学文体，一般都会主动向强势传媒要求的方向靠拢。

说得更具体些："十七年"的作家们虽然是为文学报刊或文学出版写稿的，但在文学报刊和文学出版之外，还有一个庞大的说唱（剧场、曲艺、评书）传播网络，这个网络比文学报刊更有力量，因此出现了戏曲、说唱团体领着文学报刊走的态势，文学报刊上各种文体都受到说唱艺术影响，如小说的戏剧化倾向，话剧的戏曲化倾向等等，这些文体现象都是强势传媒挤压弱势传媒的结果。作家们热衷于创作能够迅速进入强势传播网络的评书体小说，如《登记》《灵泉洞》《林海雪原》《烈火金刚》《敌后武工队》《铁道游击队》等小说，都具有鲜明的评书体特征。

许多作家的写作也和戏曲关系密切，如注重文字的节奏性、音乐性，注重地方色彩，小说中经常嵌入戏曲、说唱、歌谣等。这种现象一直持续到新时期之初，随着戏剧、戏曲陷入危机，文学与戏剧的互动锐减，小说中嵌入戏曲和说唱的现象才随之消失。

当时文学报刊上的话剧、电影文学剧本，也难以摆脱强大的说唱传播网的影响。由于戏曲拥有最大的受众，最能体现群众的接受心理，当时的话剧极其重视学习和借鉴传统戏曲资源。《虎符》《茶馆》《蔡文姬》《武则天》《关汉卿》等剧作，虽然是在文学报刊上刊出的，但都呈现出鲜明的戏曲化特征。电影也不能抗衡这个传播的规律，《红旗谱》《冰山上的来客》《芦笙恋歌》《铁道游击队》等许多电影中，也都出现了大量精彩的说唱片段，有的还成为流传至今的经典歌曲，这显然也是为了适应当时口耳相传的文化热潮的结果。进入新时期之后，电影界提出要丢掉戏剧的拐杖，也与当时戏剧陷入危机有很大的关系。

当然，在中国当代文学的发展过程中，强势传媒与弱势传媒的关系是不断变化的，我们需要辩证地分析各传播媒介的合作与竞争对文学本身的影响：新的更有传播能力的传媒技术不断出现，给文学的发展带来了新的可能性，但并不必然意味着文学作品审美性的提升，文学发展的历史证明，文学的审美性往往是在克服媒介的局限中产生的。研究文学报刊的历史，分析各文学文体及其审美功能的变化，自然也是离不开"整体性"视野的。

第一章
"十七年"文艺期刊管理体制的生成与变革

在大量研读地方文学期刊的过程中，我们可以明显地感觉到："十七年"文艺期刊管理体制曾在政治性与艺术性、普及与提高、真实性与倾向性、群众路线与专家路线之间反复摇摆：当激进思潮占上风时，对文艺期刊的行政监管便会强化，阻碍文学的健康发展；当思想领域相对宽松时，对刊物的行政监管便会有所松动，刊物的自主性和创造性明显增强。从文艺期刊管理体制的变化，更能看出"十七年"文学生产机制随意识形态的调整而不断变化的过程。

第一节　管理规范的初步生成

1949年中华人民共和国成立到1952年5月，中国当代文艺期刊管理体制初步确立，具体表现在如下几个方面：

第一，等级制文艺期刊出版格局的建立。建国初，国家通过整顿和改造私营出版业，逐渐把图书出版发行纳入国家计划轨道，私营出版业逐渐退出期刊的出版、发行渠道。文艺期刊的编辑、出版和发行方式由此发生根本变化：1949—1952 年我国连续出版的文艺刊物约一百多种，多是各级文联、作协或其他文艺团体主办，由私人主办的很少。建国前的文艺刊物，很少能够延续下来①。当时的文艺刊物被分为"国家刊物"（如《文艺报》《人民文学》等）、"大区刊物"（如中南区的《长江文艺》，华东区的《文艺月报》《西南文艺》《东北文艺》《西北文艺》）和"地方刊物"（各省市文联、作协刊物）三个等级。1954 年大行政区撤销，大区文联解散，大区刊物也就或停办或转化为省属刊物。三类刊物间存在着领导与被领导的行政等级关系。为确立这种等级制关系，文艺界曾有意扶持国家刊物：全国文联 1951 年曾调整北京的文艺刊物，决定加强《文艺报》《人民文学》《说说唱唱》《大众电影》等刊，使其成为领导全国文艺创作和批评的核心②。《文艺报》则被赋予监管所有文艺刊物的使命，在文艺报刊管理体制的生成与变革中起着重要作用，全国文联曾规定："《文艺报》上重要的社论和文章，地方文艺刊物亦应及时予以转载和介绍。"③而大区刊物则介于国家与省市刊物之间，负责监管所属地区的省市文艺刊物，如《长江文艺》负责领导中南区的八个刊物。

为确立"国家刊物"的权威性，文艺界还反复强化地方刊物的"地方化"，要求它们为地方作者和读者服务，负责指导当地的群众文艺运动、文艺创作和批评，增强地方色彩，以当地的文艺形式和语言描写当地的生活。由此形成按行政区域划分的等级制文艺期刊出版格局，在此格局中，地方刊物往往见风使舵，上行下效，严重缺乏个性；地方刊物各有其势力范围，不存在竞争关系，其任务都是配合政治工作、配合文艺运动与培养地方青年作家。

---

① 《关于地方文艺刊物改进的一些问题》，《文艺报》1953 年第 6 期。

② 《全国文联关于调整北京文艺刊物的决定》，《文艺报》1951 年第 4 期。

③ 《全国文联为加强文艺干部对〈文艺报〉的学习给各地文联和各协会的通知》，《文艺报》1952 年第 1 期。

第二，在批评与自我批评中形成规范。针对建国初报刊出版无计划、无领导的自由散漫现象，1950年4月19日中共中央颁布《关于在报纸刊物上展开批评和自我批评的决定》，《文艺报》率先检讨编辑工作[①]，并发表社论《加强文学艺术工作的批评与自我批评》（1950年第2卷第5期），号召"所有的文学艺术的杂志和报刊，努力提高自己的思想水平和艺术水平，展开和加强对作品、对工作、对思想、对作风各方面的正确的批评与自我批评"。各地方文艺期刊迅速响应上述决议和号召，对脱离政治、脱离群众与脱离当地生活等问题进行检讨，开始向政治轨道靠拢。《文艺报》对此进行全面报道，并明确提出进一步检讨的方向和要求[②]。1951年3月21日新闻总署和出版总署联合发出《关于全国报纸期刊均应建立书报评论工作的指示》，要求各报刊"增设定期或不定期的书报评论专栏或专刊，刊载有关出版物的评论和消息"，两日后《人民日报》又发表社论《书报评论是领导出版工作和报纸工作的最重要的方式之一》，试图通过各报刊的相互监督与批评，把它们纳入意识形态建设的轨道。《文艺报》根据上述精神，制定了《关于地方文艺刊物改进的一些问题》（1951年第4卷第6期），并要求各地文艺刊物按照这一方案进行整改。

《文艺报》很快就摸索出一套有效管理各地文艺刊物的办法：在《文艺报》召开的"加强我们刊物的政治性、思想性与战斗性"座谈会上，邵荃麟建议《文艺报》把全国的文艺杂志搜集来，表扬好的，批评坏的，可以要求公开检讨和答复，这样就可以在全国文艺杂志界建立威信，起到领导作用（1950年第2卷第6期）。《文艺报》正是按这个"赏罚分明"的办法来引导和整顿刊物的，而受到批评的刊物则必须在《文

---

① 《〈文艺报〉编辑工作初步检讨》，《文艺报》1950年第2卷第4期。

② 吴倩：《文艺刊物自我检讨的综合报道》，《文艺报》1950年第2卷第10期。

艺报》检讨，因为中共中央明确规定："批评在报纸刊物上发表后，如完全属实，被批评者应即在同一报纸刊物上声明接受并公布改正错误的结果。"① 建国初的文艺报刊管理体制，正是在这种批评与自我批评中形成的。

在 1951 年文艺整风运动中，整顿文艺期刊成为工作的重点。丁玲在整风动员报告中尖锐批评新中国成立前同人刊物的办刊理念和方法，主张新的文艺刊物"站在人民的立场，用新的人生观去分析，以教育人民，使他们能在工人阶级思想的领导下向旧的一切残余的思想，资产阶级思想、小资产阶级思想进行斗争"。丁玲对自己主编的《文艺报》进行自我批评，并点名批评一些不符合意识形态要求的刊物：如《人民文学》《说说唱唱》《人民戏剧》《光明日报·文学评论副刊》《新民报·文艺批评副刊》等②。《人民文学》检讨说：发表方纪的《让生活变得更美好吧》、秦兆阳的《改造》、萧也牧的《我们夫妇之间》、白刃的《血战天门顶》等作品，是因为刊物缺乏工人阶级思想的领导，对资产阶级、小资产阶级思想的侵蚀缺乏警惕，"目前中国需要的文艺刊物，应该是毛泽东文艺路线的忠实的实践者，应该是准确地实现工人阶级的文艺政策的有力的工具，它应该保证自己的一切工作都受工人阶级的思想领导，一分钟也不应该离开工人阶级的思想领导，一分钟也不应该忘记以工人阶级思想来教育读者，以工人阶级的思想面貌改造其他阶级的思想面貌……"③《文学评论》主编王淑明检讨：《文学评论》是同人刊物，因为没有党的思想领导，缺乏正确的办刊方针和目标，不但没有响应文艺界对《武训传》《我们夫妇之间》的批判，反而指责批判者"以棍棒

---

① 《关于在报纸刊物上展开批评和自我批评的决定》，《人民日报》1950 年 4 月 20 日。

② 丁玲：《为提高我们刊物的思想性、战斗性而斗争》，《文艺报》1951 年第 4 期。

③ 人民文学编辑部：《文艺整风学习和我们的编辑工作》，《人民文学》1952 年第 2 期。

代替批评","不是在鼓励创作,而是在做着屠夫和刽子手","一开始就不是指向敌人,向封建阶级,向资产阶级与小资产阶级的文艺思想作战,而是找一些在新文艺创作上具有显著成绩的作家,如赵树理、丁玲同志等,在他们头上开起火来,预备把这些人打下去,好一显自己的身手,这完全是盲目乱干,不分敌我,小资产阶级个人主义思想的表现"。①

第三,推行群众化、通俗化(与地方化合称"三化")的办刊方针。建国后的文艺期刊,延续了革命战争年代"为群众办报""群众办报"思路。所谓"为群众办报",即刊物必须明确为工农兵服务。《苏北文艺》的发刊词所确定的读者对象是"专职和兼职的文艺工作干部和工农兵群众,和知识分子中的文艺爱好者和文艺活动者",受到《文艺报》批判后,认识到服务对象太多,结果任何一种对象都不能满足,因此修改为:"以广大农民为主要对象,其次是工厂和部队,贯彻普及第一的精神。"②南京文联的《文艺》发刊词"只要反映工农兵,或直接间接为了工农兵的,我们一律欢迎",也被批判服务对象不明确,并限期改正,尽快向工农兵靠拢。所谓"群众办报",即以群众为写作主体。1952年前的文艺刊物上,工农兵掌握了话语主导权。《文艺报》上的读者来信和通信员报道,经常占到刊物的四分之一以上,《长江文艺》第2卷1–5期,非专业作家占三分之二以上③。为密切联系群众、培养工农兵作家,多数刊物都设置了"读者中来""工作通信""文艺信箱""写作园地""读稿随谈"等编者与读者互动栏目,发表和指导工农兵文艺创作;多数刊物明确规定:对作者来稿,必须迅速提出详尽的修改或退稿意见,读者来信必须每信必复;多数刊物都建立了庞大的通信员网络,《长江文艺》

---

① 王淑明:《从〈文学评论〉编辑工作中检讨我的文艺批评思想》,《文艺报》1952年第1期。

② 《改进〈苏北文艺〉的编辑工作》,《文艺报》1951年第3期。

③ 刘祖春:《地方文艺刊物的方向问题》,《长江文艺》1950年第6期。

曾被作为典范大力宣传，因为它把通信员作为编辑工作的重中之重，培养了不少工农作家。

按理说，重视群众来稿来信、建立通信员网络等，应该有利于改善期刊与读者的关系，但这些措施都被高度政治化了：必须"政治上可靠"者才能成为文艺通信员；当时还强调从工农兵中发展通信员，《文艺报》曾批评多数刊物的工农通信员比例太低，《长江文艺》的五百多名通信员中，工农仅占十分之一①。在受到《文艺报》批评前，《苏北文艺》的通信员主要是机关干部和学校师生，改进后发展的120名通信员，多数来自工农群众。各期刊还必须反复对通信员进行思想政治教育。因此，通信员和读者来信，更多发挥的是政治监督功能，它们因为代表群众意见而成为至高无上的批评话语，成为整顿文艺领导、文艺团体、文艺刊物、文艺批评和创作的重要手段：如《文艺报》曾把读者对《金锁》的意见转交《说说唱唱》编辑部，《说说唱唱》编辑部不得不反复检讨和整顿②。读者姜素明致信《文艺报》，尖锐批评《人民文学》不能正确对待读者批评，对编辑思想检讨不够深刻③，这才使得《人民文学》把检讨上升到向资产、小资产阶级思想投降的高度。1954年、1964年整顿《文艺报》和文艺报刊，《文艺报》批判卞之琳、阿垅、朱定、王亚平、碧野、路翎、张季鸾、草明、胡风、丁玲、陈企霞、周谷城、邵荃麟、康濯，通信员和读者来信都发挥了重要作用。工农兵的批评话语，巩固了政治化的文学规范，同时也加剧了文学的教条主义倾向。

为使刊物扎根群众，文艺界还倡导刊物的"通俗化"，要求文章通俗易懂，工农兵喜闻乐见。这个时期的多数地方刊物上，相声、鼓词、

---

① 吴倩：《文艺刊物自我检讨的综合报道》，《文艺报》1950年第2卷第10期。

② 参考赵树理的《〈金锁〉发表前后》（《文艺报》1950年第5期）、《对〈金锁〉问题的再检讨》（《文艺报》1950年第8期）。

③ 姜素明：《我对〈人民文学〉的一点意见》，《文艺报》1951年第5卷5期。

快板、小调、小小说、连环画、小故事、地方戏成为主导艺术形式。倡导刊物"通俗化"，是为了更好地配合政治任务，开展思想教育。《河北文艺》《湖北文艺》能够把通俗化与思想教育结合起来，因此被《文艺报》嘉奖①。但许多刊物还存在"只讲求形式上或技术上通俗而忽视思想内容的倾向"②，为此《文艺报》曾大力整顿把通俗性和思想性对立起来的办刊思想，倡导"通俗化"与"思想性"的辩证统一。《说说唱唱》因此成为众矢之的：主编赵树理曾检讨刊物为通俗而通俗，把形式的通俗放到了第一位，把内容放到了第二位③。编委王亚平检讨未能抵御封建思想和小资产阶级意识的侵袭，"跳不出旧形式的圈子，写出来的作品缺乏思想性"④。因通俗文艺工作和政治的要求存在较大距离，全国文联决定停办《北京文艺》，加强《说说唱唱》，使其成为发表优秀通俗文学作品和指导全国通俗文艺工作的刊物。半年后《文艺报》再次指责《说说唱唱》没有对全国通俗文艺起到思想领导作用⑤。不少刊物都曾遭遇类似的指责：上海的消遣杂志《青青电影》，沿袭过去的庸俗低级趣味，因此被《文艺报》猛烈抨击，并最终勒令停刊⑥。河南的《翻身文艺》《郑州文艺》被《文艺报》确立为把通俗化与提高思想性对立起来、把通俗化变成庸俗化的典型⑦。《山东文艺》《工人文艺》被《文

---

① 雪原：《地方文艺刊物的地方性与群众性——介绍"河北文艺"和"湖南文艺"》，《文艺报》1951年第8期。

② 编者按，《文艺报》1951年第3期。

③ 赵树理：《我与〈说说唱唱〉》，《说说唱唱》1952年第1期。

④ 王亚平：《为彻底改正通俗文学工作的错误而奋斗》，《文艺报》1951年第5期。

⑤ 陈聪：《提高通俗文艺刊物的质量——评北京文艺刊物调整后的〈说说唱唱〉》，《文艺报》1952年第9期。

⑥ 参考李威仑的《〈青青电影〉是一本坏杂志》，魏峨的《我们不要宣传庸俗趣味的刊物》，《文艺报》1951年第2期。

⑦ 李晴：《提高通俗文艺刊物的思想性——读最近几期〈翻身文艺〉与〈郑州文艺〉》，《文艺报》1951年第4期。

艺报》批评只求形式通俗而忽视思想教育，也不得不进行公开检讨①。

通过确立等级制的出版格局、批评与自我批评和推行"三化"的办刊方针，意识形态初步完成对文艺期刊的控制，使其承担起引导和监督文学创作与批评的重任，并在文艺领导与文艺刊物、刊物与刊物、刊物与读者之间，形成严密的监督与被监督的行政运行机制。

第二节　管理体制的松动与再度强化

1952 年 5 月至 1955 年 12 月，文艺期刊管理体制在经历一个短暂的松动期后，再度进入一个高度强化的时期。

1952 年 5 月文艺整风接近尾声，文艺界开始调整文艺政策。《文艺报》《长江文艺》乘机发起如何纠正文艺刊物管理的偏差、改善刊物管理方式、提高刊物质量的讨论，高度政治化的文艺刊物管理体制出现某些松动的迹象：

第一，反对机械地配合中心任务，强调文艺刊物与一般报刊的区别，增强刊物的文艺特性。《文艺报》指出：配合中心任务，未必就一定公式化、概念化。刊物上大量出现公式化、概念化的作品，"只能说是我们狭隘地理解和机械地结合中心工作的一个结果"，因此要注意文艺刊物与一般报刊的区别，"报纸主要依赖丰富的事实和科学的分析，给人以理性的说服，从而宣传和指导中心工作；而文艺刊物是以人物和事件所构成的反映现实生活的文艺作品，给人以形象的感染"，许多地方刊物把两者混淆起来，因此组织来的稿件"都成为政策条文和新闻报

---

① 《纠正错误、提高思想、办好刊物——〈山东文艺〉思想内容的初步检查》《端正编辑思想和编辑作风——对于〈工人文艺〉四卷一至三期的检查报告》，《文艺报》1951 年第 3 期。

道的拙劣的翻版，成为徒具文艺形式的韵文排列"①。刘金峰认为：两类刊物的宣传目标是一致的，文艺刊物应该用"文艺作品的方式"。可以根据宣传任务来组织稿件，但必须以建议、启发的方式来组织，而不能以"规定""通知"等类似命令的方式来组织。必须保证作者选择题材，确定主题的自由②。王克浪主张：文艺刊物必须以适当的形式配合党的中心任务，但决不能因此而办成报纸或"时事手册"，文艺刊物必须通过文艺的形式，把抽象的真理变成具体的形象③。《湖南文艺》则明确表示："我们不但要组织结合全党的中心工作的稿子，而且也发表一般的反映现实生活的稿子。"④

第二，反对狭隘地理解刊物的服务对象，要求适当拓宽题材范围。宋涛的《关于文艺创作组织领导工作中的一些问题》⑤批评机械理解刊物的服务对象导致刊物内容狭窄。黎辛则批评《湖北文艺》《湖南文艺》《华南文艺》《广西文艺》等农民刊物在1953年1-4期没有一篇反映工业建设和工人生活的作品，他建议打破服务对象的限制："以农民为主要对象的刊物，应该适当反映工人和部队的生活，……从而加强对于农民进行社会主义前途和工农联盟的思想教育。以工人为主要对象的刊物，应该也适当地反映农民和部队的生活，城市其他劳动人民以及其他阶层人民的生活。"⑥

第三，反对机械理解"以提供演唱材料为主"的方针，倡导艺术形式的多样化。《翻身文艺》的编辑庞嘉季认为：机械地理解这一方针，

① 本刊记者：《办好地方文艺刊物的一些问题》，《文艺报》1953年第15期。
② 刘金峰：《地方文艺刊物的几个问题》，《文艺报》1953年第9期。
③ 王克浪：《对于地方文艺刊物的几点意见》，《长江文艺》1954年第1期。
④ 《关于文艺为政治服务》，《湖南文艺》1953年第7期。
⑤ 宋涛：《关于文艺创作组织领导工作中的一些问题》，《文艺报》1953年第12期。
⑥ 黎辛：《关于目前省（市）文艺刊物编辑工作的一些意见》，《长江文艺》1954年第1期。

"扼杀了其他便于反映生活的创作形式，也闭塞了生活。我们的唱词快板老是'小喜鹊叫喳喳'，老是'喜洋洋'，'道短长'，'说衷肠'，'话端详'，老是事实的叙述，现象的罗列，很少有深刻动人的描写……这种因形式的限制而使刊物僵化的状况必须有所改变"①。刘金锋尖锐批评某些刊物办成了演唱材料的小册子："把群众喜闻乐见的形式，固定为演唱形式，又把演唱形式，固定为快板、鼓词、地方戏、民歌小调。其他形式，如小说、散文等就认为不是群众喜闻乐见的，这显然是不正确的。"邓立品则批评《湖南文艺》中的演唱材料公式化概念化，他认为必须"强调反映生活的真实，提倡以多种多样的艺术形式反映多样的生活内容，写出生活中真实的人的思想情绪"，对剧本唱词绝不能降格以求，必须以是否真实地反映了现实生活为尺度来取舍，否则只会加剧演唱材料的公式化概念化②。

第四，要求辩证理解"三化"方针，纠正以群众作家排斥专业作家的偏向。范刚提出：在选择稿件时，首先"要看作品是不是从生活出发，真实地反映了生活而又真正具有感染人与教育人的作用，如果有了这些，那么无论是写农民的或是写工人的，是小说形式，还是演唱形式，是本地区的题材还是外地题材，文章长一点或短一点……诸如此类，都只能作为次要的、附带的考虑条件，否则就是倒因为果，舍本逐末"③。王克浪指出：专业作家轻视地方刊物，专业作家来稿太少，是地方刊物质量不高的原因。编辑部应当依靠群众创作，但也应取得专业文艺工作者的支持，因为群众创作还处于萌芽状态，其写作是业余的，他们的主要任务，仍是生产工农业产品，"文艺创作干部的任务，则是创

① 嘉季、启焯等：《对地方文艺刊物的意见》，《文艺报》1953年第7期。

② 邓立品：《地方文艺刊物要提高演唱作品的质量》，《长江文艺》1954年第1期。

③ 范刚：《谈地方文艺报刊的选稿标准》，《长江文艺》1954年第5期。

作文艺作品"。

在这个短暂调整期，文艺期刊管理体制相对宽松，多数文艺刊物面貌大有改观：把重点放在了批判公式化、概念化，对资产阶级思想的粗暴批判减少；群众创作与批评因受到质疑而有所收敛，专业作家的作品明显增多；小说、诗歌、散文等文体所占比重明显提升。唯其如此，1954年整顿《文艺报》时所揭露出的对资产阶级思想投降的例子，大多产生于这个时期，有人则指责这个时期的《文艺报》"战斗性不强，思想性薄弱，……刊物的群众路线在执行中日趋松弛"①。遗憾的是，1954年批判《文艺报》，1955年批判胡适、胡风，激进思潮卷土重来，文艺期刊再次被推向极端政治化的轨道。从文艺报刊管理体制的角度看，批判《文艺报》真正的目的是强化对所有文艺期刊的意识形态控制。《关于〈文艺报〉的决议》明确表达了意图："责成中国作家协会、中国戏剧家协会、中国音乐家协会、中国美术家协会和所属各地分会的机关刊物以及各省市文联所属机关刊物的编辑机构根据本决议的方针进行工作的检查并改进工作。"②决议颁布后，一场大规模整顿文艺刊物的运动迅速波及全国：多数文艺刊物都转载了这个决议，并效法《文艺报》征求读者批评意见、检讨编辑工作并制定整改计划。

各刊检讨出的错误与《文艺报》大同小异：其一，"战斗性不强"，对文艺领域、特别是古典文学研究中的资产阶级文艺思想缺乏警惕和系统的斗争。《西南文艺》曾长期致力于"普及古典文学研究成果"，所受到的指责也最严厉。其二，"群众性不强"，如《长江文艺》的通信员工作重数量不重质量，缺乏计划性和重点，流于形式。《文艺月报》对通信员冷淡，通信员内部刊物"不告而停刊"长达十个月。有些刊物急

---

① 《热烈地、诚恳地欢迎对〈文艺报〉进行严厉的批评》，《文艺报》1954年第21期。

② 《关于〈文艺报〉的决议》，《人民文学》1955年第1期。

于向"全国"发展:《文艺月刊》上长篇理论文章和乏味的小说太多,群众喜欢的作品很少,《河北文艺》上小说、诗歌、散文、话剧太多,适合农村剧团演唱的歌剧、地方戏太少,把《河北文艺》办成了《河北文学》。其三,"政治性不强",如《长江文艺》为反对公式化、概念化,过分强调写真实,"忽视了真实性离不开文学的党性",《文艺月报》不关心政治,"片面强调作品的艺术性,忽视作品的倾向性,片面强调艺术技巧,忽视作品的社会意义"。其四,崇拜名人,压制新生力量,缺乏自我批评和自由讨论。如《文艺月报》对名作家宽,对新作者严,刊发卞之琳的《采桂花》,以编者按推荐巴人、师陀的作品,却拒绝发表读者批评宋云彬、许杰、蒋孔阳的来稿;《长江文艺》迁就名人,刊发李季的《谢谢你的手风琴》,大量积压群众的批评稿件,直到《文艺报》开始批判《一封信》,才勉强发表了一些读者来信①。

经过整顿,文艺期刊战斗性、思想性和群众性增强。各刊大量刊文,批判胡风集团,清除胡适在古典文学研究领域的影响,并以新的观点阐释古典文学。编辑们关注的目标由成名作家向新生力量与工农兵作者转移,以至李希凡、蓝翎为应付各种约稿而不堪重负。与此相应,文学的公式化、概念化倾向日趋严重。

第三节　百花齐放与文艺期刊管理

1956年至1957年上半年,在"双百方针"的推动下,文艺期刊管

---

① 参考《读者对〈长江文艺〉的意见》(《长江文艺》1955年第2期),《〈长江文艺〉编辑部工作检查》(《长江文艺》1955年第5期),《读者、通信员对〈文艺月报〉的批评》、孙峻青的《对〈文艺月报〉的意见》(《文艺月报》1955年第1期),《对〈河北文艺〉的批评》(《河北文艺》1955年第2期)等。

理体制出现难得的宽松局面，各文学刊物的自主性明显增强。

为解除刊物的种种束缚，中国作协于1956年召开文学期刊编辑会议，鼓励刊物百花齐放；会议还主办1902—1949年的全国性文学期刊和主要综合性期刊展览，邀请叶圣陶、徐调孚、阿英、楼适夷等老编辑讲话，试图向建国前的同人刊物学习。会议决定从1957年1月起，各级作协刊物一律实行企业化管理，逐渐减少国家补贴，实现经费自给。一律取消"机关刊物"的头衔，取消刊物间不成文的等级制关系，平等展开相互批评和竞赛。实行主编负责制，文艺团体只在原则方针上领导刊物，不干涉日常编辑工作[1]。

会议之后，文艺界纷纷展开如何改善刊物管理的讨论。1956年的《文艺报》开设"旧事重提""编辑者谈""新刊巡礼"等栏目，积极推动刊物改革，鼓励刊物的创新性实验。"旧事重提"栏发表徐调孚的《"小说月报"话旧》，川岛的《忆鲁迅先生和"语丝"》等。在"编辑者谈"专栏中，萧也牧、徐调孚等文学编辑要求重新定位编辑的职责，认为编辑部的主要任务就是编好刊物，"编辑和青年作家的关系，不应当真像语文老师和学生的关系"，"就是对每部退稿都提出意见，也是办不到的"[2]。读者动辄批判刊物压制新生力量，是因为把编辑部当成了"文字病院"和"文艺函授学院"，这是长期偏颇的宣传造成的结果，"编辑部不可能成为作家养成所，它对读者的帮助是有限的，应当对它的作用重新做出适当的估计"[3]。《文艺报》1956年第15期也发表重要启事："本刊决定自八月份起，对每件来稿不一定都提出具体意见，来信也不一一作复；来稿如不刊用，一律负责退回。"

---

[1] 本报记者：《办好文学期刊，促进"百花齐放，百家争鸣"》，《文艺报》1956年第23期。

[2] 萧也牧：《编辑·作者·作品》，《文艺报》1956年第22期。

[3] 王朴：《杂谈"培养"》，《文艺报》1956年第22期。

在探索改革文艺期刊管理方式的同时，多数机关刊物纷纷易名^①，许多省都在"以发表演唱材料为主"的通俗文艺期刊外，创办一家"在普及基础上的提高"的、专发文学作品的刊物，如《延河》《新港》《雨花》《火花》《星星》《收获》《东海》《园地》等。许多人萌生了创办同人刊物的想法：唐达成、侯敏泽、唐因、陈涌、冯雪峰认为《文艺报》很难办好，准备创办一个文学理论批评的刊物；河北的刘艺亭、夏昊、丁江、于群、刘俊鹏、苑纪久准备创办以发表杂文、小品文、小说为主的《短笛》；福建《热风》的主编陈中，试图把编辑部搬到厦门，远离省委宣传部领导，通过自由招聘编辑，把《热风》改组为同人刊物；河南的马长风、李晴、李蔚、王侠若拟创办"同人诗刊"，出版"爱情诗专号"和"讽刺诗专号"；甘肃的韩秋夫等人改组《青海湖》失败后，准备创办《夜莺之友》；贵州的钱革、杨守达准备创办《文学青年》；山西的王文光、任一的、杜源、郭春堂筹办"大胆干预生活"的《人民喉舌》；四川的姚攀、石天河准备创办"不一定要有思想性"，"能把人逗笑、消痰化食即可"的《笑》；云南的周良沛、彭荆风谋划创办同人刊物，挤垮《边疆文艺》；江苏的"探求者"则走的最远，他们痛陈行政办刊的种种弊端，试图营造独特的艺术风格和文学流派^②。如上述同人刊物能够面世，其推动文艺发展的能量可想而知，可惜它们全部胎死于反右风暴。这个时期的刊物出现了几个可喜的发展态势：第一，政治性弱化，艺术性增强。多数改名的和新创的刊物，都采用文学化的名字，淡化了机关色彩，突出了文学特性。《新港》常务编辑鲍昌主张艺术家高于政治家，他主持《新港》编务时提倡"诗人应有诗人的气质"、"诗

① 洪子诚曾对易名刊物进行详细统计，见《1956：百花时代》，山东教育出版社1998年，第134页。

② 陆文夫、高晓声：《"探求者"文学月刊社的章程和启事》，《雨花》1958年第10期。

首先是诗"①。《蜜蜂》创刊词则希望:"这个刊物四季如春,开放不同颜色,不同香味、不同种类的花朵。"《长江文艺》副主编李蕤和评论组的姜弘,批评文艺重视生产过程而不重视人,"以政治口号代替现实主义",主张"不能使诗歌、杂文、小说一律向中心工作脱帽致敬"。《星星》主编白航提出"不强调配合政治任务",执行编辑石天河则说:"我们办的诗刊是'教条主义'的死对头,我们不管什么社会主义不社会主义,只要是诗,什么主义都要。"编辑流沙河强调:"多发表哀伤的诗、小巧玲珑的诗,不发表提到奖章、提到英雄的诗。"②《边疆文艺》的编辑蓝芒主张:"文艺服从政治就不成其为文艺,艺术为政治服务就是否定了艺术。""文学作品的第一任务,不是教育人,而是给人以感染和享受。"③《草地》的储一天则说:"我们缺少的是艺术,而非政治",姚攀则说:"只要有艺术技巧,艺高人胆大,就能大胆创造,不在于生活感受多少,政治水平高低","避而不谈作者的个性、文体、风格,根本就谈不上这种'花'和那种'花'的齐放;不谈各种创作方法的异同、长短,根本就谈不上这一'家'与那一'家'的争鸣"④。

第二,刊物确立了彼此平等的竞争关系,自主权、积极性和创造性明显增强。许多地方刊物试图突破"群众化"与"地方化"的限制,争向具有全国影响的老作家和专业作家约稿,以谋求在全国范围内发展。《奔流》主编苏金伞大胆启用老作家而排斥青年业余作家,重视小说诗歌散文而排斥民歌快板地方戏,在1957年第7期的"诗专号"上,外地作家占据大部分篇幅,河南作家被挤在角落里,说是"怕河南作家说

---

① 李希凡:《鲍昌的右派文艺观点及其政治思想上的根源》,《新港》1957年第6期。

② 《右派分子把持"星星"诗刊的罪恶活动》,《星星》1957年第9期。

③ 《大是大非大斗争——记云南文艺界反击右派分子大会》,《边疆文艺》1957年第11期。

④ 《彻底清除右派分子对刊物造成的毒害》,《草地》1957年第10期。

闲话""摆摆样子"①。《芒种》主编郭墟认为辅导、刊登业余作者的作品会降低刊物质量，因此重点依靠专业作家，积极推行企业化管理，派人到武汉、上海、哈尔滨、齐齐哈尔宣传、推销刊物，雄心勃勃地要把刊物发行到全国②。《蜜蜂》则呼吁专业作家"不应当把中央和地方看得那样界限分明，对各地的文艺刊物也应支持"③。云南的蓝芒、彭荆风、姚冷则准备创办"面向全国"、"面向大学生"的"以提高为主"的同人刊物。

第三，倡导"写真实"和揭露"阴暗面"，掀起"十七年"杂文创作的第一次高潮。《长江文艺》开设杂文、随笔和短论等栏目，推出大量批判教条主义的文章，如李蕤的《谈嗅觉》《注意脚边的小草》，姜弘的《一个青年批评工作者的遭遇》，宋西的《一篇杂文的苦难历程》。《延河》编辑部主任余念力挺杂文，放出朱宝昌的"大毒草"《杂文、讽刺和风趣》。《蜜蜂》大胆干预生活，鼓励杂文创作。《新港》开辟"自由谈"和"无花的蔷薇"栏目，向文艺批评中的教条主义开火，大量刊发揭露阴暗面的杂文④。《东海》推出"海上风云录"栏目，宋云彬、杜苕、阳晓、洪禹平的讽刺性杂文锋芒毕露。《红岩》开辟"乱弹"栏目，专发针对文艺现象的辛辣的杂文⑤。《芒种》创刊号主张"在内容上力求辛辣大胆，干预生活，在形式上要求文情并茂，清新活泼"，推出一大批揭露党员干部腐化堕落的杂文和小说，干预生活的力度在众多刊

---

① 余昂：《苏金伞怎样篡改"奔流"的政治方向》，《捍卫社会主义文艺路线》，河南人民出版社1958年。

② 《"芒种"是怎样成为反党阵地的》，《为保卫社会主义文艺路线而斗争》，辽宁人民出版社编1957年。

③ 马紫笙：《"蜜蜂"创刊有感》，《蜜蜂》1957年第2期。

④ 《寄语津门话〈新港〉》，《文艺报》1956年第16期。

⑤ 《赞〈红岩〉》，《文艺报》1956年第14期。

物中出类拔萃。《江淮文学》的王影、钱锋打算在担任执行编辑时大量刊载"揭露阴暗面"的"炸弹类"作品。姚攀拟定改进《草地》的意见书，要把刊物"办得像解放前的《民主》《展望》那样……言人之不敢言，做人之不敢做"。

第四，大量刊载探索爱情、婚姻乃至生理欲望之作，推动了文学中人情人性的复苏。影响较大的有：宗璞的《红豆》、丰村的《美丽》与邓友梅的《在悬崖上》(《人民文学》)；巴人的《论人情》、王淑明的《论人情与人性》(《新港》)；李岸的《第二次爱情》《裙》与孙谦的《奇异的离婚故事》(《长江文艺》)；陈登科的《爱》(《江淮文学》)；高晓声的《不幸》(《雨花》)；余念的《方采英的爱情》(《延河》)；杜万苄的《爱情·色情·无情》、刘望坡的《她没有留下地址》、卫钟的《何好事多磨》、韩树的《不近人情文摘》(《芒种》)等，这些作品在稍后文艺政策收紧时，成为被批判和清理的毒草。

第四节 "群众路线"与文艺期刊管理

1957—1960年，"群众路线"被引入文艺期刊管理实践中，成为不可置疑的办刊规范，在密切了刊物与群众联系的同时，也产生了忽视专业性的偏差。

1957年反右期间，《文艺报》再次承担整顿期刊的重任。各刊物被进行严格的政治甄别①，参与筹办同人刊物的一大批优秀的懂专业的文学编辑，都被打成右派而退出文坛。文艺界加强了对文艺编辑的思想改造，开始培养工人阶级的编辑队伍，"刊物必须掌握在政治上可靠

---

① 朱树鑫：《决不允许右派分子篡夺文艺刊物》，《文艺报》1957年第24期。

的、能够真正执行社会主义文学路线的人的手里"①。各刊都加大了批判资产、小资产阶级思想的力度，争相批判丁玲、陈企霞、冯雪峰、刘绍棠、吴祖光、秦兆阳、周勃等文艺界右派，并系统清理各自在鸣放期间产生的"毒草"，重申政治性重于艺术性、倾向性重于真实性、普及重于提高等基本原则。中国作协则尖锐批评《人民文学》等刊物重视知识分子而轻视工农兵，与工农兵的联系不够紧密，并提出："文学刊物在考虑它的读者对象的时候，除了极少数的专业刊物（如现在的文学研究等）而外，必须以广大的农兵群众为主体，知识分子的作品不能太多。"②

"大跃进"期间，为推动全党、全民办文艺，促进文艺与劳动、文艺与群众相结合，《文艺报》极力把刊物向"群众至上"的方向引导：它肯定《人民文学》的"群众创作特辑"，改变了"群众低级，专家高级"的传统观念，"值得全国文艺刊物重视和仿效"③；肯定《文艺月报》的"上海工人创作专号"，批评那些"不相信工农劳动群众能够夺取文学艺术的堡垒，因此就把刊物的写作局限在少数作家的范围里"④；先后设置专栏，详细介绍并高度肯定《新港》《热风》《蜜蜂》组织编写工厂史、公社史和"革命斗争故事"的经验。为扶持群众批评，《文艺报》从 1958 年第 6 期开始连续设置"读者讨论会"栏目，讨论《辛俊地》《来访者》《青春之歌》《锻炼锻炼》与《在和平的日子里》，使工农兵成为文学批评的主角。受此影响，多数期刊都把重点放在组织群众创作与批评上，发表社论、评论批判歧视群众创作的观点，声明主要依靠群众的办刊方针，并及时肯定群众的佳作，为群众创作树立榜样。各刊

---

① 梁明：《文学刊物必须面向群众》，《文艺报》1957 年第 36 期。

② 《中国作家协会改进期刊编辑工作》，《文艺报》1957 年第 38 期。

③ 宋垒：《喜读〈人民文学〉8 月号》，《文艺报》1958 年第 15 期。

④ 李希凡：《上海工人阶级的创作之花》，《文艺报》1958 年第 15 期。

纷纷设立辅导性栏目帮助群众创作，推出各种"特辑""专号"支持群众创作，积极反映大跃进，扶持新民歌运动，大量选载新民歌，挖掘整理民歌遗产，展开"新民歌"和"两结合"的大讨论①。一时间，工农兵和老干部占据刊物主要版面，知识分子和专业作家销声匿迹。

　　1959年上半年纠正大跃进极左倾向的间隙，《文艺报》曾发起如何改进文艺副刊的讨论，试图扭转群众唱"独角戏"的局面。昭彦指出：文艺刊物应该贯彻"两条腿走路"精神，"对专业作家的作品和群众创作同样重视"②。黎家健指出：群众与作家、专家"这两支队伍都必须很好地组织起来，形成一个既有作家专家又有群众业余作者的坚强队伍，不能有所偏废"③。编辑们向专业作家组稿时大多心存顾虑，担心会因此淡化刊物的群众路线，认为专家与群众、普及与提高相结合"是地方文艺副刊不很容易解决的问题"④。吴雁曾试图质疑"群众路线"的权威性，他以尖刻的语言指责群众没有"创作才能"，不懂"创作规律"，"值不得拍手叫好"⑤，一石激起千层浪，《延河》《上海文学》《文艺报》《人民文学》等刊纷纷展开批判。《蜜蜂》1959年第22期、24期开设"热情地对待群众创作"栏目，发动工农兵围剿吴雁，指责他以贵族老爷态度对群众创作泼冷水，是资产阶级文艺思想和路线的抬头。《新港》发表田本相、陈鸣树、张学新、余言、艾文会等人的文章，驳斥吴雁的言论，捍卫群众创作路线。姚文元、林贵青等人还在《文汇报》上就文艺创作中政治立场、世界观、生活与才能孰轻孰重展开争论。《文艺报》主编张光年也撰文表态，反对以"才能""创作规律""名利思想"指责

---

①　徐树兴：《大跃进中的各地文学期刊》，《文艺报》1959年第5期。

②　昭彦：《赏〈布谷〉新腔》，《文艺报》1959年第10期。

③　黎家健：《编综合性文艺副刊的几点体会》，《文艺报》1959年第9期。

④　劳容：《评二月〈花地〉》，《文艺报》1959年第7期。

⑤　吴雁：《创作，需要才能》，《新港》1958年第8期。

群众创作①。茅盾则认为吴雁把文学与才能的关系简单化了，文学才能可以后天培养，不能等同于禀赋、天资和天才，更不能以此否定群众创作②。与此同时，《文学青年》发起"文学与天才"的讨论，《文学知识》发起"想当作家"的讨论，亦可看出1959年反浮夸风期间文艺界对群众创作的反思。1960年，旭升又成为众矢之的，他明确提出：要迅速提高创作质量，必须靠专业作家，"靠群众创作是不行的"，"群众创作是'野草'，虽多但低级，而专业作家的创作是'花'，虽少但高贵。专业作家的作品再不好，也会比一般群众创作好"③。还有位五四时期的诗人反对崇拜新民歌，认为"新民歌都是千篇一律的口号，偶尔有好的，也是知识分子加工的冒牌货"④。但这些朴素的见解，也旋即淹没于"资产阶级的偏见""群众创作好的很"的讨伐声中。在1959、1960年不正常的政治气候中，"群众路线"是很难撼动的，《文艺报》改善文艺期刊管理的努力，也未能取得实效。在群众齐唱赞歌的浪潮中，也有个别知识分子提倡"写真实"，但很快就被打成修正主义：如《新港》对李何林的《十年来文艺理论和批评上的一个小问题》的围剿，《雨花》对王梦云在《社会主义文学可不可以写真实》的批判，《长江文艺》集中批判提倡"大胆描写人民内部矛盾"的于黑丁、胡青坡与赵寻，等等，都加剧了文学的非专业化倾向，使作品的审美性受损。

---

① 华夫：《"创作，需要才能"辩》，《文艺报》1959年第21期。

② 茅盾：《从创作和才能的关系说起》，《人民文学》1959年12期。

③ 旭升：《群众创作有极大的局限性》，《边疆文艺》1960年第3期。

④ 亚群：《关于"冒牌货"及其他》，《文艺报》1960年第6期。

第五节 调整时期文艺期刊管理体制的松动

1961—1962 年，随着经济、政治领域的政策调整，意识形态领域呈现出先对宽松的氛围，各文艺刊物中令人窒息的政治气息逐渐淡化，文学的专业性得到某种程度的认可，各文艺刊物为"十七年"文学第二个收获期的来临做了大量工作：

第一，倡导题材、主题、风格与人物形象的多样化。《文艺报》1961 年 3 期发表《题材问题》专论和侯金镜的《创作个性与艺术特色》，各刊物纷纷转载，并就日常题材与重大题材、历史题材与现代题材、题材与作家生活经验、题材与作家个性、题材与艺术风格等问题展开大讨论。各报刊大量刊文探讨艺术规律，试图突破极端政治化的文学规范的束缚。关于美学、历史剧、戏剧的矛盾冲突、山水诗、《金沙洲》、茹志鹃小说、《达吉和她的父亲》的争论，异常活跃[1]。而《上海文学》的"文谈诗话"栏目，刊发大量较纯粹的谈艺文章，并长期连载秦牧的《艺海拾贝》。1962 年《文艺报》曾开设"期刊评介"栏目，肯定《草原》《四川文学》《作品》《上海戏剧》等刊物的可喜变化[2]。

第二，多方组稿，使知识分子成为创作和批评主体。由于周恩来、陈毅肯定知识分子也是工人阶级的一部分，知识分子再次获得话语权，多数刊物都走上依靠专业作家的办刊路线。前几年搁笔的老作家丁西林、孟超、冰心、沈从文、何其芳、李广田、曹靖华、丰子恺、陈翔

---

① 宋爽：《革命性和多样性的统一》，《文艺报》1962 年第 1 期。

② 参考郑万兴的《草原风貌》、怡如的《谈〈四川文艺〉的理论批评》（《文艺报》1962 年第 1 期）、徐逸的《喜看〈作品〉着新装》、张开达的《〈上海戏剧〉编得好》（《文艺报》1962 年第 2 期）。

鹤、吴伯箫、韦君宜在这个时期都有新作问世。这个时期的文艺刊物正如 1964 年所批判的：不是"群众办报"而是"作家办报""内部办报"，"写文章的不是名作家、艺术家，就是编辑、记者。真正来自读者，特别是广大工农兵读者、机关干部读者的文章少的可怜"①。

第三，力推长篇小说和散文。各刊物仅 1961 年就连载和选载三十多部长篇小说：《小兵张嘎》(《河北文学》)，《创业史·第二部》(《延河》)，《苦斗》(《羊城晚报》)，《大波·第三部》(《人民文学》《人民日报》《延河》《新港》四刊选载) 等②。散文创作也在众多刊物的推动下出现高潮：各报刊发表许多谈论散文的文章，《人民日报》则开设"笔谈散文"栏目；《人民文学》《新港》《广西文艺》《雨花》的散文栏目也各具特色；《上海文学》的散文栏目连续刊发巴金、师陀、周瘦鹃、吴强、峻青、柯蓝、碧野、王西彦、何为等人的山水游记，显示出知识分子心态的放松和审美意识的短暂复苏。

第六节 "文革"前夕群众化办刊方针

1964—1966 年，各地文艺刊物再次出现"政治第一""群众至上"的倾向。

1964 年，毛泽东发出"两个批示"后，激进意识形态对期刊的控制再次增强。《文艺报》发表《"写中间人物"是资产阶级的文艺主张》《关于"写中间人物"的材料》，各地刊物纷纷转载，并积极配合"兴无灭资"的意识形态纯洁化运动，大幅度调整编辑方针，文艺刊物

---

① 武杰华：《对〈文艺报〉的批评和希望》，《文艺报》1964 年第 11—12 期。

② 本刊记者：《一九六一年长篇小说印象记》，《文艺报》1962 年第 1 期。

的思想性、群众性和战斗性骤然增强:

第一,培养工农兵业余作家,再次成为文艺期刊的重任。《文艺报》推出《河北省是怎样培养业余作者的》《为农民办好刊物》等评刊文章,推波助澜。军队文艺逐渐"中心化",成为《文艺报》宣传的重点与各文艺期刊学习的榜样。《文艺报》先后重点推介任斌武、林雨、张勤、金敬迈等部队作家,并发表社论《学习解放军培养业余作家的经验》和《解放军文艺》编辑部的经验介绍文章《我们是如何组织业余骨干作者队伍的》(1965年第7期),编者按高度肯定《解放军文艺》"为培养无产阶级革命文学接班人这一战略性任务提供了一套先进的、系统的经验",值得各文艺团体、报刊编辑部等有关部门学习。

第二,报告文学、"小小说"、"小故事"与现代戏成为各文艺期刊主打产品。《人民文学》《解放军文艺》等刊,发表大量报告文学作品,歌颂各行各业的英雄和先进事迹,展开社会主义思想教育。为配合社教运动,各地兴起"讲故事"活动。《故事会》丛刊自觉为故事员输送"弹药",《文艺报》肯定其经验值得推广,"为编辑出版工作和编辑人员的革命化开辟了一条广阔的道路"①。受此影响,多数刊物都开始向"故事会"方向靠拢:如《人民文学》开设"故事会"栏目,《山花》开设"龙门阵"栏目,《萌芽》开设"小小说"和"故事"栏目,其中的作品便于广播电台播讲,便于群众口头传播,便于改编成小型曲艺节目上演,因此被肯定为"这是文艺刊物发现和联系新作者,扩大写作队伍的一条路子"②。在《文艺报》的示范下,各地刊物热衷于刊发、评论革命现代戏,利用传统民间艺术资源进行社会主义思想教育。

第三,各刊上群众创作与群众文艺批评异常活跃,知识分子的作品

---

① 《与工农兵结合是编辑工作革命化的根本途径》,《文艺报》1965年第10期。

② 沈城:《"故事会"办得好》,《文艺报》1964年第7期。

寥寥无几。工农兵成为批判"中间人物论""现实主义深化论""三家村"与《早春二月》《北国江南》的主力军,"全国许多报刊编辑部,在开展群众评论活动,辅导业余评论小组,发现和培养评论人才方面,进行了大量的工作,创造了值得我们学习的经验",专业批评家必须在评论方向、方法、文风上向群众学习①。重视艺术性而忽视政治性的专家批评,遭到工农兵质疑:"不能把读者导往正确的方向,甚至反而成了'坏思想'的传播者,那么这样的评论家的存在究竟有什么意义呢?"②工农兵在刊物上取得绝对话语霸权,"文革文学"已初具雏形。

---

① 《工农兵的评论好得很》,《文艺报》1965年第2期。

② 志文:《牢牢守住文艺批评这一关》,《文艺报》1965年第2期。

第二章

"人民文艺"的传播网络与传播机制

在新中国成立后的前十七年中，国家以行政干预的方式，对各类旧文艺生产传播机构、传播者进行大规模改造，建立普及全国、组织严密的"人民文艺"传播网络。为推动"人民文艺"的传播，清除封建主义、资本主义的旧文艺，文艺界曾在"推陈出新"与"以新代旧"之间反复摇摆，由此产生政治意识形态与民间艺术趣味相互纠缠、博弈的复杂文艺景观。文艺界一方面通过控制传播网络规训文艺的生产与传播，另一方面又按需有计划地组织文艺生产，通过各种传播媒介相互配合、增强传播资源的流动性、各种艺术形式相互改编等，有效地拓展"人民文艺"的传播疆域，提高其传播效率与传播能量。

第一节　传播网络：改造旧的与建立新的

新中国成立之初，为建设新的"人民文艺"，把文艺生产纳入意识形态建设轨道，国家对旧文艺传播网络进行了大规模的改造。其一，改造私营出版社、书店、旧租书摊、私营电影企业、电台、剧团等文艺生产传播机构。当时这些机构还普遍存在单纯盈利和单纯娱乐的思想，还未确立思想宣传和教育民众的观念。《文艺报》为此刊发大量批判文章。如北京宝文堂、学古堂、泰山堂、二酉堂等旧书店，还在大量印刷封建迷信、色情、忠君等麻醉人民思想的读物①；隆兴、用来、新星等私人书局唯利是图、粗制滥造②；北京租书摊还在经营淫秽的武侠、言情小说③；私营电影企业还在拍摄放映《江村游侠传》《饿人行》《阴阳界》《三百六十行》《鸳鸯剑》《彩凤双飞》等落后、色情的反动电影④；多数农村剧团还在上演淫秽的《马寡妇开店》《借种》《王二姐思夫》，充满封建毒素的《英烈传》《烈女传》，侮辱劳动人民的《三怕婆》《老少传》⑤；赵燕侠、杨宝森、程砚秋为赚钱，上演封建、色情的迎合小市民趣味的剧目等⑥。上海有全国最多的出版社、书店、电影厂（院）和戏院，"这一切文化企业，今天还有绝大部分掌握在以营利为目的、以文艺为商品的资产阶级手中"⑦。因此，党和国家开始在多数私营文化企业实施党委领导和负责制，并逐步进行公私合营和公有制改造。由于新建的国营生产传播机构的传播能量还十分有限，为使新人民文艺最大范围地普及，当时曾利用旧传播网络传播新的人民文艺。

其二，改造文艺生产者与传播者。高校教师是文艺生产与传播的重要力量，在 1951 年整风运动中，《文艺报》发起文学教学的讨论，通过大量刊发学生来信和教师检讨，规范教师的文艺传播行为。山东大学的

---

① 苗培时：《且说打磨厂——北京通信》，《文艺报》1950 年第 2 卷第 4 期。

② 《肃清出版界的混乱现象》，《文艺报》1952 年第 5 期。

③ 康濯：《且说北京租书摊》，《文艺报》1950 年第 2 卷第 4 期。

④ 贾霁：《谈电影工作者的思想改造》，《文艺报》1952 年第 14 期。

⑤ 辛厚：《关于农村剧团的一些问题》，《文艺报》1952 年第 2 期。

⑥ 《戏曲改革工作的混乱情况》，《文艺报》1952 年第 3 期。

⑦ 夏衍：《纠正错误，改进领导，坚决贯彻毛主席的文艺方针》，《文艺报》1952 年第 11—12 期。

吕荧被确立为拒绝批评与改造的典型，复旦大学的赵景深、蒋孔阳被学生公开点名批评。在强大的舆论压力下，全国各高校的文学教师不得不检讨并改进文学教学，与意识形态的要求保持一致。1958年《文艺报》开设"大学文学教学改革特辑"，先后介绍北京大学、北京师范大学、中国人民大学、武汉大学等高校中文系反对"厚古薄今"、促进文学教学革命化的运动，以此规范文学教师的教学行为，推动他们以新思想和新观点传播新文艺。

由于电影、电视尚未普及，数以万计的戏曲演员和民间艺人成为文艺的重要传播者。文艺界曾长期实行改人、改制、改戏政策，改造旧戏曲演职人员，使其从演出为赚钱的"戏子"向为人民服务的"人民演员"转变。从延安时期开始，党就持续不断地抓民间艺人的组织工作，但由于他们的活动方式零散，很难进行一体化的管理和改造，有些缺乏艺术才能、好逸恶劳、道德败坏的人，乘机混进艺人队伍。为纯洁民间艺人队伍、控制坏书流行，1963—1964年文艺界开始在全国范围实行登记上岗制度，未经审查并颁发演出许可证的不许上岗；以县为单位设立曲艺协会、艺人联合会、联络小组、曲艺队等群众性组织，把流散艺人组织起来，进行经常性的政治和业务教育[1]。文艺界还树立了不少优秀艺人榜样，如陕西的韩起祥、天津的李润杰、部队的高元钧、福建的陈春生、湖北的魏子良、胡明朗等[2]，带动说书赚钱的民间艺人向党的红色宣传员"转化"。鉴于民间艺人改造难度太大，1963年上海等地开始大规模培养红色故事员，试图以此改造并彻底取代旧民间艺人，仅天津地区就出现了七千多名故事员[3]。在改造旧传播网络的同时，党和国

---

① 侯金镜：《推进曲艺工作的三点建议》，《文艺报》1964年第1期。

② 陈骢：《做党的宣传员——介绍湖北省曲艺人魏子良、胡明朗》，《文艺报》1964年第1期。

③ 《发挥文化轻骑兵作用——天津市七千余故事员大讲革命故事》，《曲艺》1965年第5期。

家还逐步建立起遍及全国的文化馆、站、俱乐部（农村、厂矿、连队）等普及性文化机构，有效地推动了"人民文艺"的传播。1955年，文化部召开各省市文化局长会议，系统规划农村文化传播网络建设："必须配合农业合作化高潮和扫盲运动，大力开展农村文化工作。必须实行全面规划，有计划、有步骤地大量发展以农村俱乐部为中心的农村文化事业网——电影放映网、幻灯网、书刊发行网、图书流通网、艺术团体网、广播收音网、文化馆站网。"①1955—1956年农村俱乐部飞速发展，形成覆盖全国的俱乐部网②。十万多个农村剧团和自乐班、歌咏会，几乎全被归并到俱乐部③。为使社会主义文化普及到每个角落，国家非常重视农村和少数民族地区等薄弱环节和"空白点"的文化建设，把有限的传播资源配置到最需要的地方。文艺界坚持雪中送炭、普及第一的原则，采取各种措施丰富农民的文艺生活：专门成立农村读物出版社，出版通俗读物。1956年出版发行机构在广泛调查农民阅读兴趣的基础上，做出大量供应农民读物的规划④。各地新华书店与原来在农村出售书画的小商贩建立批销、经销关系，形成遍及全国的农村书籍销售发行网。为让短篇小说扎根农村，中国作家协会农村读物工作委员会在《农村读物丛书》中编选三本《短篇小说》（1964），并号召报刊、电台、文化馆、新华书店做好推介工作⑤。赵树理也为此编选短篇小说集《下乡集》⑥。文化管理部门制定了剧团巡回演出制度，给农民送戏上门；有计划地安排城市书场、茶馆和堂会里的民间艺人回乡，丰富农民的业余文

---

① 大力发展文艺创作和农村群众文化事业》，《文艺报》1955年第24期。

② 焦勇夫：《发展农村文化革命的基地》，《文艺报》1956年第3期。

③ 沈雁冰：《文学艺术工作中的关键问题》，《文艺报》1956年第12期。

④ 《请听来自农村的声音》，《文艺报》1956年第1期。

⑤ 王笠耘：《欢送〈短篇小说〉下乡》，《文艺报》1964年第2期。

⑥ 冯健男：《赵树理创作的民族风格——从〈下乡集〉说起》，《文艺报》1964年第1期。

艺生活；有意向没有剧种剧团的文化贫困地区移植剧种剧团；辽东地区则"有组织、有计划地建立辽东无电影地区的电影放映网，使电影普及深入到农村、工厂、矿山、森林、铁路沿线和沿海岛屿"①。

　　鉴于影视等现代传媒还未普及（有电才能放电影，广大农村尚处于煤油灯时代），当时曾采用各种原始方法传播"人民文艺"：文化部曾重点发展幻灯事业，使其成为重要的宣教工具②。各地都建立了幻灯机和幻灯片制造厂，成立幻灯放映队。组织民间艺人参加幻灯放映，配合渔鼓、月琴等乐器边说边唱，演出盛况空前③。1964 年，内蒙古"三姊妹"用最简单的工具和材料，制成四镜头幻灯机，使幻灯画面化静为动，具有了电影的部分表现能力，迅速推广全国，被人民誉为"小电影""土电影""电影戏"④。当时还出版了大量幻灯著作，如吴定洪的《苏联的幻灯》（1957）、吴光的《怎样画幻灯片》（1965）等，向群众普及幻灯原理，讲解如何就地取材自制幻灯机，如何绘制闪光、流水、鸟飞、花开、车行马跑、投弹、锄地、喷药、眼珠转动等活动幻灯片。

　　当时各类传播机构都不是独立的，而是通过行政隶属关系构成传播网络，具有组织严密的行政运行机制。由国营剧团、民间职业剧团、农村和厂矿业余剧团组成的庞大的剧场传播网络，具有自上而下的普及机制：上级剧团负责指导下级剧团，通过巡回示范演出、定期轮训等方法，帮助下级剧团提高；国营剧团必须承担帮助业余剧团的重任，"应与当地一两个工人或农民业余剧团，建立经常的、固定的辅导关系；协助他们的编、导、演出工作，协助他们总结经验，培养典型，并借此向

---

① 《辽东省电影工作队确立企业化经营管理》，《文艺报》1953 年第 4 期。

② 《应大力推广幻灯放映工作》，《文艺报》1952 年第 15 期。

③ 《开展中的湖南幻灯工作》，《文艺报》1952 年第 23 期。

④ 叶林：《专业文艺工作者的好榜样》，《文艺报》1964 年第 11—12 期。

群众学习"①。同时，还具有自下而上的提高机制，不同层次（乡、县、市、省、国家）、不同行业（农业、工业、军队等）的剧团，都有定期会演和观摩演出制度，从最基层逐级向上选送优秀节目参加会演，并通过奖励优秀剧目和演员，增强不同剧种剧团的交流学习，提高人民戏剧鉴赏和艺术水平，促进不同剧种之间戏曲节目的相互改编。当时的电影传播网、有线广播网、图书写作出版发行网，也存在这种上下级间指导与被指导、提高与被提高的行政运作机制。

第二节　传播内容：新与旧的对峙

建设"人民文艺"的传播网络，是为了传播社会主义新文化，但当时的多数传播机构、传播者和接受者都有着根深蒂固的"喜旧厌新"心理，没有行政干预，新文艺很难与旧文艺抗衡。建国初，农村剧团大演旧戏，新戏吃不开。吴桥县四十二个剧团，演旧戏和新旧兼演的占66%，"大量新剧团倒向旧剧，出现新旧二混子剧团，不是竞相向新文艺发展，而是向旧剧道路发展"②。粤剧名艺人曾三多，曾创办演出新剧目的大众剧团，很快就被演出旧剧的剧团挤垮③。每当政治控制松动时，便会出现大演旧剧的"逆流"，干部禁演旧戏，农村剧团就偷着演，派人放哨，干部来了演新戏，干部走了演旧戏④。尽管曲艺界反复倡导说唱新书，但艺人为增加收入，还是纷纷放弃新书，争说旧书⑤。北京的

① 文化部：《关于整顿和加强全国剧团工作的指示》，《新华月报》1953 年第 1 期。

② 焦玉峰：《重视农村剧团的领导工作》，《文艺报》1952 年第 2 期。

③ 《中南区老艺人座谈会记》，《文艺报》1952 年第 19 期。

④ 阳光：《农村业余剧团的困难》，《文艺报》1956 年第 24 期。

⑤ 姚芳藻：《这是"尊重遗产"吗》，《文艺报》1953 年第 10 期。

租书摊中旧武侠言情小说最受欢迎，有的还出租"笑生""冷儒雁""忆斯楼主"的色情读物，而"五四"后的新文艺、解放区的文艺则寥寥无几①。

传播者和接受者"喜旧厌新"，除当时批判的旧文艺迎合落后趣味外，更重要的原因是旧文艺久经磨炼，艺术性和娱乐性强，具有成熟的表演艺术和深广的群众基础。而新文艺则更重视政治信息的传播，政治性强而艺术性弱。"旧曲艺非常迷人，百听而不厌，写得好！新曲艺可不行，太简单，不能拉住主顾"。"新戏不是锄就是镰，不是筐就是担，老一套，不解渴"②。

普遍存在的"喜旧厌新"的心理，是"人民文艺"生产与传播所面临的最大障碍。为此，文艺界曾长期推行"推陈出新"的政策，以行政干预的方式助推"人民文艺"进入传播网络，占领文化阵地，不断排挤封建、资本主义的旧文艺。建国初《文艺报》曾反复倡导创作表现新生活、新人物的年画、连环画；创作与时代同步发展的新音乐；创作表现新时代的工人舞、军人舞和集体舞；从写作、出版和发行各个环节限制旧书，鼓励新书；反复批判大演旧戏，倡导革新台风。北京市第四文化馆曾搜购几百种新小人书，到天桥附近摆摊，不收租金，旧书摊的生意开始冷落，文化馆还统一购置大量新小人书，由各书摊自愿认购，经营半月后每日还一本书钱，还完为止，同时教育小人书摊贩认识到传播新文化的使命③。西安市1951年共有小人书摊二百一十家，小人书五万余册，其中旧的三万多册，三分之二以上"有毒"。文教局通过自审、自察、自缴运动，新书与残存旧书的比例变为六比一，并决定培养新书

---

① 康濯：《且说北京租书摊》，《文艺报》1950年第2卷第4期。

② 苗培时：《且说打磨厂——北京通信》，《文艺报》1950年第2卷第4期。

③ 白融：《夺取旧小人书的阵地——北京通信》，《文艺报》1950年第4期。

摊，把全市书摊业变为人民文化阅览站①。1955 年国务院批准《管理书刊租赁业暂行办法》，各地展开收缴旧书、增添新书运动，新连环画、新文艺书籍逐渐挤进旧租书摊，图书租赁业面貌明显变化②。1956 年国家对私营租书业进行社会主义改造，不少租书摊被改为街道连环画阅览室和少儿阅览室。1960 年文化部颁发《关于进一步加强城市租书铺摊改造的意见》，要求新华书店介入租书摊铺的管理工作。1962 年，新华书店开始在全国开展租书业务，成为最大的图书租赁业的经营者，私营租书业日暮途穷。

在建国初的"推陈出新"过程中，旧民间趣味和国家意识形态的冲突非常剧烈，以至产生大量新旧杂糅的文艺：旧趣味的爱好者迫于政治压力，随意在旧形式中添加新内容。有些农村剧团把《玉堂春》里的解差变成解放军，《打渔杀家》中萧恩杀人后投奔解放区，《战长沙》中黄忠投奔桃园改为参加八路北上抗日③。《瓦岗山起义》里高举起"为人民服务"的大旗。不少剧团用旧戏的服装、动作和语言来表演现代人物④，革命干部穿龙袍束玉带，出场便呼"吾乃中共一党员"⑤；把刘胡兰扮成旧剧中的花旦，人民解放军扮成武生⑥。牛郎织女率领群众向玉皇和王母进攻，群众高呼"打倒帝王主义"，布景上出现镰刀、斧头；把《借东风》改为《借北风》，解放军将领天文台上借北风，使大军顺利渡江⑦。"把说快板、说相声、演双簧的人，打扮成非常丑怪的人物：羊皮

---

① 《彻底肃清旧连环画的毒害》，《文艺报》1952 年第 17 期。

② 《旧书摊的新气象》，《文艺报》1956 年第 1 期。

③ 贺兴敏：《加强对农村业余剧团的思想领导》，《文艺报》1953 年第 4 期。

④ 李国春：《更好地把民间艺人组织领导起来》，《文艺报》1952 年第 17 期。

⑤ 辛厚：《关于农村剧团的一些问题》，《文艺报》1952 年第 2 期。

⑥ 王钺：《对农村剧团演出节目的混乱现象的意见》，《文艺报》1953 年第 1 期。

⑦ 杨杰：《安徽省艺人暑期学习》，《文艺报》1952 年第 23 期。

祆的毛朝外翻着，头顶朝天小辫，大红歪歪嘴、白眼圈，随说随用扇子
向头顶上打，说的却是抗美援朝、新婚姻等内容。有的花车会将推车的
人扮成人民解放军战士，拉车的仍然是傻婆婆，穿着大红裤子，满脸大
红麻子，耳朵上挂着一对大红辣椒，一面拉车子走，一面回头向推车子
的人吊眉眼，形象十分恶劣。"①私营电台演唱革命歌曲，腔调仍是过去
的靡靡之音，把庄严的革命歌曲唱成跳舞场的流行小调，把《白毛女》
充满阶级仇恨的悲愤曲调变成软绵绵的莺歌燕语，丝毫显示不出农民的
斗争情绪②。评弹艺人以旧思想感情说唱新题材，用《啼笑因缘》中何
丽娜的表情来表现《白毛女》中的喜儿③。建国前的年画和月份牌，以
西洋美女和中国宫廷仕女画为主，在建国初新年画运动中，艺人不得
不向工农兵靠拢，有的以画时装美女的审美观念、表现方式来画劳动
人民，表情和神态透露出资产阶级小姐、少爷的气质④。有的把解放军
的脸画成青灰色、绿色，类似皇军和灶王爷⑤，有的把劳动模范画成小
头小脸窄额角秃头顶，有的将志愿军画得悲观软弱⑥。这些新旧杂糅的
艺术不利于思想政治教育，不利于建构新的人民、模范和军人的本质，
因此被严格控制。为规范音乐传播而特别规定：不得把革命歌曲（国、
党、团、队、军歌，领袖颂歌）改编为交际舞曲或在跳交际舞时演奏，
禁止马戏团、杂技团油腔滑调地吹奏革命歌曲招揽生意，禁止用爵士乐
和黄色歌曲为交际舞伴奏⑦。

---

① 贺兴敏:《加强对农村业余剧团的思想领导》,《文艺报》1953 年第 4 期。

② 《注意私营电台的歌曲播唱》,《文艺报》1952 年第 2 期。

③ 《改进评弹的说唱内容》,《文艺报》1952 年第 9 期。

④ 蔡若虹:《从年画评奖看两年来年画工作的成就》,《文艺报》1952 年 17 期。

⑤ 钟惦棐:《从今年的年画作品看年画家的艺术思想》,《人民美术》1950 年第 2 期。

⑥ 《工人对〈连环画报〉的意见》,《文艺报》1952 年第 18 期。

⑦ 《应严肃地对待庄严的革命歌曲》,《文艺报》1952 年第 11—12 期。

新旧矛盾是文艺界持续关注的焦点。在意识形态控制较为宽松时，政治对文艺传播的控制相对减弱，文艺界还能较好地执行"推陈出新"的政策，展新而不斥旧，重视学习旧文艺的艺术性，并通过提高新文艺的艺术水平战胜旧文艺。而当激进思潮占上风时，为维护意识形态的纯洁性，"推陈出新"常被推向"以新代旧"的极端。建国初，在农村粗暴对待旧戏的现象极为严重：有的文艺干部分不清神话与迷信、爱情与淫秽的界限，盲目禁演古装戏，把它统统视为"封建戏"和"落后戏"，规定古装戏不得参加会演，只准职业剧团而不准业余剧团演，并采取没收行头、封戏箱、强迫旧艺人写悔过书等惩罚措施①。有的把旧艺人当成"迷信职业者""张口地主""懒汉职业""二流子"。在筹办中南六省民间艺术会演时，湖北某地竟采用传票的办法，派民兵把艺人当成犯人硬抓过来，艺人心有余悸，参加会演也不敢带好的乐器。这严重挫伤旧艺人的积极性，造成他们与文化干部的尖锐对立，并破坏了民族文艺遗产：黄陂盛行的皮影戏，因表现不好新生活、新人物而基本消失；广西许多采茶剧团，因排演表现现代生活的新节目，放弃了采茶舞的身段和舞蹈，失去原有韵味。由于政治介入，民间艺人师徒传承关系被破坏，青年不愿学，老艺人不敢教，许多民间艺术因后继无人而濒临灭亡②。

1952 年第一届全国戏曲观摩演出大会召开，《人民日报》发表社论批判戏改中的粗暴态度和保守作风，反对随意篡改历史故事和民间传说，"因而经常发生反历史主义和反艺术的错误，破坏了历史真实和艺术的完整"③。陈荒煤在中南区第一届戏曲观摩会演大会上严厉批评粗暴禁演旧戏，强调禁戏要呈报文化部批准，未经批准禁演旧戏，是无组

---

① 阳光：《农村业余剧团的困难》，《文艺报》1956 年第 24 期。

② 李凌：《保护和发扬优秀民间艺术》，《文艺报》1953 年第 7 期。

③ 《正确地对待祖国的戏曲遗产》，《文艺报》1952 年第 19 期。

织、无纪律行为，未经上级批准的已禁剧本，原则上应解禁①。周扬则尖锐批评"以新代旧"的急躁和粗暴心理：在要求表现新生活时，必须考虑到各戏曲形式和新内容的矛盾，必须在原有基础上改革，首先整理和保存其旧有的优秀剧目，在内容上剔除其封建性而发扬其人民性，在艺术形式上加以改进，提高其表现现实的能力；然后按各剧种的不同情况，凡适合表现现代生活的，就使其得到充分发挥，凡只适合表现历史和民间传说题材的，就不要强求它立刻表现现代生活，损害它固有的优点和特色，而只能逐步引导它向这个方向发展②。遗憾的是，上述正确的意见并未得到认真贯彻。1956 年，文艺界不得不再次纠正"以新代旧"的偏差：文化部召开全国戏曲剧目工作会议，开放了许多被禁演的古典戏曲，许多报刊展开剧目讨论，主张对传统戏曲放宽尺度，不要笼统否定③。《文艺报》则对流行的"古典题材的戏剧教育意义不如现代题材的戏剧"的观点集中展开批判：卞文英的《文艺界为什么对影片〈天仙配〉这样冷淡》（1956 年第 10 期）、金的《过于执的逻辑》（1956 年第 10 期）、张庚的《反对用教条主义的态度来"改革"戏曲》（1956 年第 10 期）认为这种观点轻视民族遗产，严重妨碍了对古典艺术遗产的继承和发扬，他们呼吁扩大借鉴古典文艺遗产的范围，反对不问剧种、剧团的实际条件，一律要求立刻表现现代生活的教条主义态度。

　　1958 年，"厚今薄古"倾向再次抬头。中国作协召开座谈会批判文艺研究和教学中的"厚古薄今"倾向：作协共有理论批评家九十一人，绝大部分研究古典文学，写现代评论的极少，在大学的三十九位名教授中，研究现代文学的只有三个半。会议要求各报刊批评这一倾向，倡导

---

① 陈荒煤：《加强团结，做好戏曲改革工作》，《文艺报》1952 年第 19 期。

② 周扬：《改革与发展民族戏曲艺术》，《文艺报》1952 年第 24 期。

③ 本刊记者：《各地讨论戏曲剧目——综合报道》，《文艺报》1956 年第 17 期。

古典文学研究者研究现代文学，鼓励高校中文系改进现代文学教学，并多刊发现代文学的研究和评论文章①。王积贤批评文学研究所人力配备不合理：古代文学组的力量超过现代文学组十倍以上，研究西方文学的也要超过七八倍，他主张大力加强现代文学研究组的力量，并设立当代文学的研究机构②。多数高校在教改中都采取了压缩古典文学、增强新文学的措施：北京大学中文系率先改革教学的内容和方法；马列文论课程以毛泽东《在延安文艺座谈会上的讲话》为纲，重新编制教学大纲和教材；坚决贯彻"厚今薄古"原则，拟增设"当代文学""民间文学""中国文学思想斗争史""文艺讲座"等四门现代文学课程③，以此扭转把中文系变成"古文系"的倾向④。武汉大学将"今一古五"的课时设置改为"今三古二"，经过改革，"大家向往的已经不是盲目钻故纸堆，而是争读《青春之歌》、《红旗谱》、《苦菜花》等小说了；也不再是光背诗词，而是乐读民歌了"⑤。北京师范大学则反对抬高"五四"时期资产阶级民主革命的作品，贬低1942年后的工农兵文学，主张大大增加1942年后优秀作品的讲授比重⑥。戏剧界则大演现代戏。周扬、刘芝明、周巍峙等人倡导戏曲艺术的第二次革新，创造"社会主义民族的新戏曲"。刘芝明提出："苦战三年，争取在大多数剧种和剧团的上演节目中，现代剧目的比例分别达到20%至50%，要争取在三五年内，有大批的现代剧目具有高度的思想性、艺术性和表现技巧，成为优秀的保留剧目。"⑦

---

① 本报记者：《文学评论工作的一次重要会议》，《文艺报》1958年第8期。

② 王积贤：《研究现代文学也要"厚今薄古"》，《文艺报》1958年第9期。

③ 纪延：《红旗插上了文艺教学阵地》，《文艺报》1958年第12期。

④ 陈贤策：《深入进行教学改革和思想革命》，《文艺报》1958年第12期。

⑤ 孟宪宏：《高举红旗，破浪前进——武汉大学中文系在大跃进中》，《文艺报》1958年第15期。

⑥ 北京师范大学中文系：《把红旗插遍文学教学的阵地上》，《文艺报》1958年第5期。

⑦ 柏繁：《戏曲艺术的第二次革新》，《文艺报》1958年第6期。

民间文学领域也掀起发掘民间文艺传统的浪潮，由于过分强调"厚今薄古"和政治教育意义，具有反封建与阶级斗争主题的民歌得到挖掘，而与此无关的民歌则被忽视，许多经过整理的民间艺术失去原有艺术风貌，因此受到某些地区抵制：新疆"以孜牙为首的地方民族主义反党集团"拒绝执行"推陈出新"的文艺政策，指责党"不尊重民族传统"、"破坏民族风格"①；湖南苗族地区也出现抵制"推陈出新"的"苗歌退色"论②。及至文艺调整时期，文艺界不得不再次纠正"厚今薄古"。周扬说：浮夸风中青年人集体编的教材，水平都低，不能继续采用，因为对老专家否定过多，青年人知识准备很不足。而调整时期的高校文科教材编选，则较好地贯彻了党内外新老专家合作的原则，"掌握书本知识比较多的还是老一代的专家"③。多数高校中文系的古典文学与现代文学课的比例，也从一比一改回了三比一。在戏剧领域，夏衍、田汉等人极力反驳"历史剧不能与现代剧平起平坐"的观点，呼吁加强历史剧创作④。1963年底开始，"以新代旧"的狂潮再次席卷而至：上海、北京相继举行现代剧观摩会演，华东区召开话剧观摩演出大会，北京举办现代题材剧目演出周，现代戏、新书、新曲艺等成为文艺界的关键词，才子佳人、帝王将相戏受到围剿，各地方剧开始大规模地编演现代戏。中国评剧院、河南豫剧三团、上海人民沪剧团被确立为编演现代戏的标兵⑤，丁是娥、常香玉被确立为演出现代戏的典范。文艺界力挺京剧现

---

① 《天山》社论：《划清界限，投入战斗》；叶丹：《铲除以孜牙为首的反党集团》，《文艺报》1958年第12期。

② 贾芝：《采风掘宝，繁荣社会主义民族新文化》，《文艺报》1958年第16期。

③ 周扬：《关于高等学校文科教材编选情况和今后工作意见的报告》，《周扬文集》（第三卷），人民文学出版社1985年。

④ 田汉：《题材的处理》，《文艺报》1961年第7期。

⑤ 方矛：《戏曲界编演现代戏的标兵》，《文艺报》1964年第6期。

代戏，《文艺报》社论肯定"京剧现代戏观摩演出大会"是京剧艺术革命的创举，对长期以来京剧要不要、能不能成功表现现代生活的争论，做出了富有说服力的回答①。为助推新书占领文化阵地，上海等地大讲革命故事，全国各地文化馆、图书馆纷纷组"讲书会""说书晚会""新书周""新书演唱训练班"，为农村培养说唱新书的骨干。新书（戏）战胜旧书（戏），被赋予文化革命的伟大意义，并成为媒体宣传的焦点：常香玉从《拷红》《花木兰》到《朝阳沟》，历经重重磨难，被视为革命行动。常熟评剧团薛惠萍说《红岩》，碰上两个名演员同时说旧书，卖座受影响，几百人的书场只剩几十人，经反复修改，才成为群众欢迎的新书目②。韩起祥把说唱新书视为阵地争夺战，有些旧书演员同他赛书，说《封神》《征东》的场子，先是一百多人，等韩起祥新书一开场，旧书场的人就陆续跑出来，由一百多剩下几十个（都是老年人）；而韩起祥的新书场则增加到三四百人，挤得水泄不通。坚持说旧书的人不得不认输③。新旧斗争无处不在：在上海农村，红色宣传员的《雷锋故事》《劫狱》挤垮了旧艺人的《粉妆楼》《天宝图》《济公传》；在城市的茶馆书场，《血泪斑斑的罪证》取代了《施公案》；在田间地头，青年人的《半夜鸡叫》战胜了老社员的《乾隆皇帝游江南》④。而周扬在1965年全国青年业余文学创作积极分子大会上，则希望与会者把每个生产队和厂矿俱乐部都视为文艺阵地，"你们在那里用新故事比垮旧故事，用新戏比垮旧戏，用新歌比垮旧歌"⑤。

---

① 《京剧艺术的创举——祝贺一九六四年京剧现代戏观摩演出大会》，《文艺报》1965年第1期。
② 《评弹必须创新》，《文艺报》1964年第1期。
③ 罗扬：《革命曲艺家韩起祥》，《曲艺》1963年第3期。
④ 左查：《蓬勃开展的上海农村新故事活动》，《文艺报》1965年第7期。
⑤ 周扬：《高举毛泽东思想红旗，做又会劳动又会创作的文艺战士》，《文艺报》1966年第1期。

第三节 如何提高传播效率，实现传播效果最大化

为扩大"人民文艺"的传播范围，增强其传播效率和能量，文艺界曾采取各种措施，促进各种传播方式相互配合，实现整体功能的优化：

其一，根据传播网络的需要组织文艺生产。当时文艺界曾长期给传播能量大、普及性强的艺术形式鸣锣开道。《文艺报》曾大量刊发指导连环画、年画、新音乐创作的文章，反复批判文艺期刊与文艺工作者供非所求，轻视曲艺、独幕剧、年画、广告画、宣传画、连环画等群众迫切需要的艺术形式①。群众需要大量新年画，但人民美术和朝华美术出版社 1954—1956 年在组织稿件时遭遇困难，因此动员广大画家把新年画列入个人创作计划②；连环画远远满足不了五亿群众如饥似渴的需要，因此号召文艺工作者"义不容辞地接受编写连环画脚本这一光荣的任务"③；戏剧书刊严重供不应求，新华书店因此受到指责④。电影和舞台剧本长期匮乏，周扬在第二次文代会上强调：创作更多的优秀剧本，"应当是全国作家的一个共同的责任。作家协会应当以组织作家参加电影剧本创作作为它的一项重要任务"⑤。1956年第7期《文艺报》刊发文化部、中国作协《联合征求电影剧本启事》。中国作协主席团《关于加强电影文学剧本创作的决议》和社论《作家们应尽的职责》，号召作家大力支

---

① 如王亦放的《为"小形式"开辟道路》(《文艺报》1956 年第 4 期)、《曲艺创作的新收获》(《文艺报》1956 年第 5—6 期)。

② 力群：《重视群众喜爱的新年画创作》，《文艺报》1956 年第 2 期。

③ 姜维朴：《大家来编写连环画剧本》，《文艺报》1956 年第 2 期。

④ 柏繁：《请问新华书店》，《文艺报》1956 年第 8 期。

⑤ 周扬：《为创造更多的优秀的文学艺术作品而奋斗》，《文艺报》1953 年第 19 期。

援电影工作,"作协和分会必须把组织电影文学剧本创作作为重要项目列入自己的工作计划中并保证有一定数量的作家写电影文学剧本"①。夏衍、冯雪峰、刘白羽、陈白尘、赵树理、马烽等都曾参与电影创作与改编。儿童文学创作则相对滞后,严文井、张天翼、冰心、汪曾祺等人则积极响应作家协会的号召,投身儿童文学创作。在"按需生产"的计划性文学生产机制中,形成了普及重于提高的文学规范,因为提高的文艺很难进入当时的传播网络,而针对高端读者的作品,刊出的可能性则很小;还形成艺术类型的等级制:每当政治斗争尖锐时,为动员群众参与政治运动,便会重点扶持更有群众性的艺术形式。如1958年民歌成为主导文学样式,小说、散文成为配角;1964年后戏剧、曲艺、报告文学成为主角,领导其他艺术发展。很多作家因此采用自己不熟悉的艺术形式,浪费了时间精力和艺术才情。

其二,各种传播媒介相互配合,共同拓展人民文艺的传播疆域。

1. 文艺期刊配合地方剧团和民间艺人。建国初,农村有大量剧团和民间艺人而缺乏演出的节目,文艺界因此制定地方文艺期刊"以提供演唱材料为主"的办刊方针,大量生产地方戏、鼓词、曲艺、快板和民歌小调。1956年又创办《剧本》农村版,为农村剧团雪中送炭②。1963年后,文艺期刊纷纷开设"故事会"栏目,为红色故事员供应作品,上海文化出版社的《故事会》丛刊,被故事员誉为"弹药箱"。2. 幻灯与电影相配合。由于电影镜头转换快,语言是普通话,农民看不懂听不懂,当时盛行放映电影前放映幻灯,用方言介绍剧情和人物。河北白洋淀电影放映队,把电影、幻灯和各种说唱艺术结合起来,边演幻灯边说唱电

---

① 《中国作家协会主席团关于加强电影文学剧本创作的决议》,《文艺报》1956年第7期。
② 《〈剧本〉农村版:一个面向农村的新刊物》,《文艺报》1956年第2期。

影内容，作为放映电影前的加演节目①。3.利用电影传播网络传播戏剧。《文艺报》曾发起舞台艺术纪录片的讨论，深入探讨戏剧与电影艺术的区别、如何利用电影传播戏曲②。许多地方戏被改编为电影纪录片，后来又出现了样板戏电影。4.利用有线广播网传播小说、戏剧和曲艺。当时广播电台曾长期把播放小说、曲艺作为重要节目，把小说改编为听觉艺术，曾是一件很繁重、也很具有创造性的事情。

其三，增强传播资源的流动性，使有限的传播资源发挥最大效能。建国初期，铁道部曾与青年艺术剧院联合举办了为时半年的"铁道部青年文化列车巡回演出"，观众多达百万以上③；为提高图书利用率，不少农村建立了流动图书馆；文艺界曾动员剧团、杂技团与民间艺人，到人员集中的物资交流大会、庙会进行流动演出④；动员民间艺人穿梭于农村大街小巷，把曲艺送到田间地头；制定剧团巡回演出、电影放映队下乡放映制度，把戏和电影送到群众家门口；在少数民族地区，则普遍建立了流动性强的文艺轻骑队⑤。由此形成了一个以艺人为主体的具有流动性的能够覆盖全国范围的"人民文艺"传播网。

其四，为把文艺普及到识字不多的群众中，倡导各种艺术形式的相互改编，尤其重视把文字艺术改编为视听艺术（电影、话剧、幻灯片、曲艺、评书、连环画、快板、鼓词、弹词、广播小说等），并为此建立了庞大的曲艺、电影、广播小说的改编队伍。《红旗谱》《苦菜花》《青春之歌》《红岩》等长篇小说被改编为电影、连环画而影响倍增；《登记》《三里湾》《李双双》被改编成各种地方剧，借助剧场传播网络而家

---

① 《农民欢迎有说有唱的幻灯》，《曲艺》1965 年第 5 期。

② 张骏祥：《舞台艺术纪录片向什么方向发展？》，《文艺报》1956 年第 10 期。

③ 该信息参见《文艺报》1950 年第 2 卷第 2 期。

④ 《物资交流大会上的文艺演出》，《文艺报》1952 年第 18 期。

⑤ 国棠：《草原上的一支文艺轻骑兵》，《文艺报》1964 年第 2 期。

喻户晓;《红岩》《红旗谱》《烈火金刚》《林海雪原》等被改编为评书、曲艺,"通过艺人演唱,就像添上了远翔的翅膀,得以传播到更大范围的群众中去"①。由于电影、戏剧最有群众性,意识形态对其监控更严格。《我们夫妇之间》《关连长》等短篇小说,都是改编成电影后,才引起重视和批判的。

在激进思潮主导文坛时,为了突出作品的政治思想教育意义,小说改编为电影、戏剧、连环画,一般会拔高主题和人物形象:电影《祝福》为突出人民的反抗性和教育意义,增添祥林嫂砍门槛的细节,把悲剧变成喜剧,破坏了其悲剧性格,减弱了震撼人心的悲剧力量②。话剧《十三陵水库畅想曲》改编为电影,大大增强了对美好未来的展望。高缨1960年把《达吉和她的父亲》改编成电影剧本,有意淡化其中的人情、人性,更换故事环境,拔高主题和人物③。在宽松时期,改编理念也会有微妙变化:郭维1956年把《三里湾》改编为电影《花好月圆》,有意增强爱情淡化政治,在"反右"中被批判篡改作品主题,使婚恋成为主线,路线斗争成为陪衬。1961—1962年,他又把王愿坚的小说《亲人》改编为电影,大量增加人情、人性。李准的小说《李双双》改编为电影,不再围绕兴办公共食堂展开叙事,而是围绕"评工记分"展开叙事,这显然有着对大锅饭与平均主义的反思,意在呼应调整时期强调按劳分配的经济政策。尽管如此,改编者还是删除了李双双在反抗男权压迫中从懵懂到觉醒的成长过程,一出场就是立场坚定的定型人物,反封建主题被削弱,集体主义战胜个人主义的主题被增强。

1962年《文艺报》发起《达吉和她的父亲》《李双双》的电影改编

---

① 梁明:《河北、山东、湖北曲艺活动见闻记录》,《文艺报》1964年第1期。

② 林志浩:《关于祥林嫂砍门槛的细节》,《文艺报》1956年第24期。

③ 高缨:《关于〈达吉和她的父亲〉的创作过程》,《文艺报》1962年第7期。

讨论，两种不同的改编理念发生尖锐冲突。尽管受意识形态的制约，当时的改编还是积累了丰富的经验。中国电影出版社曾出版《祝福：从小说到电影》《青春之歌：从小说到电影》《李双双：从小说到电影》《红色娘子军：从剧本到电影》《聂耳：从剧本到电影》《林则徐：从剧本到电影》等①，对电影改编如何使场景生活化，人物动作、语言个性化，如何充分发挥视觉艺术的特长等进行探讨，这对当前的影视剧改编工作还是具有一定的启示意义。

---

① 邵振棠：《"从小说到电影"云云》，《文艺报》1964年第4期。

第三章

20世纪80年代初文学规范的调整与转换

——以《时代的报告》（1980—1982）为中心

　　20世纪80年代初的许多文学争论，都与《时代的报告》有着密切关联。该刊在1980—1982年间曾因批评某些作品，以及关于"写本质"与"写真实"、如何开展文学批评、如何看待知识分子与工农兵的关系及知识分子思想改造、如何评价新时期文学与"十七年"文学等问题，频繁地在文坛掀起波澜，引发《文艺报》《安徽文学》《福建文学》《芒种》《上海文学》《北京科技报》等大量报刊的尖锐批评。梳理研究相关争论与各文学刊物之间的关系，可以更好地理解20世纪80年代初新旧文学规范调整与转换的过程及其复杂性。

　　1980年4月23日，黄钢、魏巍、姚远方等创办的《时代的报告》（季刊）正式出刊，为国际报告文学研究会会刊。黄钢时任公安部国际政治学院新闻系主任，因此刊物隶属公安部，由解放军印刷厂印刷，穆青、梁斌、康濯、杜宣、安岗、曾克等人曾列名主编，但不参与具体编务，一些部队作家参与编辑工作。《时代的报告》代表着20世纪80年代初一股守成的文学思潮。当和平与发展逐渐成为时代主题时，编辑部仍坚持战争年代的思维模式，在创刊词中"首先是提醒我们的读者，注意霸权主义者的扩张侵略与颠覆阴谋，剖析当前国际紧张局势继续加剧的根源，着力介绍国际间隐蔽战线上反间谍反颠覆的斗争"；在许多刊物反思文学与政治的关系时，该刊仍然坚持"文学事业应当成为无产阶级总的事业的一部分"；在许多刊物提倡写真实和干预生活时，该刊坚持"光明要歌颂，黑暗要暴露，落后要批评，但应以歌颂为主"；在许多刊物强调文学的人民性时，该刊"坚决反对把文学中的党性和人民性对立起来，更不打算以那种口头上着意宣称的人民性去片面地取代文学的党性"[1]。在这一办刊思想指导下，《时代的报告》几次成为争议焦点，与多数文学报刊尖锐对立，并最终转变为专发报告文学的"专业性"文学刊物。梳理相关的争论与各文学报刊之间的关系，可以更好地理解新时期之初新旧文学规范的调整及其复杂性：在本质化与写真实、政治化与专业化、工农兵与知识分子、"十七年"与"新时期"的尖锐博弈中，建立在"阶级分析"与"阶级斗争"基础上的"旧"文学规范逐渐消解，与新时期社会发展相匹配的文学思维结构则逐渐形成。

第一节　关于"写本质"与"写真实"的论争

1980年1月23日，全国剧协、作协、影协在京联合召开剧本创作座谈会，会期长达22天，会议旨在通过自由讨论，解决文艺创作中某些带有根本性、倾向性的重要问题。周扬、夏衍等人在会上反复强调坚决贯彻"三不主义"，倡导平等自由的讨论。会议充分肯定了三年来文艺所取得的成绩，批评了某些低估和抹杀成绩的观点，并重点对《在社会的档案里》(下文简称《档案》)《假如我是真的》《女贼》《飞天》等反映封建特权与青少年犯罪问题的作品展开讨论，多数与会者肯定作品敢

---

[1]　《我们连一秒钟都不会迟疑—〈时代的报告〉发刊词》，《时代的报告》1980年第1期。

于触及社会矛盾，并指出作品存在的不足，呼吁作家们增强社会责任感并注意作品的社会效果①。

然而，座谈会上被批评的观点，很快出现在《时代的报告》上，该刊并不看好近三年文艺的成绩，尤其不满1979年弥漫于各文学刊物的伤痕文学潮流，因此激烈批判《档案》《飞天》等作品，并试图扭转文学创作的方向。主编黄钢曾明确阐述自己的批评观："我们的刊物不是一般地评论文艺，是从国际斗争和思想斗争的角度来评论某些作品的原则性问题的。"②在筹办《时代的报告》时，他曾邀请孟犁野写作关于《档案》的评论，孟交稿后，黄钢没有采用，他想要的"是思想评论，而不是一般的'文艺评论'"③。《时代的报告》的评论文章，高度重视作品的政治倾向性，而较少关注作品的复杂性和艺术性。譬如指责《档案》"宣传叛国无罪"，"主题是对社会主义制度的怀疑"，是"有损无产阶级乐观主义的垃圾"④；指责《飞天》在反对封建特权时"竟然对整个社会主义制度也加以怀疑了"⑤，并进一步把批判的矛头指向刊发作品的《电影创作》《十月》等刊物。这种在过去曾反复出现的政治化的文学批评，与新时期普遍存在的社会心理存在尖锐的矛盾，在当时掀起轩然大波。伤痕文学成为主导性创作潮流，是特定历史与现实生活的产物，是各种不满情绪长期积聚的结果，是作家们真实思想情绪的反映，很容易引起读者的共鸣。《档案》初刊于民间刊物《沃土》，《电影创作》1979

① 《剧本创作座谈会情况简述》，《文艺报》1980年第4期。

② 《黄钢同志对于〈文艺报〉的意见》，《文艺情况》1980年第17期。

③ 启之：《孟犁野访谈录》，《银海浮槎：学人卷》，民族出版社2011年，第268页。

④ 本刊评论员：《〈在社会的档案里〉向我们提出了什么问题？》，《时代的报告》1980年第1期。

⑤ 田均、梁康：《拨开用香烛编织的迷雾——评中篇小说〈飞天〉》，《时代的报告》1980年第2期。

年第 10 期转载后，作品尖锐的反封建主题引起读者广泛共鸣，该期刊物严重脱销，编辑部收到几百封读者来信，其中百分之九十持肯定态度，大多给予最热烈的颂扬。《时代的报告》则反其道而行之，刊文批判《档案》，编辑部收到观点不同的来信 15 封，其中有 3 封是尖锐批判刊物的。漠雁在《解放日报》刊文批判《骗子》《飞天》《档案》，编辑部也收到许多来信，"其中当然有热情支持的，但主要是争辩反驳的，也有攻击谩骂的"①。漠雁批评《档案》的文章在《文艺报》刊出后，编辑部收到来稿 106 篇，赞成的只有 3 篇，持反对意见的达 99 篇②。刊发《飞天》的《十月》编辑部也收到读者来信 34 件，其中肯定和赞扬小说的 11 件，关心说主人公命运并为作品辩护的 17 件，基本上肯定并对作品提出意见的 5 件③。多数读者的心理可谓一目了然。而作家、评论家因不满过去文学的反现实主义倾向，也多主张写真实讲真话。早在 1979 年 10 月与 12 月《文艺报》连续两次召开的文学作品如何更好地反映新时期的社会矛盾问题座谈会上，多数与会者也对上述作品基本持肯定态度。

　　《时代的报告》杂志对《档案》《飞天》等作品进行的批判，侧重政治分析与评判，而对主导性的社会心理关注不够，并试图扭转这种社会心理，这容易导致文艺远离人民生活，不利于反映人民的思想情感和愿望，不利于恢复现实主义传统，因此《人民日报》《文艺报》《安徽文学》《长安》《芒种》等纷纷刊文商榷。相关争论主要围绕如下问题展开：

　　第一，关于封建特权、官僚主义与青少年犯罪问题。《时代的报告》激烈批评《档案》等作品，意在限制文学表现这类问题，引导文学关注

---

① 漠雁：《迟发的稿件——评〈在社会的档案里〉》，《文艺报》1980 年第 9 期。

② 《编者的话》，《文艺报》1980 年第 11 期。

③ 《对中篇小说〈飞天〉的不同看法》，《文艺情况》1980 年第 16 期。

积极向上的力量。而支持者则认为作品"在反封建、特别是猛烈地冲击封建特权上，是反映了广大人民群众的愿望的……人民对社会主义社会中的这种中世纪的腐朽现象表示强烈的义愤，是完全正当的"[①]，认为作品"决不是指向我们整个的社会主义制度，更不是指向党和军队，而是指向我们社会上的封建主义余毒，指向我们具体制度中那些使封建特权得以滋生、利用的环节"[②]。多数讨论者主张把社会制度与封建遗毒区别开来，不赞成把封建残余影响夸大为主要矛盾，并期待通过文艺创作揭露封建特权和干部特殊化现象，为四个现代化建设清除阻力。对上述作品表示不满的，并非仅仅是《时代的报告》同人，当时也有不少人在肯定创作自由的前提下，反对从无政府主义、极端个人主义出发批评封建遗毒。夏衍在新时期力主文艺反封建、推动民主法制建设，但他不赞成把问题极端化，他曾以千疮百孔的大船为喻，认为"向四化进军"不能开得太快，需要注意方向、方法，也需要注意分寸和时机。当时青少年犯罪是个突出的社会问题，权与法的关系成为社会关注焦点，夏衍期待文艺能够帮助青年加强法制观念，帮助犯罪者改邪归正[③]。周扬也认为群众欢迎的不一定就都是对的，"骗子最后是受到了惩罚，但在精神上仿佛还是他胜利了，人们的同情还在他一方面。作者的本意是在反对官僚主义、特殊化，但依靠骗子、罪犯来反对，岂不是越反越乱吗"[④]？艺军认为用堕落、犯罪、虚无主义反对社会不公平，容易成为破坏性因素。由于当时的文学是与复杂的历史问题、当下的社会问题以及社会思潮纠缠在一起的，上述观点并未能得到广泛认可，夏衍曾说自己对作品

---

① 艺军：《〈在社会的档案里〉四题》，《文艺报》1980 年第 5 期。

② 张维安：《地上的艺术与空中的批评》，《十月》1980 年第 2 期。

③ 《夏衍同志的发言》，《文艺情况》1980 年第 3 期。

④ 周扬：《解放思想，真实地表现我们的时代——谈有关当前戏剧文学创作的几个问题》，《文艺报》1981 年第 4 期。

的意见是少数派，在一次十七个人参加的讨论会上，竟然有十五人反对他，支持者只有两人！

第二，关于"写本质"与"写光明"问题。《时代的报告》坚持20世纪50至70年代"写本质"的文学规范，主张文学反映社会生活的光明本质，而阴暗面是非本质的、非主流的，不宜过多书写。1979年多数文学刊物都在与反对写伤痕的言论做斗争，支持写真实和干预生活。《文艺报》也想借此把文艺创作搞活，改善党对文艺的领导，因此连续刊文批评《时代的报告》所倡导的"本质即光明"论，认为其实质是回避矛盾，不利于恢复现实主义传统[①]。《人民日报》也刊发《文艺报》编辑陈丹晨的文章，批评把"写本质"理解为"写光明"[②]。《时代的报告》则针锋相对，不点名批评《文艺报》"津津乐道于黑暗"，"这种'黑暗本质论'见之于负责宣传文艺政策的刊物"[③]。多数文学报刊都参与了关于"写本质"的大讨论，许多文章或点名或不点名批评《时代的报告》。也正是经过这场大讨论，写光明与写黑暗、写本质与写真实、写本质与写现象等二元对立的思维结构逐渐被消解，文艺界关注的重心逐渐从抽象的、普遍的社会本质向具体的、感性的生活现象转移，"写本质"的文学规范逐渐失去对文学创作的影响力，文学批评界也逐渐放弃了"本质""光明"与"黑暗"等使用了几十年的概念。

这场讨论推动了文艺界的思想解放，在讨论中，多数论者是强调社

---

① 如周介人《它在哪里失足？》（《文艺报》1980年第7期），李基凯《要理直气壮地反对官僚主义》（《文艺报》1980年第10期），李准《关于文艺反映生活本质的几个问题》（《文艺报》1981年第2期），童庆炳《文艺真实性三题》（《文艺报》1981年第3期），陈丹晨《多样性，生活和艺术的妙谛——评一种公式》（《文艺报》1981年第3-4期）等。

② 陈丹晨：《"写本质"与"写光明"不能划等号》，《人民日报》1980年8月27日。

③ 徐延春：《社会主义的光明本质与格瓦拉道路——评〈文艺报〉所载〈它在哪里失足？〉》，《时代的报告》1981年第1期。

会责任感的，认为不能只盯着黑暗，也要寻找光明，帮助读者获得信心和力量。在剧本创作座谈会上，夏衍说自己坚持不写受虐待的经历，这"对我们的社会，对中华民族，对党，对人民没有什么好处"；历经坎坷的吴祖光也说"涉及这类题材是揭疮疤，我不愿揭这个疮疤"，他不反对青年作者写伤痕，但建议他们写高贵的情操和光明的东西[1]。杜高号召青年作家向两位老剧作家学习，学会透过伤痕看到火光[2]。尽管这种观点曾被《文艺报》编辑李基凯视为是对"写真实"的改头换面的禁锢[3]，但还是有广泛代表性的。周扬希望辩证理解干预生活和现实主义，"不要把文艺创作引到专门揭露阴暗面的方向去"，写积极的力量也可以是干预生活和现实主义。艺军在肯定《档案》时，重点指出其真善美失衡问题，并期待在修改中达到统一[4]。童庆炳批评《时代的报告》的光明本质论，也明确提出"文学创作要找到真实和崇高的交切点"[5]。而这个时期的多数文学报刊，也期待把群众从创伤性情绪中疏导出来，强调干预生活不是文学的唯一职能，并倡导作家深入变革的生活中寻找积极力量，塑造社会主义新人，建设有利于四化的时代精神。正是在这样的时代氛围中，伤痕文学因此而逐渐退潮，在退潮中出现许多带着伤痕而寻找理想、积极推进四化建设的作品。

第三，关于写真实与社会效果的关系。《时代的报告》认为《档案》等作品社会效果不好，是破坏性的"矛头"和"毒针"，对党群军民关系产生不良影响，某些犯罪细节会诱使青少年犯罪，助长社会恶习传播；而过多宣泄痛苦绝望的情绪，也不利于增强社会的认同感与凝

---

① 《剧本创作座谈会文集》，四川人民出版社 1981 年，第 52、237 页。
② 杜高：《透过伤痕看到精神的火光》，《剧本》1981 年第 5 期。
③ 李基凯：《"改头换面的禁锢"》，《文艺报》1980 年第 7 期。
④ 艺军：《〈在社会的档案里〉四题》，《文艺报》1980 年第 5 期。
⑤ 童庆炳：《文学真实性三题》，《文艺报》1981 年第 10 期。

聚力。这种观点不乏合理性，在当时的情势中却引发激烈争鸣。《文汇报》《钟山》《雨花》等许多报刊围绕"社会效果"展开大讨论，多数人认为这些作品是清除封建遗毒的"手术刀"和"消毒针"，只有揭露问题才能解决问题，才能完善社会制度，推动民主与法制建设。这个争论并非单纯的理论之争，而是牵扯着各种复杂的社会历史问题。《时代的报告》从"社会效果"出发反对过分强调"写真实"，意在重新设定文学的边界，缓和文学与社会之间的冲突，自然也有其合理之处，而反对者更期待以文学推动社会的变革，因此指责对方是新的禁区和棍子。

而恰恰在这时，各地纷纷出现以社会效果为由限制写真实，压制《省委第一书记》《高楼在他们手中》《请举起森林般的手，制止！》等批判性作品，以致作家们顾虑重重，或回避矛盾，或搁笔观望，此时《文艺报》开始质疑"社会效果"论了："一个时期以来，原来是从要求作家加强社会责任感而提出的应当注意社会效果的正确主张，竟也被有些同志利用来作为粗暴干涉的理由。"[1] 韦君宜强调干预生活之作都有大批读者来信支持，其社会效果是好的，不能把犯罪归咎于文艺，因为多数少年犯都是不读书的文盲，过分强调社会效果，只能使作家"感到难以下笔"[2]。《文艺报》还煞费苦心，借助读者来信为《档案》等作品的社会效果辩护，把刊物的立场转变为民意[3]。沙叶新则认为 1980 年的话剧与现实生活距离远了，干预生活的味道淡了，并把这归咎于剧本创作座谈会[4]。经过广泛讨论，文艺界逐渐认识到社会效果的多样性，创作动机与社会效果关系的复杂性，社会效果不应由领导来定而应当由群众来检验，逐渐摆脱了单从政治角度评判作品的社会效果的思路。

---

① 何庄：《这种习惯不能改一改吗？》，《文艺报》1980 年第 9 期。

② 韦君宜：《谈谈"社会效果"》，《文艺报》1980 年第 7 期。

③ 《关于〈在社会的档案里〉等作品的争鸣》，《文艺报》1980 年第 9 期。

④ 沙叶新：《扯"淡"》，《文艺报》1980 年第 10 期。

第二节　关于文艺批评的两种倾向

新时期之初，思想界和文艺界最关心的问题，是如何摆脱粗暴批评、不敢批评两种倾向，恢复批评与自我批评的优良传统，使文学批评正常化。召开剧本创作座谈会，也意在消除文艺界对高度政治化的文学批评的恐惧，探索以平等自由讨论来解决文艺问题的方法。许多文学刊物先后以"批评"代替"批判"，用"评论"代替"批评"，也是想淡化粗暴批评的不良影响。《时代的报告》逆流而动，坚持进行政治化的文学批判，让人感觉似曾相识恍如隔世，因此被许多报刊指责其与剧本创作座谈会唱反调，严重违反"三不主义"，有违艺术民主，不利于文艺政策调整和文艺的复苏，并由此引发如何开展文艺批评的讨论。

1981 年《解放军报》《解放军文艺》《文学报》等报刊批评电影文学剧本《苦恋》，而《时代的报告》隆重推出的批判增刊，是所有文章中火力最猛、调门最高的。当时多数论者认为《苦恋》的主要人物是爱国的，但却没有起到爱国教育的效果，作者想要表现"中华民族的凝聚力和向心力"，却产生分离知识分子与祖国关系的负面影响；而白桦的相关发言也不乏情绪化，如简单把人民性与党的领导对立起来，不加分析地使用"当权者""封建特权"等概念。因此多数报刊都认为作品应该批评，分歧的焦点在于如何展开批评。

为避免重蹈把文学批评搞成政治运动的旧辙，《人民日报》《文艺报》《新观察》《文汇报》等拒绝转载军报文章，想把讨论限制在专业层面。《人民日报》倡导健全的文学批评，主张对有错误倾向的作品和言论进行"恰当"的批评，但要吸取历史教训，不要颠倒支流与主流的关系，并指出："如果某一报刊发表了批评文章，其他报刊觉得有必要转载，自然未尝不可，但也不必竞相转载。用政治运动或变相政治运动的办法处理文艺问题，处理精神世界问题，往往容易混淆两类不同性质的矛盾，混淆政治与文艺的界限，后患无穷。"①《文艺报》再次借助读者来信表明刊物的态度：编辑部收到来信来稿共12件，认同军报批评的只有2件，10件提出不同意见，认为批评"采用了不够慎重的方法，社会效果适得其反"，"即使作品有原则性错误，也只能实事求是、合情合理地分析，不能无限上纲"②。

　　1981年8月召开的全国思想战线问题座谈会，提出反对思想战线涣散软弱、试图扭转不敢批评的风气。上述指责军报评论文章而不对《苦恋》表态的倾向受到严厉批评，"这不但是软弱，而且是失职"③。《文艺报》奉命写出了科学分析的有说服力的批评文章④。这篇文章对《苦恋》的整体评价与《解放军报》基本相同，不过更讲究批评方式，更重视以理服人。相关争议更多地从报刊转向幕后，转移到有重要领导参加的座谈会上：张光年、周扬等人认为《时代的报告》的粗暴批评引发了社会紧张情绪；林默涵、魏巍等人指责这是作协领导不敢批评造成的，《时代的报告》只是代替《文艺报》做了它本应做的工作，如果都能对错误思潮发言，而不是黄钢独唱，他的嗓门就不会显得那么大了⑤。《文艺报》因支持伤痕文学、沙叶新等问题，频繁地被王任重、林默涵、刘白羽、魏巍、贺敬之、臧克家、姚雪垠、陈沂等人批评右派掌权、旗帜不鲜明、对"二为"方针不及时表态，没有积极提倡文艺与时

---

① 顾言（顾骧）：《开展健全的文艺评论》，《人民日报》1981年6月8日。

② 钟枚：《对〈苦恋〉的批判及反应》，《文艺报》1981年第10期。

③ 胡乔木：《当前思想战线的若干问题》，《文艺报》1982年第5期。

④ 唐因、唐达成：《论〈苦恋〉的错误倾向》，《文艺报》1981年第19期。

⑤ 黄钢：《人品与文品的高度统一》，《林默涵60年文艺生涯纪念集》，重庆出版社1994年，第146页。

代相结合。思想战线问题座谈会后,《人民日报》号召掌握文艺批评的武器,讲究批评方法和分寸,提高批评质量,并自我批评对有错误倾向的作品和言论"没有理直气壮地、有说服力地进行批评"①。《文艺报》副主编唐达成也自我批评"对文艺界某些错误思潮及有错误倾向的作品,要么瞻前顾后,不敢批评,要么零敲碎打,缺乏通盘的安排、系统的研究"②。

许多报刊"不敢"展开批评,是因为文学批评面临着传播学的困境:

首先,由于历史原因,知识分子心有余悸,对批评有种不正常的敏感心理,很难区分正常的批评与棍子的界限,乃至产生谁批评谁就是打棍子、谁被批评就同情谁的社会心理,导致文艺界不敢展开批评。由于文学批评长期与政治、思想问题紧密纠缠,对某个作品或创作倾向的批评,常常被视为文艺乃至政治、经济政策调整的信号。这种习惯性思维方式很难一时扭转,"对一部作品的正常批评,也往往会引起超出文艺之外的种种揣测,文艺批评几乎成了某种政治风向的测探器"③。《人民日报》《文艺报》主张文艺批评应以鼓励为主,很少对作品展开政治性的批评,也是因为珍惜文艺界刚刚恢复的生机,担心大轰大嗡的批评会产生不良影响。事实上,《时代的报告》的批判文章,也确实被不少省市视为文艺政策要"收"的信号,干扰了文艺创作并波及政治和经济领域。

其次,各种小道消息、港台与海外舆论,也不利于开展正常的文艺批评。作家们对政治非常敏感,习惯于从各种小道消息判断政治形势,

---

① 《掌握好文艺批评的武器》,《人民日报》1981 年 8 月 18 日。

② 仓涟:《坚决改变文学领导工作的涣散软弱状态——中国作家协会党组、书记处联席会议简讯》,《文艺报》1981 年第 17 期。

③ 吴泰昌:《大兴争鸣之风》,《文艺报》1980 年第 2 期。

使小道消息具有巨大的传播能量。譬如《假如我是真的》的三个作者已被审查，《女贼》是李準替儿子写的，想让儿子到北影编辑室去工作，黄钢因批判作品涨了工资，住在宫殿样的房子里等等，这类消息经常会干扰实事求是的批评。《新观察》刊文想廓清白桦受了纪律处分的传言，缓解知识分子的紧张情绪[1]，后来也被视为软弱妥协。《时代的报告》接着要批判刘心武和张洁的传言，也使主编黄钢非常不安，想让《文艺报》帮助刊物辟谣。而港台和海外媒体则纷纷猜测中国大陆的春天就要过去，台湾迅速将《档案》《假如我是真的》《苦恋》等拍成电影，并送往美国放映，把白桦列为重点宣传对象，将其部分作品结集为《白桦的苦恋世界》出版。香港的报刊指责黄钢、陈沂是两位"左王"，说黄钢家受到北大学生袭击，玻璃窗被击破。而上述这类行为和言论，又经常会加剧批评家的敌情观念，产生粗暴批评。《时代的报告》与漠雁等人过火的批评文章，也明显与这种被加剧了的敌情观念有关。为消除文艺界对文学批评的敏感，平息小道消息与国内外种种疑虑，文艺界领导反复强调文艺政策不变，坚决贯彻"三不主义"，在文艺界不搞围攻和运动，允许批评更允许反批评。《文艺报》与各地方刊物也反复倡导同志式的、入情入理、恰如其分、令人信服的批评，主张区别作品与作者，要平心静气地讨论作品，而不是气势汹汹地谴责作者[2]。把文艺评论和政治鉴定区别开来，不要动辄联系世界观和政治立场，单凭一篇作品或片言只语下政治结论[3]。文学批评涉及政治问题要"顾及作品的全局和

---

① 白桦：《春天对我如此厚爱》，《新观察》1981年第14期。

② 杜高、陈刚：《我们需要怎样的文艺批评——读〈时代的报告〉评论员文章有感》，《文艺报》1980年第8期。

③ 章圻：《文艺评论和政治鉴定——从对〈飞天〉的批评想到的》，《安徽文学》1981年第1期。

作家的整个创作历史"①。评价作品不能根据港台或海外的态度②。许多人指出《时代的报告》集体署名文章，不利于平等自由的讨论，容易引发社会紧张情绪，《人民日报》明确提出评论文章以个人署名为宜，要文责自负。

上述种种努力都有助于文艺批评的正常化。当白桦发表自我批评文章后，相关部门就果断宣布结束批评，并鼓励白桦继续写作，成功地通过批评与自我批评解决了各方面的矛盾，并有意把政治问题与文学问题、学术问题、思想认识问题区别开来，为文艺批评向专业化方向发展创造了条件。围绕上述问题，《文艺研究》《上海文学》《作品》《奔流》等还对文艺批评的标准展开大讨论，有的反思"政治标准第一"的负面影响，有的主张以真善美为标准，有的主张美学和历史的标准，有的主张思想性和艺术性的标准，总的来说，专业性、审美性的标准逐渐被突出强调，政治化的文学批评也就随之而逐渐弱化了。

第三节　关于知识分子问题的争议

《苦恋》中爱国知识分子的悲剧，引起多数知识分子共鸣。《时代的报告》对此深有不满，在批判增刊中特意敬告读者："我们决心和广大工农兵及其干部和爱国的知识分子站在一起。"③"爱国的"这三字的前缀再次掀起波澜。知识分子曾被与"小资产阶级""反动""反革命"等词相联系，他们内心极度敏感，看到"爱国的"限定词自然会产生惶恐不安的条件反射，担心自己再次被排除在"爱国的"之外，起而抗议

---

① 白烨：《对于文学批评中某些现象的看法》，《文艺报》1981年第15期。

② 段儒东：《与漠雁争鸣——为〈在社会的档案里〉说几句公道话》，《戏剧界》1980年第6期。

③ 《敬告读者》，《时代的报告》1981年增刊第1期。

也是情理中事。争议的焦点集中在"爱国的知识分子"的提法是否违背了知识分子政策。多数讨论者不满知识分子长期不如工农兵的历史，强调二者是平等的，认为知识分子加上"爱国的"限定词才配和"广大工农兵及其干部"相提并论，这是歧视知识分子，在知识分子与工农兵之间制造裂痕，爱国的和不爱国的划分，是分裂知识分子队伍①。当时国家正在致力为科学、为知识分子平反，想方设法恢复知识分子的主体性，因此反复强调知识分子是工人阶级的一部分，而十一届六中全会则明确提出坚决扫除"轻视教育科学文化和歧视知识分子的完全错误的观念，努力提高教育科学文化在现代化建设中的地位和作用，明确肯定知识分子和工人农民一样是社会主义事业的依靠力量。没有文化和知识分子是不能建设社会主义的"②。

面对各文学报刊的质疑，《时代的报告》坚持自己的提法没有错，认为确实存在不爱国的知识分子："一是文艺界少数、个别人，就是连起码的爱国主义精神也没有，在那里创作或演出宣传卖国主义的东西。二是科技界的少数、个别人，在三中全会以后，党对他们落实了政策的情况下，竟然对建设四个现代化的社会主义祖国不感兴趣，心甘情愿地跑到异国它乡吃起洋饭来了。"③文艺界的少数人显然是指白桦、叶文福、刘宾雁等力主干预生活的作家，而科技界的少数人，显然是指《苦恋》以及现实生活中选择出国的科技人员。

如此评价知识分子显然背离了时代潮流，《北京科技报》对此反应最激烈，该报前不久曾开展"如何发挥中青年科技人员积极性"征文活动，收到几千封来稿，营造出浓厚的尊重科学与专业人才的氛围。该报

---

① 李景芳：《〈时代的报告〉的提法值得商榷》，《北京科技报》1981年第173期。

② 《关于建国以来党的若干历史问题的决议》，人民出版社1981年。

③ 方孜行：《〈时代的报告〉的提法完全没有错》，《时代的报告》1981年第3期。

连续 13 期刊发读者讨论 26 篇，激烈批评"爱国的知识分子"的提法，并在讨论总结中批评《时代的报告》在知识分子问题上开倒车，制造不安定因素，"已远远超出了文艺评价的范围，而是在直接对党的方针、政策挑战了"，并高度肯定"科学是推动历史前进的动力，科学技术是生产力。科学是四化建设中带头的东西"，同时还准备开辟"科学技术与振兴中华"专栏，把尊重科学与"中华崛起"联系起来，在更大范围内展开讨论①。多数讨论者都强调科学知识和技术管理的重要性，甚至主张科学能救国，"知识代表了人类认识自我、认识世界和改造世界的能力，因此，知识就是力量"②。

知识分子要不要以及如何进行思想改造，也是争议焦点。《时代的报告》从文艺创作中的某些不良现象出发，认为部分作家还存在资产阶级和小资产阶级思想，还没有解决共产主义世界观和无产阶级立场问题：在社会主义事业遭受挫折时，有的知识分子动摇了，"拜倒在资产阶级伪科学、伪自由的脚下，为资本主义社会高唱赞美诗"，因此"文艺工作者仍面临着改造世界观，转移立足点的首要问题"，"头等重要的任务"和"根本问题"是"把立足点转移到工农兵方面来，转移到无产阶级方面来"③。面对许多刊物的质疑，《时代的报告》坚持认为"固执地反对改造世界观、转移立足点"是十分不应该的④，并指责《文艺报》等刊物倡导的是"思想改造取消论""思想改造自发论"。

对全体知识分子提出改造思想立场的要求，是很难得到广泛认同的。有些人认为"这与党中央一再明确提出的知识分子是工人阶级一部分的政策精神，和有关不提'思想改造'的口号的意见，是相违背的。

---

① 《敬致读者》，《北京科技报》1981 年 7 月 31 日。

② 纪克生：《致"一读者"》，《北京科技报》1981 年 6 月 19 日。

③ 燕铭：《办强对小资产阶级思想的引导》，《时代的报告》1982 年第 2 期。

④ 梁军：《也和〈文艺报〉争鸣》，《时代的报告》1982 年第 7 期。

这种提法很容易造成一部分人歧视、批判和排斥另一部分人的情况"①。《文艺报》还结合历史教训与时代需求，深入讨论思想改造的内容和途径等重要问题。为了巩固和提高知识分子的地位，多数文章都强调知识分子已经不存在改造阶级立场的问题，主张明确区分两种思想改造：一是调整主客观关系使主观认识符合客观实际的思想改造，二是专门要求一部分人改造根本立场的思想改造，并肯定前者而否定后者②。为证明思想改造的必要性，《时代的报告》指出"十七年"文学中经常出现的工业、农村、军事题材的文艺作品明显少了，有些作品虽写工农兵，但其情调却离开工农兵甚远。"一些描写知识分子的作品，作者不是站在无产阶级立场上，而是站在小资产阶级的立场上，着重表现的是小资产阶级的'自我'发泄，或甚至美化他们的缺点。"③而急切告别旧文学规范的批评家们对此不屑一顾，认为这是逝去年代的余音。在当时的文学创作中，确实存在《时代的报告》所说的问题，由于不再强调思想改造，作家和普通读者的思想情感交流减少，后来还出现严重的贵族化和圈子化倾向。在文学规范调整过程中，尽管还有人强调工农兵文学传统，但对文学创作的影响日趋弱化。随着知识分子主体性逐渐确立，他们在文学中的话语权已明显增强，开始努力表达自己的思想与情感，文人趣味也逐渐复苏，尽管当时脑体倒挂问题还很严重，知识分子调整工资、住房分配、干部提拔等问题尚未得到很好的解决。

---

① 雨东：《一个值得注意的原则问题》，《文艺报》1982年第5期。

② 何西来：《在改造客观世界的同时不断改造主观世界》，《文艺报》1982年第6期。

③ 燕铭：《加强对小资产阶级思想的引导》，《时代的报告》1982年第2期。

第四节　关于"本刊说明"的争议

《时代的报告》1982 年第 2 期开设"重新学习《在延安文艺座谈会上的讲话》"专栏，推出李何林、江丰、温超藩等人的文章，并配发"本刊说明"："从'文化大革命'以来的十六年中，《讲话》也曾受到来自'左'的和'右'的歪曲或篡改。林彪、江青一伙反革命，用极左的办法把为工农兵服务的人民文艺演变成为林、江反党集团篡党夺权的阴谋文艺。粉碎'四人帮'后有些人则又把《讲话》作为框框来突破，结果不能不使自己陷进资产阶级自由化的泥坑……"仅仅几百字的说明再次引发争端，《文艺报》《安徽文学》《清明》《福建文学》《鸭绿江》《上海文学》等刊纷纷发表质疑文章。双方的分歧集中在如下方面：

其一，关于历史阶段划分问题。批评者们强烈质疑"十六年"的提法，认为这与刚刚通过的《关于建国以来党的若干历史问题的决议》的历史阶段划分不一致，把"文革"十年和此后的六年混为一谈，"无异抹杀了三中全会在党和国家历史的伟大转折意义"①，把两个截然不同的历史时期"捏合成一个系列、一个历史阶段。……确也反映出近年来文艺界中以及文艺界以外的部分颇具权威的同志的立场和观点"②，这种分期也不符合历史发展的客观法则，"违逆了今天大多数中国人的思想感情"③。而黄钢及其支持者林默涵、魏巍等人对历史有自己的思考，"十

---

① 雨东：《一个值得注意的原则问题》，《文艺报》1982 年第 5 期。

② 周云泥：《果真是"十六年"一贯制吗？——与〈时代的报告〉编者商榷》，《清明》1982 年第 3 期。

③ 鲁人：《到底"说明"了什么——评说〈时代的报告〉的"本刊说明"》，《福建文学》1982 年第 9 期。

六年"的提法亦非偶然失误：《档案》是批评过去的，《时代的报告》却认为矛头指向今天，在分析悲剧成因时说："你说的那个时期的社会，和这个时期的社会没有本质上的区别，社会制度没有变，人们的政治、思想、文化、道德等标准也没有变，由那个时期的社会负责和由这个时期的社会负责是一码事。"①由于历史变革刚起步，有些人对历史转折不敏感，还不能准确区分两个历史时期的界限，这在历史转折时期较为常见，《边疆文艺丛刊》1982 年第 3 辑《民族文学评论》刊发《像太阳花一样热烈追求光明》，也因混淆两个时期、未能突出新时期的历史意义而被《云南日报》《边疆文艺》《文学报》批评。

其二，关于文学史的评价问题。安徽大学李焕仁在座谈"十六年"问题时指出：周扬的《继往开来，繁荣社会主义新时期的文艺》、北京大学的《当代文学概观》、二十二所大学的《当代文学史》等，都是按照十七年、"文革"、新时期三个历史阶段来评述当代文学史的。参加《当代文学史》编写的二十二所大学的教学人员，参加历次讨论的五十所大专院校的几百名当代文学教师，都认可这种三段论的叙述②。可见"新时期"的概念在当时已逐渐被认可，多数研究者已形成新时期文学比十七年文学好，更比"文革"十年的文学好的基本判断。

而《时代的报告》对此并不完全认同。矛盾集中在如何评价近六年特别是三中全会以来的文学。批评者指责《时代的报告》否定近年来的巨大成绩，看不到其主流是健康的，过分强调自由化现象而忽视了它只是支流、局部和个别的③。《时代的报告》曾多次辩解："谁要是批评了《档案》这样一部作品，就等于否定了近三年出现的一批优秀之

---

① 刘一民、杨帆：《这是一份什么样的"社会档案"？》，《时代的报告》1980 年第 1 期。

② 《对"十六年"提法的异议——本刊编辑部召开的一次座谈会发言摘要》，《安徽文学》1982 年第 6 期。

③ 东子吟：《关于克服"自由化"倾向的思考》，《芒种》1982 年第 6 期。

作，进而又否定了近三年来革命现实主义文学运动的历史"①，后来又重新刊登"本刊说明"请全国读者鉴定是非，反对《文艺报》把"有些人"突破《讲话》扩大为"整个文艺界"，并引申出否定新时期文学巨大成绩的结论②。这种辩解得不到认可，是因为编辑部有着扭转文坛走向的意图，而多数反对者则担心思想解放的成果被否定，担心刚刚恢复生机的文学受影响。

如何评价十七年文学也是双方分歧的焦点，这个分歧还关联着是恢复革命现实主义传统还是恢复"五四"现实主义传统的争论。《时代的报告》坚持恢复革命现实主义传统，有的论者批评"本刊说明"回避十七年文艺也受到左的干扰，回避作家们所受的不公正待遇，与《关于建国以来党的若干历史问题的决议》不一致。《时代的报告》则坚持十七年文学中正确路线是主流，不赞成夸大左的偏差，并认为老账谁也谈不清楚，清算老账不利于文艺界团结，不谈十七年是顾全大局增强团结，不但不是罪过，而且是十分明智之举③。这自会引起许多有过创伤的作家的不满，也不利于推进知识分子平反工作和改革开放。

其三，关于继承与发展《讲话》的问题。"本刊说明"更重视"坚持"，认为《讲话》"现在仍然是社会主义文艺的指路明灯"，"必须是在其基本原则基础上的发展，而决不是对其基本原则的否定和背离"。这里的"基本原则"，是指"文艺是整个革命事业的一部分""文学为政治服务""文学为工农兵服务"等。《时代的报告》创刊号就提出："正当文艺界有些同志热衷于提出文艺不是阶级斗争的工具的时候，《在社会的档案里》……这一类作品踊跃问世，恰像是一些不请自来的教员，

---

① 徐延春：《社会主义的光明本质与格瓦拉道路》，《时代的报告》1981年第1期。

② 彭泽、严汝：《应当研究新情况新问题》，《时代的报告》1982年第7期。

③ 余一卒：《兴师动众为何来——初评〈文艺报〉的署名文章〈一个值得注意的原则问题〉》，《时代的报告》1982年第8期。

它们是尽义务地特来参加'文艺与政治的关系问题的讨论'了"①，后来又批评《文艺报》"只是一味强调修改"，"如此修改下去，难道还能坚持《讲话》的基本原则吗？！"② 编辑部及其支持者，并不完全认同反思文学与政治的关系，因此反复强调"不要把为人民服务与为工农兵服务对立起来，把为社会主义服务与为无产阶级政治服务对立起来，似乎为工农兵服务，为无产阶级政治服务，就错了"③。而《文艺报》等则更看重"发展"，批评《时代的报告》"只字不提三中全会以来毛泽东文艺思想的科学原理不断得到恢复和发展的主流，把两个不同时期中分别为全局和局部、主导和非主导的问题不加区分地并列起来"④，"不愿意实事求是地承认毛泽东晚年犯了错误，并且还企图在新的实践中坚持这些错误"⑤。夸大了后一种歪曲篡改，而忽视了前一种歪曲仍在干扰文学创作，无视文艺界为扭转前一种歪曲所付出的努力和所取得的成绩⑥。他们认为吸取文学从属于政治、文学为政治服务、文学为工农兵服务等提法的历史教训，提出新的"二为"方针，强调文艺的特殊性、强调文艺政策要适应文艺规律等，这都是根据《讲话》的基本原理，研究新情况解决新问题，创造性地发展了毛泽东文艺思想，解放了文艺生产力，因此当时的文学与人民群众相结合的程度是 1949 年之后少有的。

论争双方对文学发展方向也有着不同理解。《时代的报告》1982 年

① 本刊评论员：《〈在社会的档案里〉向我们提出了什么问题？》，《时代的报告》1980 年第 1 期。

② 薛亮、方含英：《一篇玩弄诡辩术的奇文》，《时代的报告》1982 年第 7 期。

③ 林默涵：《分歧在哪里？》，《毛泽东文艺思想研究通信》1981 年第 2 期。

④ 邵石：《"带头"及其他——读〈时代的报告〉第七期几篇文章的感想》，《上海文学》1982 年第 9 期。

⑤ 《关于建国以来党的若干历史问题的决议》，1981 年 6 月 27 日中共十一届六中全会通过。

⑥ 陈深：《必须进行两条战线的斗争——也与〈时代的报告〉的〈本刊说明〉商榷》，《鸭绿江》1982 年第 11 期。

第 7 期刊发四封读者来信，批评"曾几何时，阴风四起，大有扫掉《讲话》之势"，"就来自右的干扰而言，则莫过于粉碎'四人帮'后的近几年"，"当前更应严重注意的问题，是右的倾向在抬头，并且有蔓延发展之势"，并把《文艺报》视为右的代表，指责《文艺报》不积极提倡学习《讲话》，反而对《时代的报告》大兴问罪之师，是想干扰文艺界学习《讲话》，"借维护三中全会之名，行维护资产阶级自由化之实"①。而《文艺报》等刊物则认为自由化现象与过去左的指导思想有关，只有继续肃清左的影响才能得到克服，因此把《时代的报告》视为左的流毒，因为该刊始终不愿提三中全会纠正左的错误的伟大历史意义。《人民日报》曾三次报道相关论争并支持《文艺报》，8 月 25 日第三次报道摘录驳斥《文艺报》论点的文字不到六百字，而驳《时代的报告》的文字则有两千多字。用大半篇幅详细介绍《文艺报》关林的文章②，几乎全录《文艺报》编者按。对《时代的报告》余一卒的一万多字的文章，只用二百字列出标题，未摘录论点和论据，对其他四篇来论来信则一笔带过。李何林曾对《人民日报》的突出偏向表示不满，并要求把学术研究与当前的文艺口号区别开来③。

第五节　刊物改组与文学报刊格局

短短两年内，《时代的报告》连续几次与众多文学刊物对峙，并从

① 彭泽、严汝：《应当研究新情况新问题》，《时代的报告》1982 年第 7 期。
② 关林：《分清是非，辩明真相——评〈时代的报告〉第七期的反批评》，《文艺报》1982 年第 8 期。
③ 李何林：《不要歪曲上纲》，《李何林全集》第 4 卷，河北教育出版社 2003 年，第 274—275 页。

1983年第1期起改组为以发表报告文学为主的专业性文学月刊，新任主编田流承认刊物曾出现"原则性错误"，决定不再刊发与文艺政策相关的文章。① 《时代的报告》同人认为此事是《文艺报》寻衅滋事，"是要动员舆论，组织围攻，把《时代的报告》打成极左刊物，并把它置之于死地"。② 李何林也认为："《时代的报告》编辑部终于改组了。我只是作为旁观者打抱不平……《文艺报》是报《时代的报告》去年批《苦恋》的仇。"③

在当代文学史研究中，经常会看到这种从人事纠葛出发的论断，这种简单化的研究方法，会让人放弃进一步深究的努力。历史研究者敏于人事而疏于大势，是很难揭示出历史的客观性与复杂性的。正如当时论者指出的，双方之间是原则是非的争论，而不是无事生非④。

《时代的报告》的命运浮沉，是改革开放的时代大势使然，是新时期意识形态领域逐步调整的必然结果：首先，当时国家正致力于从"以阶级斗争为纲"转向"以经济建设为中心"，《时代的报告》依然采用"阶级"话语展开批评，因此难免会被视为"似曾相识"，是"过去时代的回声"，"阻碍历史变革"。其次，《时代的报告》无视新时期文学的成绩，有的文章还把文学创作中的某些问题归咎于文艺政策调整，并质疑新的"二为"方针⑤。而如何看待成绩关涉到新时期文学的发展方向是否正确，否定成绩夸大错误不利于推动新时期文学发展。而更为关键的是，编辑部的观点与改革开放的国家战略存在矛盾：譬如把知识分子出国视为不爱国等，引起海外对中国政治经济形势的种种猜测，这都不利

---

① 《我们一定努力把〈时代的报告〉办好》，《文艺情况》1982年第19期。

② 薛亮、方含英：《一篇玩弄诡辩术的奇文》，《时代的报告》1982年第7期。

③ 李何林：《李何林全集》第5卷，河北教育出版社2003年，第442页。

④ 余如：《"本刊说明"说明了什么？》，《海峡》1982年第3期。

⑤ 郑汶：《坚持文艺为人民服务，为社会主义服务》，《文艺报》1981年第10期。

于加强对外经济、技术与文化合作；在意识形态领域，继续坚持批判资产阶级和小资产阶级思想，也不利于激发商品经济的活力，刊物最终被改组，实乃情理中事。

在上述论争中，不同文学报刊的表现值得深入分析。20世纪80年代初期，过去铁板一块的文艺报刊格局有所松动，随着政治、经济与思想领域的调整，多数文学报刊在"原则"与"开放"、"保守"与"激进"之间寻找平衡点，这种状态一直持续到20世纪90年代初。而在20世纪80年代初期，有的报刊表现出较强的守成特征，如《时代的报告》《解放军报》《文学报》《红旗》《解放军文艺》等，经常积极批判有问题的文学思潮和作品，并有一定的群众基础：黄钢、魏巍、臧克家、艾青、姚雪垠、陈沂、欧阳山、柯岩、贺敬之、草明、刘白羽、马烽、刘金、栾保俊、杜宣、菡子、李何林、杨柄、曾克等有过革命经历的作家，还是一个力量较大的群体，他们经常会选择合适时机在文学报刊上回顾革命文学传统、批评艺术革新思潮，并能得到某些有过革命经历的中老年读者的支持，从而深刻影响着20世纪80年代文学的发展与变革。

基于过去十年的生活体验，多数文艺界领导、编辑、作家、读者、批评家都有着告别过去、走向未来的渴盼。《人民日报》《文艺报》《文汇报》与许多地方文学刊物，经常相互支持、共同推动思想解放和艺术革新：《文艺报》需要考虑各方面关系和矛盾，批判锋芒有时不如地方刊物。有的地方刊物因省委主要领导思想开放，在思想解放方面明显走在全国前列，如《安徽文学》《清明》《福建文学》《作品》《雨花》《鸭绿江》《芒种》《飞天》《芳草》等。细读史料不难发现，在批评《时代的报告》过程中，某些地方刊物发现问题更早，批评更为尖锐，随后才被《文艺报》转载，反映地方刊物的呼声，乃是《文艺报》的职责所在。在《文艺报》与《时代的报告》《电影文学》发生分歧时，上述刊物也曾多次主动刊文支持《文艺报》，而当地方刊物因突破禁区而陷入困境时，《文艺报》也经常主动给它们减轻压力。

值得注意的是，改组《时代的报告》的文件要求"军队干部要撤出，黄钢不再担任主编和编辑"，这也事出有因。在上述争论中，刘白羽、魏巍、陈沂、漠雁等军队作家，《时代的报告》《解放军报》《解放军文艺》等报刊，都给人思想解放相对缓慢的印象。《解放军报》率先刊发批评《苦恋》的文章，就是刘白羽、姚远方（时任《解放军报》副总编，参与主编《时代的报告》）组织写作的。由于军队比地方更强调纪律性，军队文艺工作者受《部队文艺工作座谈会纪要》影响更深等诸多原因，军队作家比文联作协系统的作家思想解放相对滞后：如文联作协的人观看电影《太阳与人》时，支持的意见占上风，而在京参加军队政工会议的文艺干部观看后，否定的意见占上风。

20世纪80年代初《档案》《飞天》《假如我是真的》《将军，不能这样做》《炮兵司令的儿子》《将军，好好洗一洗》《将军与士兵》等引起争议的作品，都把官僚特权与军队干部相联系，确实给部队工作造成某些不利影响，剧本座谈会因此提出"如何看待我们的人民解放军"的问题，试图对此进行引导[①]。而批评上述作品的文章，也多率先出现于《解放军报》《时代的报告》《解放军文艺》等刊[②]。为维护军队的声誉而展开文学批评，也是这些报刊责任与使命，但批评上述作品破坏军民、官兵关系，难免会出现反现实主义的教条倾向。

为推进部队作家解放思想，当时文艺界也做了不少工作：如《文艺报》有意刊发《解放军报》记者卢弘的文章，异常尖锐地批评漠雁的观

①　胡耀邦：《在剧本座谈会上的讲话》，《文艺报》1981年第1期。

②　《时代的报告》曾刊发李文《评叶文福的诗》（1982年第1期）、薛生《诗人，你要洗一洗啊！》（1982年第2期）等批评文章。《解放军文艺》刊发多篇批评《飞天》《将军和士兵》《将军，好好洗一洗》的文章。

点①。陈沂批评影片《今夜星光灿烂》②,《人民日报》转载陈文后,收到读者来信 89 封,其中赞同的 24 封,反对的 51 封。《人民日报》编者按明确指出持这种意见的人是少数,并希望多数人出来反驳。

为化解文艺界内部的分歧,中国作协则致力于文学评奖,旨在改革文艺管理方式,从过去以批评为主的负面警戒转变为以激励为主的正面引导,以淡化文学批评所造成的紧张情绪,营造宽松祥和的文学氛围。白桦正在被刘白羽等人批评,张光年则力主将全国诗歌奖授予其《春潮在望》;刘白羽等人批评叶文福的《将军,不能这样做》致使该诗未能获奖,评奖委员会坚持把诗歌奖授予叶文福的《祖国啊,我要燃烧》。在文学评奖问题上,颇见当时参与其事者的苦心:既平衡了左与右的冲突,实现了对文学创作的引导,又扭转了因言废人、因人废言的传统,促进了文学创作的繁荣,并避免了因批评个别作品而扰乱刚刚起步的改革开放的步伐。而此后的新时期文学,也正是在这样反复的协商对话中,不断地调整着与历史和当下的关系并向前发展的。

---

① 卢弘:《"这一笔"才"太狠了"》,《文艺报》1980 年第 11 期。

② 陈沂:《关于〈今夜星光灿烂〉》,《时代的报告》1980 年第 3 期。

第四章

"社会主义新人"大讨论与新时期文学

20世纪80年代各文学刊物上关于"社会主义新人形象"的讨论，与当时复杂的经济、政治体制改革形势密切相关，与思想界、文学界革新力量与保守力量的反复较量紧密纠缠。从"新人"讨论及其逐渐淡出文坛的过程，可以看出新时期文学发生、发展过程中的内在张力，以及这种张力与当时复杂的意识形态之间的内在关联。在反复的讨论和较量中，革命时代所形成的人物形象规范逐渐解体。

"社会主义新人"曾经是革命时代文学中的一个十分重要的概念：在左翼文学兴起的过程中，曾有无数的批评家激情满怀地呼唤"社会主义新人"的诞生；在"十七年"文学批评中，"社会主义新人"的概念曾被频繁使用；1964年后，随着激进的"兴无灭资"意识形态的推行，"新人"逐渐被"无产阶级英雄"和"共产主义战士"等关键词所取代，"文革"文学中极"左"的人物形象规范逐渐形成；20世纪80年代中前期，"新人"的概念再次被文学批评家广泛使用；90年代中期以来，"社会主义新人"的概念逐渐从中国当代文学研究与文学批评中消失了，与此相关的研究成果越来越少。

但也有少数文章试图从"新人"的角度介入对当代文学史的考察：

刘卫东的《从"新人"到"英雄"——社会主义新人理论的演变》(《文学评论》，2010年第5期）从历史叙事的角度，揭示出"十七年"文学中"新人"逐渐升级为"英雄"的过程；黄平的《再造"新人"——新时期"社会主义现实主义"之调整及影响》(《海南师范大学学报（社会科学版）》，2008年第1期）从"新人"的角度，揭示出"社会现实主义"文学规范在新时期调整过程中所遭遇的尴尬与最终失败的过程；史静的《作为超话语的存在：与"伤痕文学"相伴随的"社会主义新人"批评话语》(《海南师范大学学报（社会科学版）》，2007年第1期）则从"新人"批评话语与伤痕文学的关系出发，重新审视20世纪80年代文学批评。

笔者在考察20世纪80年代文学报刊时发现，当时关于"社会主义新人"的讨论，是与复杂的经济、政治体制改革形势密切相关的，是与思想界、文学界革新力量与保守力量的反复较量紧密纠缠的。细致梳理"社会主义新人"讨论的展开过程、论争双方的主要分歧、代表性文本的主要特征以及"新人"逐渐淡出文坛的过程，有助于深化对新时期文学形成与发展过程的理解。

第一节 "社会主义新人"讨论的展开

十一届三中全会以后，党的政策从"以阶级斗争为纲"转向了"以经济建设为中心"，但由于各地思想解放的程度不一样，不少文学报刊，特别是军队系统的文艺报刊，还在继续宣扬"兴无灭资"和塑造"无产阶级英雄"，这显然不利于推动经济体制改革。为了尽快把文艺创作纳入为四化建设服务的轨道，邓小平在1979年第四次文代会的祝词中提倡塑造"社会主义新人"："我们的文艺，应当在描写和培养社会主新人方面,付出更大的努力,取得更丰硕的成果。要塑造四个现代化的创业者,表现他们那种有革命理想和科学态度、有高尚情操和创造能力、有宽阔眼界和求实精神的崭新面貌。要通过这些新人的形象,来激发广大群众的社会主义积极性,推动他们从事四个现代化建设的历史性创造活动。"①邓小平对"社会主义新人"的界定,与国家从阶级斗争转向四化建设的大政方针相一致,明显淡化了"无产阶级英雄""共产主义战士"等概念过于鲜明的阶级性,剔除了其"兴无灭资"的意识形态功能,意在为拨乱反正和四化建设提供精神资源和动力支持。

然而,邓小平对"社会主义新人"的呼吁,并未引起文艺界广泛重视。在第四次文代会上,甚至很少有人积极回应"新人"的提法。周扬在报告中强调:"作家主要是描写各种人的生活和命运,刻画人物的复杂性格,表现人的丰富的内心世界,描绘人们在为现代化斗争中的精神面貌的深刻变化。我们的文艺要写英雄人物,也要写其他各种各样的人物,包括中间状态的人物、落后人物和反面人物。"②康濯在发言中重点为"大连会议"("中间人物论""现实主义深化论")平反,并明确提出:"暴露、批评的作品,即使无先进人物也可以的,只要你写得分寸适应。"③秦似在发言时也指出:"凡反映了社会和时代精神本质的东西,即使不写英雄,也伟大。"④第四次文代会后,各文艺报刊也没有积极宣传塑造"社会主义新人"。1980年,只有东北的几个刊物和吉林省文联对"社会主义新人"展开讨论,而多数文艺报刊对此并没有多大兴趣,有的甚至还持抵制态度。

---

① 邓小平:《在中国文学艺术工作者第四次代表大会的祝词》,《文学评论》1979年第6期。该祝词由邓力群、卫建林、张作光等起草,胡乔木修改后定稿。

② 周扬:《继往开来,繁荣社会主义新时期的文艺》,《人民日报》1979年11月20日。

③ 康濯:《再谈革命的现实主义》,《文学评论》1979年第8期。

④ 秦似:《随感三题》,《文学评论》1979年第6期。

文艺界之所以冷淡"社会主义新人"，是因为"文革"时期的"根本任务论"殷鉴未远，而前不久，李剑的《"歌德"与"缺德"》又旧调重弹，鼓吹文学的主要任务是"为无产阶级树碑立传，为'四化'英雄撰写新篇"。多数文学期刊担心的是提倡"社会主义新人"，不利于人物形象的多样化，不利于恢复现实主义文学传统。他们更关注邓小平祝词中"写什么和怎样写，只能由文艺家在艺术实践中去探索和逐步求得解决"，"不要横加干涉"等论述；更关注如何突破不能"写黑暗""写真实"的禁区，如何增强文学的"批判性"。在1980年7月由《安徽文学》《清明》编辑部召开的"黄山笔会"上，作家们质疑年初剧本座谈会上的"社会效果"论，激烈反对以"社会效果"为名限制"写真实"、排斥"写伤痕"，他们呼吁把反封建作为文学的主要任务，呼吁继续展开对封建特权和官僚主义的批判。11月，《花城》《十月》《清明》等26家大型刊物在江苏镇江召开"全国大型文学期刊座谈会"，呼吁扩大编辑部的自主权，批评有的地区主管部门对刊物管得过死，对文艺创作干涉太多，会上甚至有人说"可以和中央唱对台戏"。12月，《雨花》《上海文学》《鸭绿江》《福建文学》等17家地方刊物联合召开"鼓浪屿会议"，主编们集中讨论的话题，还是如何对抗"左"的干扰，并提出在文学刊物受到政治干涉时，应该"一方有难，八方支援"。这几次会议，在1981年反自由化和1983年清理精神污染中，都成为重点批判对象。

由于文艺界和文艺报刊对"新人"普遍冷淡，邓小平于1981年1月29日再次强调：报刊在发表作品和评论时，"要热情歌颂社会主义新人、四化的创业者"，"揭露和批判阴暗面，目的是为了纠正，要有正确的立场和观点，使人们增强信心和力量，防止消极影响。关于反右派、反右倾机会主义的错误和十年动乱的揭露性作品，几年来已经发表不少……今后这些题材当然还可以写，但发表过多，会产生一定的消极影响"①。在 1981 年批判《苦恋》时，中宣部明确规定：以后凡是揭露和批判性的文学作品，文学报刊必须送审。正是在这样的背景下，《作品与争鸣》于 1981 年 4 月 15 日召开"社会主义新人"研讨会，中宣部副部长贺敬之莅会讲话。此后，如何塑造"社会主义新人"问题才"引起文艺界的普遍重视"②，《文艺报》与各地方文学刊物，或召开研讨会，或组织笔谈，或开设专栏，纷纷展开关于"社会主义新人"大讨论。文学报刊上一度汹涌澎湃的伤痕文学、写阴暗面的批判性文学的浪潮，终于得到有效的抑制。

不难看出，"社会主义新人"大讨论，实际上是 1979 年"歌德"与"缺德"、"向前看"与"向后看"讨论的延续，在 20 世纪 80 年代中前期的文艺报刊上，刊发提倡"社会主义新人"的文章较多之时，往往也是批判伤痕文学、批判文学激烈之时。"社会主义新人"的积极提倡者，意在把文学从伤痕文学、批判文学的潮流中引导出来，发挥先进人物的正面引导功能。他们认为：主导文坛的伤痕累累的人物形象与批判现实的文学，虽具有批判"文革"的意识形态功能，但却不利于教育人民团结一致向前看，积极地投身四化建设；过多地反思历史的创伤，容易导致革命历史合法性的危机，过多地揭露现实的阴暗面，不利于增强读者对现实秩序的认同感，滋长对社会主义的怀疑和不信任情绪。而倡导塑造"社会主义新人"，正是为了扭转这个方向，使文学沿着社会主义的道路前进。

正是出于上述逻辑，贺敬之说："我们不能回避和掩盖阴暗面，社会主义文艺理应正确地发挥它对旧事物的批判功能。但是，我们必须重

---

① 《中共中央关于当前报刊新闻广播宣传方针的决定》，《三中全会以来重要文献选编》(下)，人民出版社 1982 年，第 686 页。

② 阎刚：《再谈社会主义新人》，《山花》1982 年第 12 期。

视积极的、前进的、光明的新事物。我们应当反映出新事物和旧事物的斗争，光明面与阴暗面的斗争，反映出光明必定战胜黑暗的历史必然性。因此，要充分肯定新生的、光明的事物存在，充分看到它的发展壮大。正因为这样，塑造社会主义新人——我们时代的光明和前进力量的代表者们的形象，就当然成为正确反映新时代的关键性的一环了。"[1]陆贵山则说，提倡塑造"社会主义新人"，"对防止或克服单纯暴露可能带来的迷惘彷徨和悲观失望的沮丧情绪是极为有益的"[2]。在1983年"清污"中，丁玲等老作家在学习《邓小平文选》的讨论会上，尖锐地提出到底提倡伤痕文学还是提倡"社会主义新人"的问题，胡乔木在动员"清污"时也曾明确表示："文艺创作在描写和培养社会主义新人方面所付出的努力和取得的成果，同党和人民的要求还有相当的差距。"[3]在国家领导人的倡导之下，文学报刊也随之跟进，较多地刊发表现社会主义新人的作品，并积极展开关于如何塑造新人的大讨论。

第二节　对"社会主义新人"的不同理解

20世纪80年代初是个新旧交替、思想驳杂的时代，文艺界既有思想守成者，也有思想开放者。思想守成者主张继续批判资本主义思想，思想开放者主张重点批判封建主义的思想残余和官僚主义思想。因此，他们对"社会主义新人"的理解并不一致。

---

① 贺敬之：《总结经验，塑造新人——在〈作品与争鸣〉编辑部召开的"塑造社会主义新人"讨论会上的讲话》，《作品与争鸣》1981年第6期。

② 陆贵山：《塑造新人形象和反映社会矛盾》，《文学评论》1981年第4期。

③ 本报评论员：《高举社会主义文艺旗帜坚决防止和清除精神污染》，《人民日报》1983年10月31日。

在当时，积极提倡"社会主义新人"的，多是文艺界领导、老作家和思想相对保守的学者。他们对"新人"的界定较为严格，更重视"新人"的社会主义觉悟，强调"社会主义新人"应该与资产阶级思想划清界限。贺敬之认为"社会主义新人""是在最后埋葬私有制度并清除它对人们精神上的影响这一人类历史上最伟大的变革时期产生的"，"当然在以私有制为基础的社会发展过程中产生的新人，和在社会主义革命和建设环境中产生的新人根本有所不同，前者总是以这种或那种方式和私有制的思想相联系，后者则是力求摆脱这种思想的影响"，"不论在现实生活中还是在文艺作品中，如果根本没有共产主义理想，是不可能成为社会主义新人的"①。自称"歌德派"的丁玲，在评价柯岩的长篇小说《寻找回来的世界》时说："我听到有人曾经对某些作品的评论，好像只要主人公勤于职守，毫无怨言，默默无闻就认为是社会主义新人。我不以为然；我只认为那是正派人，是好人，是可以同情的人……但这不是社会主义新人。"她认为柯岩小说中的徐问、陆娴、黄树林才是"新人"，因为他们具有"自我牺牲"精神，"以马列主义为主导，以党的事业为重，办工读学校，改造我们年轻一代中的失足者而孜孜不倦，任劳任怨"②。张炯在谈论"社会主义新人"时，也看重"新人"与"舍己为人"的社会主义伦理道德的联系，他认为丁玲笔下的杜晚香是"社会主义新人"，因为她"不计报酬""大公无私"，不断改造客观世界和主观世界，从而精神上越来越崇高、美好③。蒋守谦反对离开社会主义觉悟谈论"新人"的新品质，他认为"具有现代科学文化知识，解放思想，破除迷信，富于实干精神、改革精神、创业精神等，都只有同具有社会

① 贺敬之：《总结经验，塑造新人——在〈作品与争鸣〉编辑部召开的"塑造社会主义新人"讨论会上的讲话》，《作品与争鸣》1981年第6期。

② 丁玲：《丁玲致柯岩》，《光明日报》1984年8月9日。

③ 张炯：《从莎菲到杜晚香》，《新文学论丛》1981年第4期。

主义思想觉悟这样一个根本的大前提联系在一起"，方能成为"社会主义新人"。①

重视"新人"的社会主义属性，必然会看重"社会主义新人"与"无产阶级英雄"的历史连续性，不赞成过多地否定建国后"十七年"的革命文学传统。刘白羽在呼应邓小平塑造"社会主义新人"的倡议时，仍然使用的是"无产阶级英雄"的概念，并通过追索马列文论与革命文学史的方式，论证创造"新人"的重要性，根本没有意识到"新人"与"无产阶级英雄"的区别②。在《文艺报》召开的研讨会上，不少与会者要求"新人"继续承担批判私有制和资本主义的功能，不赞成以"新人"排斥"无产阶级英雄"，并主张把后者列入"社会主义新人"的范畴，把他们作为"社会主义新人"中最优秀的人③。这种观点，显然和当时不断肯定个人利益、价值和尊严的改革方向存在矛盾。在新旧意识形态转换过程中，注定会产生这一棘手的问题。张炯在1985年《红旗》杂志组织的一次座谈会上，就不无困惑地提出"什么是社会主义新人？ 80年代新人与50年代新人有何不同？什么是改革中的道德伦理？"④的问题。

而思想开放者对"新人"道德品质的界定较为宽泛，他们更强调"新人"新的思想素质，而回避资产阶级思想问题。1981年3月24日，周扬在1980年全国优秀短篇小说评选颁奖大会上所做的《文学要给人民以力量》的讲话中，把"社会主义新人"的品格界定为："他应当具有社会主义思想和现代科学文化知识，他敢于解放思想，破除迷信，富于实干精神、改革精神、创业精神。"这显然是为了服务于改革开放的

---

① 蒋守谦：《社会主义新人形象塑造问题浅议》，《作品与争鸣》1981年第8期。

② 刘白羽：《与新的时代，新的群众相结合》，《红旗》1980年第20期。

③ 孔周：《努力塑造光彩照人的社会主义新人形象》，《文艺报》1981年第24期。

④ 阎纲：《第四次作家代表大会记忆》，《文汇读书周报》2014年8月29日。

大局，意在通过塑造"新人"形象，建立与四化建设相一致的新的道德伦理价值观念。而不少学者则主张："社会主义新人"要与过去"兴无灭资"的思潮划清界限，"社会主义新人"与"无产阶级英雄"之间存在根本区别。他们反对把梁生宝等过去作品中的英雄形象视为"社会主义新人"，梁生宝虽具有社会主义觉悟和优秀的道德品质，但缺乏思想解放和投身四化建设的思想光辉和精神素质，如果把新时期的"新人"与"文革"前的"英雄"等同起来，那就没有必要重新强调塑造"社会主义新人"了[①]。

由于思想解放的程度不同，论者们在"新人"的"复杂化"与"单纯化"问题上时有争论。思想守成者看重社会主义与资本主义思想的区别，反对片面追求"新人"性格的"丰富性"和"复杂性"，致使"新人"失去社会主义的特征。蒋守谦不赞成"把无政府主义、个人主义、爱情至上、抽掉了阶级性的'人情'、'人性'当作新人的品质来渲染"，"一个人，只有当他接受了科学的社会主义思想体系……同一切剥削阶级的旧思想、旧道德、旧风尚划清界限，他才堪称一个社会主义新人"[②]。晓江既反对将"新人概念狭隘化"，也反对将"新人概念扩大化"，他认为"新人"可以有旧的思想杂质，但"新"应占主导地位，李顺大、盘老五、陈奂生等新旧交替时期的农民，不具备社会主义觉悟和品质，因此，不是"新人"[③]。郭志刚明确反对把"性格复杂"作为"新人"的唯一或主要标志，他认为"新人"的思想和性格应该向着"净化"的方向发展："在建设社会主义与共产主义的宏伟事业中，关于人物思想和性格的这种'净化'过程，必然还会继续进行下去，必然还

---

① 于广礼：《略谈新时期社会主义新人形象的基本特征》，《山东文学》1982 年第 3 期。

② 蒋守谦：《社会主义新人形象塑造问题浅议》，《作品与争鸣》1981 年第 8 期。

③ 晓江：《好人与新人——也谈社会主义新人形象问题》，《人民日报》1981 年 8 月 12 日。

会成为不可阻挡的历史趋势，塑造社会主义新人形象的任务，更是离不开这个过程。"①余斌则反对把"社会主义新人"非政治化，他认为"新人"主要是一种政治思想倾向，坚持社会主义信念和思想解放是其质的规定，"陆文婷、冯晴岚、李铜钟展示的是道德精神的力量，而不是政治思想倾向，因此，不属于社会主义新人"②。上述观点，更接近于"十七年"文学中的人物形象规范，当时作品中的许多英雄形象，都是按照上述理路创造出来的。

出于对过去把英雄神圣化、简单化的反感，思想开放的学者更重视"新人"的个性和内心世界的丰富性，并不担心人物性格的复杂性会破坏"新人"的社会主义性质。蒋子龙说：表现"新人"切忌假、大、空，不应该回避"新人"所具有的"生物性"的一面③。阎纲主张"新人"形象应该复杂一些，"不论就现实和就人来说，复杂即是真实"，"真正成功的真实的而丰满的新人形象，一般都是性格复杂的形象"，"人物性格的复杂性不仅表现在人物性格的矛盾上，而且表现在人物性格的众多的因素方面。这些因素包括历史的、民族的、地方的、家庭的、习惯的、个性的，当然也包括哲学的、政治的、经济学的、伦理学的、心理学的等等"④。在路遥《人生》中的高加林到底是"社会主义新人"还是"个人奋斗者的典型"的争论中，阎纲肯定高加林是个具有复杂性格的"新人"，"高加林无疑地正在探索社会主义新人的道路，看得出来，他把这种人生新人的探求放置在相当艰苦的磨练之中"⑤。

在"新人"讨论中，现实与理想的关系，也是争论的焦点。鉴于

---

① 郭志刚：《也谈性格的辩证法》，《文艺报》1984年第12期。

② 余斌：《新人的概念与文学中道德主题的出现》，《文艺报》1981年第24期。

③ 蒋子龙：《表现新人切忌假大空》，《作品与争鸣》1981年第7期。

④ 阎纲：《再谈社会主义新人的塑造》，《山花》1982年第12期。

⑤ 阎纲、路遥：《关于中篇小说〈人生〉的通信》，《作品与争鸣》1983年第2期。

"文革"文学的教训，多数人都主张描写"新人"，不应回避现实生活中的矛盾。所不同的是，有些人主张描写"新人"可以理想化，有的人则反对理想化。缪俊杰主张在尊重生活真实的基础上，"要发掘生活中美好的东西，要表现人物美好的心灵"，写出"新人"的崇高理想和坚定信念，他反对指责《乔厂长上任记》《天云山传奇》"太理想化"，主张把表现理想和理想化区别开来①。陈传才主张塑造"新人"不应排斥理想化，不应在反对"假、大、空"的理想化时，排斥符合时代的真实感和历史的分寸感的理想化②。王春元则明确反对把"新人"理想化，他强调人类改造社会环境的实践对造就"新人"的重要作用，反对以强制性的思想改造塑造"新人"，并认为"新人"的诞生和发展绝不是"帝王将相、英雄圣哲教导训诲"的结果③，言外之意是，文学作品中理想化了的"新人"，对生活中"新人"的诞生和发展，并无多大的意义。

在要不要把"新人"理想化的争论中，还延伸出关于"新人"与普通人关系的讨论。主张应该理想化的学者，不赞成把"新人"等同于普通人："他们的思想品质中，有比一般的普通人更先进、更高尚的东西。这就告诉我们，描写普通人、一般的好人中的社会主义新人，应该挖掘出不同于普通人和一般好人的东西，描写出他们的社会主义的思想品质。"④而反对把新人理想化的作家们，则主张扩大"新人"的外延，强调"新人"也是普通人，有的甚至提出"凡是给人以鼓舞力量的文学形象都是文学新人"。苏叔阳主张："新人的条件不可规定太严，标准不可过高，应当从普通人中去寻找，去收集，去塑造。使最普通的人感到他们生活在自己周围，看得见，学得到，发挥新人形象最大的感染力。这

---

① 缪俊杰：《写好具有时代特点的社会主义新人》，《作品与争鸣》1981年第7期。
② 陈传才：《时代特点·崭新个性·理想化》，《作品与争鸣》1981年第7期。
③ 王春元：《关于马克思主义的"新人说"》，《文艺报》1981年第14期。
④ 缪俊杰：《关于塑造社会主义新人形象的几个问题》，《芙蓉》1983年第2期。

也许是降低了标准，但我认为无论如何，不要再塑造神仙了，新人不是神。"①福建老作家郭风则希望青年作者不要把"社会主义新人"理解得过于狭窄，不要只写雷锋、张志新、乔厂长式的英雄，还要写各式各样的普通劳动者和知识分子，使"新人"形象、性格更加多样化。王进则极力提倡描写普通人，他认为"'新人'的外延是广泛的，其中不仅包括英雄，也包括普通人"，"英雄也是普通人，英雄和普通人之间并没有一条不可逾越的鸿沟，普通人有着英雄的某些气质，英雄也有着普通人的某些因素，绝大多数普通人都有某种程度、某种意义上的英雄色彩，但却很难发现十全十美的英雄"。王进还特别论证说：从中外文学史发展来看，"文学形象从神到人，从英雄到普通人，这是文学艺术发展的必然趋势和结果"②。正是在这一逻辑的基础上，20世纪80年代中后期出现了"非英雄化""反英雄化"的文学思潮。

第三节　对"新人"形象的意识形态分析

在当时的文学评论中，被广泛认可的"新人"形象有：《乔厂长上任记》中的乔光朴，《开拓者》中的车篷宽，《三千万》中的丁猛，《人到中年》中的陆文婷，《犯人李铜钟的故事》中的李铜钟，《天云山传奇》中的罗群、冯晴岚，《家务清官》中的梁羽，《祸起萧墙》中的傅连山，《报春花》中的白洁，《船长》中的贝汉廷，《励精图治》中的宫本言等。这些"新人"形象，既有"十七年"文学中英雄人物的精神素质，又有新时期思想解放的新鲜血液；既保持了历史的连续性，又适应了新时代的

---

① 苏叔阳：《新人应当是普通人》，《作品与争鸣》1981年第8期。
② 王进：《试论社会主义文学中的普通人形象》，《文学评论》1981年第3期。

要求。此外，他们还把文艺的批判功能和歌颂功能很好地结合起来了，比如，《乔厂长上任记》《天云山传奇》《家务清官》《祸起萧墙》等作品，既批判封建思想和习惯势力对改革开放的抵制，又歌颂革命历史中传承下来的理想精神。这些作品能得到新旧杂糅的意识形态的认可，也是情理之中的事。但不难发现，在"社会主义新人"与过去的"无产阶级英雄"之间，已经出现某些明显的不同：

其一，所有的"新人"已不是高大完美的红颜色的"无产阶级英雄"，而是全颜色的"新人"；他们不再具有神性的光环，而是变得有血有肉、有人情味。他们具有普通人的缺点，如，承受着"文革"创伤的郑志桐（《天山深处的"大兵"》），玩世不恭的刘思佳（《赤橙黄绿青蓝紫》），对生活冷漠的刘毛妹（《西线轶事》），闹过要转业念头的梁三喜和靳开来（《高山下的花环》）等。烦琐的日常生活开始进入他们的生活，如，女兵们嗑瓜子、月经等个人私事，都得到表现。他们既是普通人，又是英雄，并未彻底沦为凡夫俗子，在关键时刻都能显出英雄本色。

其二，两者的成长过程不同。"无产阶级英雄"是在党的思想教育下成长的，其成长具有历史的必然性，在成长的过程中，他们必须不断剔除思想的杂质（个性、温情与其他缺陷），以达到意识形态所需要的"高度"与"纯度"。在"新人"的成长中，党的思想教育作用被淡化，人物形象之间不再是引导与被引导的关系，而是在相互探讨和冲突中成长的。《赤橙黄绿青蓝紫》中的解净不是纯粹的引导者，刘思佳、叶芳也不是纯粹的被引导者，他们对解净的成长也有帮助，帮助解净克服了教条主义的思维方式，作者"摒弃了那种只有英雄人物教育一般群众，受教育者永远被人教育的老一套写法，通过对人物内在的和外在的错综复杂的矛盾纠葛、发展变化的描述，去刻画人物的性格，在矛盾的相互斗争中，人物之间的思想性格互相生发、互相渗透、互相克服"①。《燕儿窝之夜》中的几个女性，"她们并不是由于受到外来的思想强光的照射才突然成长为新人和英雄的，她们只是在时势的推动下，在劳动和与大自然的搏斗中，唤醒了劳动人民固有的崇高的斗争力量，尽了她们作为社会主义的公民的本分而已"②。这曾引起批评家的不满："《燕儿窝之夜》的严重不足就是没有很好地描写出由'庸常之辈'到'社会主义新人'和'英雄'的性格的形成历史，这种'社会主义新人'和'英雄'的产生带有很大的偶然性，缺乏历史发展规律的必然性，缺乏人物性格发展的逻辑力量，因而大大削弱了作品的感染力和教育作用。"③"社会主义新人"的成长，明显降低了对"高度"和"纯度"的要求，他们不必过多地舍弃个人性因素，其成长多伴随着各种突发性、偶然性事件，如，刘思佳在大火中、刘毛妹在战争中、燕儿窝的姐妹们在洪水中，精神境界得到升华；梁三喜和靳开来在大敌当前时，爱国情操和革命信念战胜了平时的消极情绪。借助偶然性事件来完成"新人"的塑造，在当时曾发展为一种陈陈相因的写作模式，这也说明作家们对以思想教育造就"新人"的必然性缺乏信心。

其三，两者所承载的意识形态功能不同。"新人"已不再承担"兴无灭资"的功能，而是极左政治的批判者，改革开放政策的坚定支持者；他们是社会变革、干部管理体制以及政治和经济管理体制改革的先驱，推动社会向改革开放的方向发展；坚定的共产主义信念和无产阶级立场被逐渐淡化，而"开拓创新"（乔光朴）、"实事求是"（李铜钟）、"独立思考"（郑志桐、刘毛妹）、"尊重科学"（《土壤》中的辛启明与《无

---

① 刘士昀：《在四化建设的广阔背景上塑造新人形象——评蒋子龙的新作〈赤橙黄绿青蓝紫〉》，《思想战线》1981 年第 6 期。

② 曾震南：《评中篇小说〈燕儿窝之夜〉》，《光明日报》1982 年 11 月 24 日。

③ 罗宝田：《他们真是新人形象吗？》，《文谭》1983 年第 3 期。

反馈快速跟踪》中的方亮)、"面向世界"(《高山下的花环》中的雷凯华痴迷于世界军事科技)等与四化建设相一致的品质得到强化。"无产阶级英雄"大公无私、舍己为人的道德品质,也逐渐被弱化。由于人道主义思潮崛起,个人价值与尊严逐渐得到重视,作家们笔下的"社会主义新人",已经不再沿袭过去从个人主义走向集体主义的成长道路,作家们更乐意描写主人公从"无我"状态中觉醒,逐渐认识到个人的价值、尊严和利益的过程,如,《乡场上》中的冯幺爸、《人生》中的高加林等。耐人寻味的是:冯幺爸与高加林是不是"社会主义新人",当时曾有不少的争论,但论者对这两个形象都是肯定的,因为他们对个人权利和价值的追求,并没有走向反社会的极端,在精神上也是积极向上的。这说明,即便是思想守成的学者,也在不断地解放思想,承认个人主体性的存在。而对于那些或多或少把个人与社会对立起来,或多少与怀疑主义、悲观主义(看破红尘走向宗教)、极端个人主义、反理性主义等思潮有瓜葛的人物形象,如,《在同一地平线上》《我们这个年纪的梦》《晚霞消逝的时候》等作品中的主人公,则不但不能获得"新人"的称号,反而遭到激烈的批判,而在批判者中也不乏以思想解放著称的改革派知识分子,可见20世纪80年代中前期中国思想界的状况。

第四节 "新人"的淡出与旧人物形象规范的解体

在1981—1984年的文学报刊上,"社会主义新人"的概念曾频繁地出现,王蒙、张贤亮等"复出作家",冯牧、唐达成、阎纲、缪俊杰、陈丹晨等批评家,都曾使用过这个概念。但此后的文学报刊上,这个概念就越来越少了,取而代之的是"血肉丰满的性格""复杂的人物形象""人物性格二重组合""富有深度的人物形象""人物性格的辩证法"

等，而到了 1986 年之后，"非英雄化""反英雄化"等词语开始频繁地出现在文学报刊上。可以说，"社会主义新人"倡导之初，回应者寥寥；大规模讨论骤起，但后继乏力。这与 20 世纪 80 年代"经济上不断反左、政治思想上不断反右"的宏观政策有关。

首先，"社会主义新人"的概念，是与当时"经济上反左"的时代潮流相背离的。经济体制改革的大方向，是不断地肯定个人主体性，肯定个人的尊严、利益、情感和欲望。也只有肯定个人主体性，才能推动经济体制改革和生产力的发展。从这个角度来看，与"反资"联系在一起的"社会主义新人"，并不能给经济体制改革提供多少思想资源和精神支持，并且有可能成为经济体制改革的阻力，在当时也确实有些力主革新的知识分子，把倡导"社会主义新人"的知识分子视为"左的"代表。而周扬、王若水等人的"人道主义"与"异化"、刘再复的"文学主体性"与"性格组合原理"等，则与当时的经济体制改革有着更多的一致性。刘心武在接受香港学者李怡采访时就说过：刘再复的理论探索，是与中国经济领域的改革相"配套"的，这正是他的复杂性格理论能够得到知识分子广泛认可的原因[①]。在当时的文学创作中，"人物性格的复杂性""人物性格组合原理"等观念，为表现个人的情感、思想、诉求、欲望乃至非理性的层面开辟了道路。而被激活了的人的各种欲望，则被当时的改革派知识分子视为搞活经济的动力之源。"社会主义新人"被边缘化，由此就不难理解了。

其次，提倡塑造"社会主义新人"，是与当时"政治思想上不断反右"的发展趋势相一致的，它曾经成为反对资产阶级自由化的一种手段。1981、1983、1987 年，文学报刊上"社会主义新人"出现频率较高，而使用这个概念的，大多是思想守成的学者和作家，他们试图利用

---

① 李怡：《刘心武谈刘再复事件与中国文学思潮》，《九十年代》1986 年第 6 期。

这个概念来遏制文艺探索的新潮。动辄得咎的文艺探索者们,自然会对"社会主义新人"敬而远之。张贤亮是个明显的例子,他曾写作《龙种》《河的子孙》《男人的风格》等作品,探讨"社会主义新人"的问题。在清除精神污染中,张贤亮在批判的压力之下完成了《绿化树》,他有意和批判者对着干,改变了把主人公写成"社会主义新人"的初衷。具有强烈政治意识的张贤亮尚且如此,比他年轻一些的作家,就更不会把创作视野仅仅局限在政治的层面了。朦胧诗与现代派、寻根文学与先锋文学的作家们,更倾向于疏离文学与政治的联系,他们或钟情于"三无"小说,或致力于探索人的内心世界,或致力于开掘文化的岩层,或沉醉于文学形式的探索。在"现代派热""弗洛伊德热""存在主义热""文化热""形式热"等一次次潮涌之中,特别是在日渐崛起的拜金思潮的冲击之下,"社会主义新人"被冷落、被淡化,也在情理之中。

从这场讨论中,不难看出其背后复杂的意识形态冲突,看出意识形态的调整对小说中人物形象的深刻影响。在不断的讨论中,过去"写英雄"的规范与人物关系设置规范明显松动并逐渐解体。甚至连思想相对保守的康濯,在倡导处理好"新人"与反面的、中间的、落后的人物的关系时,也认同作家因生活积累等条件的限制,写没有"新人"的作品,"甚至干脆不写'新人'而只善于描写中间的、落后的人物乃至反动的人物"①。

由于政治和阶级问题逐渐被淡化,个人主体性和审美主体性逐渐确立,评价人物的标准也发生了变化,正面、反面与中间人物的界限日渐模糊:在旧意识形态中"兴无灭资"、大公无私的正面人物,在新意识形态中有可能成为思想僵化的反面人物;在旧意识形态中具有资产、小资产阶级思想,追求个人发家致富的反面人物,在新意识形态中恰恰可

---

① 康濯:《努力描写社会主义新人》,《文艺研究》1982 年第 3 期。

以成为正面人物。因此，有些学者试图从审美的角度，取消正反面人物形象的规范。姚定一认为：新时期文学中出现的许多复杂形象，对正反面的框框造成巨大冲击，非此即彼地划分正反面人物，是造成公式化、概念化的理论根源，严重违反了人物形象的辩证法，堵塞了人物形象多样化的道路。他异常尖锐地提出："'正面人物'和'反面人物'的观点也应当进历史博物馆了。"① 在受到批评后，姚定一又进一步从审美的角度论来消解正、反面人物的概念，他认为：过去按照政治、阶级观点来划分正面和反面人物，是以政治或道德标准规范文艺中的人物形象，"如果按审美特征、审美价值来估量，我以为一切优秀作品中的成功的艺术典型都是可以肯定的，因为他（她）们都具有审美价值。所以用肯定和否定来定义'正面人物'和'反面人物'也是不科学的"②。后来，刘再复在倡导审美主体性时，也明显认同了这一思路。

取消正、反面人物的界限，是不利于倡导塑造"社会主义新人"的。因此，有的学者坚持区分正、反面人物的必要性。季元龙认为：这种区分未必一定会导致公式化、概念化、"违反文艺特殊规律"，未必就是非此即彼的形而上学，他坚持对人物做出政治的、道德的、审美的评价，并强调"对实现四个现代化是有利和有害，应当成为衡量一切工作的最根本的是非标准"，塑造人物形象也是如此③。李庆信认为："姚文把写人物性格的丰富性、复杂性，与区分正面人物和反面人物根本对立起来：似乎要写人物性格的丰富性、复杂性，就根本不能区分正面人物和反面人物，一区分正面人物和反面人物，就必然导致人物形象的公式化、概念化。这种看法本身就是把正面人物和反面人物的概念简单化、

---

① 姚定一：《"正面人物"和"反面人物"质疑》，《四川师院学报》1981 年第 1 期。

② 姚定一：《关于划分文艺中"正面人物"与"反面人物"的几个问题——答李庆信同志》，《文谭》1983 年第 7 期。

③ 季元龙：《也谈"正面人物"和"反面人物"》，《四川师院学报》1983 年第 4 期。

模式化了，同时，也把人物性格的丰富性、复杂性理解得至少是过于片面、狭窄，强调得过了头。"①李敬敏认为：取消正、反面人物界限的论调，既是一种文艺观，也是一种社会政治观。反对从政治、社会、阶级的观点划分正、反面人物，等于否定了现实生活中革命与反动、进步与落后、前进与倒退的分野，有可能模糊社会主义文艺的面貌。在社会生活发生变化的情况下，"不应该排除以对待四化建设的态度和行为效果为标准的正面形象、英雄形象以及反面形象、丑恶的形象这样两个方面，其中作为时代精神集中体现的主要是社会主义的新人形象"②。

　　20世纪80年代的生活和文学一样，是一步步向前发展的，每前行一步都伴随着不小的阻力。正是在反复的争论中，正面、中间与反面人物的内涵悄悄发生变化，按照阶级标准设置人物形象的规范逐渐解体，整个文学也渐渐挣脱了革命文学的轨道。从文学史发展的经验来看，新人形象都是与不同时期的社会问题、社会变革之间存在着密切关联性的，文学引领和推动社会发展的功能，在某种程度上也取决于对新人形象的理解以及对新人形象的塑造。从这个角度来看，20世纪80年代中前期关于社会主义新人形象的大讨论，其得其失，都是耐人寻味的。

---

　　①　李庆信：《别连孩子和脏水一起泼掉——对〈"正面人物"和"反面人物"质疑〉的质疑》，《文谭》1983年第3期。

　　②　李敬敏：《也谈"正面人物"与"反面人物"》，《当代文坛》1984年第1期。

第五章

当代文学史料整理与研究中的几个问题

　　近两年来，史料问题成为当代文学研究者关注的焦点，在中山大学、杭州师范大学、东北师范大学、河南科技学院先后召开的相关研讨会上，都出现程度不同的质疑"史料热"和"史料至上"的声音，有的言辞尽管激烈了一些，却也不乏合理之处。当代文学史料整理与研究工作，确实存在着某些需要认真反思和改进的问题。

第一节　当代文学史料建设中所存在的问题

　　古典文献及其研究工作，是在纸张、印刷、出版、发行等传播资源相对匮乏的条件下进行的，而当代文学史料及其研究，是在传播资源充裕甚至过剩的环境中进行的，因此史料愈近而愈繁。随着数字传媒的发展，史料搜集、储存、传播、检索的效率越来越高，研究者获取史料的方式发生实质性改变，除某些尚未数字化的史料，研究者不必再为了某个史料而奔走于各地图书馆、档案馆，或与当事人频繁书信往还。史料获取方式（抄写、复印、拍摄、下载、复制等）的难易程度，会影响研究者的心态，并进而影响史料的利用。一般来讲，史料越难获取，研究者越珍惜，咀嚼消化也越多；史料获取容易，则会导致咀嚼消化不足。当代文学史料急剧膨胀，相关整理成果又容易出版，研究者投入的思想与情感不足，因此极易出现对史料利用不足，阐释、提炼、整合不够等问题：

（一）史料整理类成果越来越多，阐释与提炼不足：当代文学史料整理工作还远远不够，但更严重的是对史料的研究与阐释未能跟上来。这些年来，在国家社科基金重大项目，各类社科基金项目中，出现许多名为"××史料整理与研究""××史料库建设""××资料长编""××信息平台建设"的立项课题。有些课题技术化倾向很明显，看不出研究者的问题意识。而有些当代文学史料集、作家年谱，只是按时间顺序或分类简单罗列、堆砌和复制史料，未能沉潜下去仔细研读，做到博观而约取。这些年史料整理类成果越来越多、越来越大，但投入的思考越来越少，结出的富有创造性的研究成果尚不多见，这是有人反对史料热的主要原因。因此，很有必要追问史料整理的目的何在，需要警惕为史料而史料的偏差，需要警惕"但知聚铜，不解铸釜"的倾向。当然，这也不能归咎于史料整理与研究者，阐释空间的局限与狭窄是主导性原因，义理之学与考证之学的交替兴起，更多是由时代而非研究者所能决定的。

基于对当代文学史研究以论带史、以论代史倾向的反思，曾出现不少编年体文学史著，如，刘福春编纂的《中国当代新诗编年史：1966—1976》（河南大学出版社 2005 年版），於可训、李遇春主编的《中国文学编年史·当代卷》（湖南人民出版社 2006 年版），张健主编的《中国当代文学编年史》（10 卷，山东文艺出版社 2012 年版，张柠、张清华、赵勇、蒋原伦、张闳、王金城、袁永麟等担任各分卷主编），吴俊主编的《中国当代文学批评史料编年》（12 卷，华东师范大学出版社 2016 年版）等。主编者们不赞成以某种文学史观去取史料，以此建构清晰完整的文学史叙事，认为这样会遮蔽文学史的丰富性与复杂性，因此主张从理论阐释转向史料实证，适度抑制研究主体的个人意志，尽量让史料和史实说话。

但史料不会自己说话，史料只有经过反复搜集、选择、提炼、删削，才能呈现出价值和意义，呈现出文学发展的方向、动力和规律。上述编年体史著都面临着一个很难解决的矛盾，即史料的碎片化与文学史叙述的整体性的矛盾。於可训率先采用编年体编写当代文学史，他认为编年史的逻辑和秩序，不是以"观点"来整合史料，而是靠史实之间的联系来呈现，但要真正达到这个目标很难，因此他把自己的编年史视为"历史的中间物"，并期待"更加成熟的，具有更高编撰水平的当代文学编年史出现"①。张健主编的编年史也试图在"散乱"中建立"秩序"，在"琐碎"中提供"线索"②，为呈现对各时段文学发展路径的整体认识，还请张柠、张清华等撰写各部分首卷导言。张清华在导言中则坦率承认编年体具有"先天的局限"，"它反而不能准确和完整地反映这个时期文学思潮的运变状况与逻辑"③，"任何一大堆材料堆积在一起的意义都是让人质疑的"，他怀疑读者能否从编年史中读出"历史的轨迹"和编者的"用意"，因此希望用导言来"建立整体性的历史想象"④。

上述编年体文学史都有很高的史料参考价值。但由于对具体材料提炼不足，重复性的史料收录过多，研究者们在史料整理与学术研究之间徘徊，未能很好地呈现出文学史发展演变的趋势，缺乏文学史整体贯通的历史感，让人产生这究竟是"编年史著"还是"史料编年"、究竟是研究成果还是资料整理成果的疑问。研究者的理想与最后的成书效果之

① 张均：《事实比观点更有力量——於可训教授治史访谈录》，《新文学评论》2013年第3期。

② 张健主编：《中国当代文学编年史》第1卷，山东文艺出版社2012年，第11页。

③ 张健主编：《中国当代文学编年史》第5卷，山东文艺出版社2012年，第5页。

④ 张健主编：《中国当代文学编年史》第7卷，山东文艺出版社2012年，第9页。

间存在较大的距离，原因在于没有找到可以真正整合史料的历史阐释方法，文学史发展的动力、方向和规律，都被过于繁多的史料遮蔽了。文学史研究并非材料越多越好，求大求全则不宜钩玄提要，务多聚博则不宜达于大体。在史料整理工作中，竭泽而渔重要，善择大鱼更重要，史料需要钩沉也需要淘汰，这样才能在充分消化史料的基础上形成历史洞察力。对于史料建设中求大求全的倾向，吴俊曾提出建议：史料研究应从社会需求出发，将其从技术层面落实到宏观层面，以求真相、求解释、求意义、求价值实现作为最终旨归①。

（二）史料研究小而碎，缺乏整体把握与整合能力。近年来，版本、目录、辨伪、辑佚、校勘、考证、年谱等古典文献学研究方法，都被运用于当代文学史料整理与研究，其中不乏可喜的收获，但也存在问题。许多研究者对传统文献学所知甚少，只是在互相影响下采用上述研究方法，还需要解决如何"有效"使用这些研究方法的问题：研究方法只是治史手段而不是最终目的，若不能把研究方法与文学史研究很好地结合起来，就会出现史料小而碎的问题，出现只见树木而不见森林、小处敏感而大处茫然的偏差。

学术研究应拒绝虚假、唯真是取，因此辑佚、辨伪很重要。但这里的真与伪，都不应流于琐碎或格局太小，应该多少联系着社会与人心，联系着价值与意义。辑佚的价值可以大到无限，关乎历史之兴衰；也可以小到一无所有，不值一二文酒钱。有的辑佚文章抓住一条小鱼，便以为捕获了蓝鲸，发现一只流萤，便以为发现第二个太阳，并以此自傲傲人，这难免会被人质疑："如果一篇佚文的发现不能改变一个作家的根本价值和定位，不能改变文学史上长期以来的定论，那么这一类史料挖

---

① 李超杰：《"中国当代文学史料建设与研究"会议综述》，《中国现代文学研究丛刊》2019年第 2 期。

掘的意义也就只在于多了一篇佚文而已。"①辨伪也有价值大小之别，历代伪书考、伪经考，多关涉思想与历史变革，而非为证伪而证伪。证伪某些琐碎小事，与证伪某些关乎历史兴衰之事，其格局和意义大小是完全不同的。

当代文学史料考证与版本研究，也需要警惕小而碎的问题。许多史料考证文章热衷于考辨人事纠葛，而疏于分析时代大势，这很难接近历史真实，更别说揭示历史规律了。考察版本源流（手稿本、杂志本、初版本、再版本）也不应仅仅满足于考察语言的变化，而是为了澄清不同版本造成的歧义和混乱，揭示版本与时代之关联，因此需要寻求版本差异，更需要揭示版本差异的成因，需要把版本流变与文学传播、文学制度以及政治经济文化环境的变化结合起来，把版本研究从单纯技术性的工作提升到史学研究的高度。

当代文学史料数量庞大而琐碎，撰写作家年谱是整合史料的良方，而当前的年谱编撰也流于琐碎，未能处理好琐碎与条理、作家一人之史与文学之史的关系，对此我曾有专文阐述②。碎片化的史料是没有意义的，只有放在历史脉络中才能获得意义。要想避免史料小而碎的问题，关键在于建立史料与周边历史语境的关系，在整理史料的基础上找到整体阐释历史的方法，整合碎片化史料并提炼出新的历史认识，这应该成为检验史料工作是否有效的标准。

（三）史料建设缺乏问题意识，与文学史研究脱节。有些学者指责史料工作未能给文学史研究带来新的可能性，未能改变现有文学史认知的版图。以这种理由否定史料建设，当然是不合理的，不能奢望每项史

---

① 刘勇、张悦：《从史料到史料学——中国现代文学的研究瓶颈与突破》，《社会科学辑刊》2018年第5期。

② 武新军：《中国当代作家年谱编撰的问题与对策》，《文艺研究》2019年第3期。

料研究都能解决文学史的重大问题。史料工作需要持之以恒、相互合作、积少成多，才能由量变到质变或多或少改变文学史叙述。

但这种质疑的声音也需要重视：史料建设与文学史研究都是学科建设的重点，但当代文学学科建设的主体工程，绝不是一堆散碎无序的史料，而应该是若干部富有历史穿透力与审美感觉的文学史著作。史料整理与研究应该为文学史研究服务。20 世纪 80 年代现代文学史料建设，是与文学史的研究同步前进的，史料整理者大多具有文学史研究的意识，当时整理出的文学史料，多被有效运用于文学史研究。而近些年的当代文学史料建设，存在着问题意识不足、与文学史研究脱节的现象，未能形成史料建设与文学史研究相互促进的良好局面。洪子诚曾对此发表意见："文学史料工作不是'纯'技术性的。史料工作与文学史研究一样，也带有阐释性。……史料与文学批评、文学史研究之间，是一个互相推进、辩驳、制约的双向运动。"[1]缺乏研究性的史料整理价值不大，史料建设需要把宏观与微观研究结合起来，既要广泛研读原始材料，又要密切关注文学史研究：通过文学史研究激活史料研究的问题意识，拓宽史料建设的视野和方向；通过发掘新史料修正某些文学史的记忆，深化某些文学史问题的研究，弥补文学史研究的薄弱环节，形成新的文学史认识并催生新的研究方法。

第二节　史料体系、类型与努力方向

1989 年，樊骏从学科发展角度提出：现代文学史料建设是一项宏

---

[1] 王贺：《当代文学史料的整理、研究及其问题——北京大学洪子诚教授访谈》，《新文学史料》2019 年第 2 期。

大的系统工程①。当代文学史料建设亦应如此。有些学者也曾探讨过当代文学史料的系统性和整体性问题。在当前的学术体制下，许多研究者只关注某一时期或某类史料，而对不同时期各类史料之间的"关联性"重视不够，缺乏纵向贯通的历史感与横向贯通的整合力，这极易导致文学史论断的偏差。史料体系不完整，会影响文学史的完整性与科学性，只有对不同时期的各类史料进行整体性研究，才能得出可靠的文学史结论。吴秀明主编的"中国当代文学史料丛书"，试图建立完整的当代文学史料体系，把史料分为"公共性""私人性""民间与地下""台港澳""影像与口述""文代会等重要会议""文学期刊、社团与流派""通俗文学""戏改与样板戏""文学评奖""文学史与学科"等类型。由于史料分类会影响选材视角和史料搜集方向，并进而影响文学史写作，吴秀明对这种分类也是有疑惑的，担心整理史料的筐子错了，会出现某些偏失②。

我认为建立完整的史料体系，必须准确衡量不同类型史料的价值及其相互关系，尤其需要处理好公共性与私密性史料、已知史料与未知史料的关系。近年来，许多学者习惯于把史料区分为官方与民间、主流与边缘、公共与私人两类，并认为后者比前者更"真实"。在真实性问题上，刊印本不如手稿，传记回忆录不如年谱，年谱不如日记书信，日记书信不如档案，"没有公开发表的史料主要是直接的史料或者说第一手史料，往往比公开出版的更重要"③。许多学者认为私人性、秘密性史料的史学价值更高，可以给文学史研究带来新的可能性，并把它与"求真""揭秘""反体制"等联系起来。这种轻视公共性史料的倾向，与多

① 樊骏：《这是一项宏大的系统工程——关于中国现代文学史料工作的总体考察》，《新文学史料》1989年第1、2、4期。
② 吴秀明：《中国当代文学史料丛书》，浙江大学出版社2016年，"总序"。
③ 钱振文：《当代文学史料应用的现状与方法》，《文艺争鸣》2016年第8期。

年来形成的反主流的思维方式有关，可能会给文学史研究带来新的遮蔽。

有些学者已意识到这个问题，如旷新年认为"过分依赖秘密材料，对公开的材料视而不见，不能导向正确的结论，只能产生偏僻的观点"[①]，王秀涛认为"史料的价值和意义不能以新与旧、公开与秘密作为标准，标准其实只有一个，就是是否能够解决文学研究的问题"[②]。我觉得，判断史料的等级、价值和意义，首先需要区分评价的标准：一是史料推动文学史研究的价值，二是史料推动和影响文学发展的价值。我更倾向于第二个标准，即衡量史料的价值，应视其影响社会、文学发展的程度而定，而不应以其真实与否、罕见与否的程度来定。我不否认私下言说与公开言论存在很大差异，而前者大多更符合言说者的本意，私密性材料更容易反映个体生存状态与精神状态的真实，但这类材料对公众生活与时代潮流、对经济社会与精神情感的变革影响不大。正如刘福春所发现的：非正式出版的诗集数量很大，但印数少、发行范围小、图书馆不收藏，其对文学发展的影响可想而知。

与此相反，公开出版的史料在推动历史变革、影响国民心理、推动文学发展、引领文学风气等方面的作用，要远远大于私人性史料。这类史料的确经常是各种力量斗争和妥协的结果，是经过反复加工修改的，但不能因此而认为它不真实并以此否定其史料价值，加工与修改过程也是一种历史真实。而且，从公开史料也未必不能走进历史真实，许多档案的解密并未给人带来出乎意料的冲击，是因为人们通过公开的史料也不难触摸被封存了的真相。

吴秀明认为当代文学史料建设还处于初级阶段，这个判断非常准确。许多史料整理成果还处于简单收集汇编现成材料的阶段，粗枝大叶

---

①　旷新年：《由史料热谈治史方法》，《文艺争鸣》2019 年第 3 期。

②　王秀涛：《当代文学史料的等级问题》，《文艺争鸣》2020 年第 1 期。

而非精耕细作。建立系统完整的当代文学史料体系，也不意味着对各类史料同等用力，这里有个轻重缓急的问题，需要对过去的工作进行盘点，减少工作的盲目性。笔者认为应该加强如下几个方面的史料建设：

其一，对某些重要史料进行精耕细作。史料创新是学术创新的基础，应该从经过反复咀嚼的、常见易得的材料中走出来，强调史料研究的创新性。史料辑佚辨伪考证等工作应该有所聚焦，可以对准当代文学史研究的薄弱环节或存在争议的环节，对准能够填补文学史空白或能够澄清混乱的史料，对准经常被当代文学史论著引用的史料，对准"有可能改变文化史或文学史叙述的新资料"①进行重点研究。对20世纪80年代以来的文学，需要加强对重要作家的史料整理与研究。由于出版比较容易，许多重要作家的全集与文集，可以说是仓促完成的作品汇编，与现代著名作家的全集文集相比，还存在许多问题，如作品写作发表的时序多有混乱，未收集的重要文章不在少数，缺乏精密的编排与必要的注释等，可先考虑以年谱形式对作家创作史进行全面梳理，把全集文集中存在的问题呈现出来，为今后的辑佚、辨伪等精细工作创造条件，只有通过持续不断的努力，才能给文学史研究带来新的生机与活力。

其二，发掘亲历者头脑中尚未形成文字的史料。在前些年"重返八十年代文学"研究热中，《新京报》推出专题访谈《追寻80年代》，查建英推出《八十年代访谈录》，程光炜在《长城》主持《编辑与八十年代文学》专栏，对崔道怡、何启治、涂光群、周明、杜渐坤等名编辑进行访谈。冯艳冰在《广西文学》主持《名编访谈》栏目，对冯敏、马津海、王干、李敬泽、韩石山、宗仁发、周晓枫、李少君、钟红明、贾梦玮、李广鼎、谢泳、田瑛、章德宁、袁敏、程永新、潘凯雄、郁葱、穆

---

① 陈平原：《文学史家的报刊研究——以北大诸君的学术思路为中心》，《中华读书报》2002年1月9日第17版。

涛、梁平、叶梅、何锐等重要编辑进行访谈，后集结为《名编访谈》，姜红伟、黄发有也进行过编辑访谈工作。林舟、张钧、姜广平、曾军、张英、汪继芳等，则在《花城》《江南》《长江文艺》《莽原》等期刊推出大量作家访谈，并曾出现过访谈录出版热①。

上述访谈都具有史料建设乃至抢救史料的意义，但学界尚未充分认识到访谈工作的紧迫性。20世纪80年代初被称为"复出"一代的编辑和作家，近年来纷纷谢世，与之相伴的文学记忆迅速消失。40后编辑家、作家，乃至50后的知青一代编辑、作家，现在也大多垂垂老矣，若不及时打捞他们的文学记忆，今后也将会无法弥补。同时也需要注意改进访谈工作，作家访谈的史料价值是否有效，取决于访谈者与受访者之间是否有高水平的互动。采访者具有鲜明的史料意识，才能打捞出更有价值的史料。采访者只有比采访对象掌握更多材料，才能激活被采访者的记忆，纠正其记忆的偏差，引发出其有意回避的历史记忆。

其三，应重视当代作家的日记和书信。日记书信是最具有历史感也最容易把研究者带入原初历史语境的文体。与现代作家相比，当代作家的日记出版量很少，目前已出版的与当代文学相关的日记有王林、张光年、陈白尘、靳以、陈荒煤、杨沫、张天翼、张庚等人的日记单行本，《艾芜全集》《郭小川全集》《沙汀文集》也推出日记卷。这些日记多写于20世纪80年代之前，20世纪80年代以来所写的日记，尚未引起出版者和研究者重视。进入新世纪后，作家们的博客、微博书写，虽不乏宣传目的，但其随意性则与日记相似，对此也应予以重视。

现代作家书信的生产量、出版量远远超过古代作家，因为他们适逢邮政发展的重要时期，且没有受到电子通信的影响。而当代作家书信的出版量还很少，所能见到的有李劼人、汪曾祺、季羡林、胡风、蔡其矫

---

① 何燕宇：《书市看好作家访谈录》，《文学报》2000年8月10日。

等人的书信单行本，《沈从文全集》《姚雪垠文集》等也推出书信卷，书信作者多为跨时代的老作家。20世纪80年代，作家与编辑、批评家、读者交流还主要依靠书信，书信生产量很高，许多作家都曾收到数以万计的读者来信，并热衷于书信讨论文学问题。笔者在一次出版项目的评审会上，见到河南大学宋战利教授搜藏的大量书信，其中有鲁枢元参加杭州会议前后与友人的书信十余封，有的长达千言，这些鲁枢元早已忘却的信件，非常有助于理解当时的文学风貌。遗憾的是，作家写于这个时期的书信出版很少，研究者也很少使用这个时期的书信。20世纪90年代中期以后，通信技术的发展使书信交流开始走下坡路。进入21世纪，书信逐渐被电子邮件、手机短信、微信取代。方便快捷的电子通信，使思想情感的表达趋于碎片化，作家电子邮件也会如此，但对研究作家还是很有价值的。笔者撰写《韩少功年谱》时，曾希望从其电子邮件中遴选一些信件，获悉他过去使用的一个电子邮箱崩溃，相信其他作家也会存在类似的情况，电子邮件一旦失去就很难找回，因此也需要出版者和研究者关注。

其四，应引导与帮助当代作家书写回忆录。20世纪80年代，在《新文学史料》与人民文学、上海文艺、香港三联书店等出版社的推动下，曾出现一个现代作家集中撰写回忆录的高潮。20世纪90年代中后期，当代作家回忆录开始不断出现：人民文学出版社曾推出"名家自述丛书"。1996年，团结出版社推出"当代作家自白系列丛书"。1998年，吉林人民出版社出版"老三届著名作家回忆录丛书"，推出陈建功、高洪波、赵丽宏、肖复兴、叶辛、贾平凹、陆星儿、张抗抗、王晓鹰、毕淑敏、范小青、叶广芩等知青作家的回忆录。2010年，时代文艺出版社"当代名家自述人生系列"，推出叶兆言、叶永烈、张抗抗、梁晓声、毕淑敏、蒋子龙、王蒙、曹乃谦等作家的自述。此外还出版有《浩然口述自传》《王蒙自传》以及余秋雨《借我一生》、从维熙《走向混沌》三部曲等自述性作品。

上述回忆录主要呈现 20 世经 50 至 70 年代的生活与文坛往事，较少书写 20 世纪 80 年代以来的历史记忆，因此有必要对此进行重点发掘。某些出版社也意识到这个问题：2017 年起，广东人民出版社以"文学回忆录丛书"的名义陆续推出蒋子龙、刘心武、张抗抗、宗璞、陈忠实、刘醒龙、王跃文、残雪的文学回忆录，待出的还有贾平凹、王安忆、方方、冯骥才、梁晓声卷，意在为研究 20 世纪下半叶的文学提供第一手的资料。中国文史出版社最近的"名家忆往系列丛书"，也推出肖复兴、叶辛、蒋子龙、韩静霆、周大新的回忆录。

略感遗憾的是，近年来推出的回忆录丛书，多是由作家过去写的回忆性文章集纳而成，新创作的只有《刘醒龙文学回忆录》等少数几种，许多回忆录并非出版社迎难而上努力推动的结果，这可能与出版社过多考虑出版盈利有关。若能像 20 世纪 80 年代中前期那样，适当淡化过强的盈利追求，增强推动学术发展的责任感，组织和帮助更多的作家书写回忆录，最好提出明确的规划、要求和体例，譬如突出回忆录的历史感与历史性，突出回忆史料的创新性（"有料"），限制随意性的与文学发展无关的书写，引导作家回忆与文学思潮相关的重要经历和事件、总结和反思自己与文学潮流的关系，引导作家书写重要作品的酝酿、写作、修改、定稿过程及其成败得失等。若能如此，回忆录推动史料建设的作用就更值得期待了。

第三节　研究主体的素养与能力

由于传播环境的变化，当代文学史料与古代文学文献具有不同的特征，对研究主体也有不同的要求。为了搞好当代文学史料建设，研究者需要提升各方面的素养和能力：

其一，文学史的眼光、问题意识与史料工作的经验。史料整理者应具有整体史的眼光和文学史研究心得。各类史料集的编撰，若缺乏文学史眼光，就会出现平均用力、简单罗列的现象，而具有文学史的眼光，就能发现可以推进文学史研究的有价值史料，会把被遮蔽了的呈现出来，把被歪曲了的纠正过来，把薄弱环节突显出来。史料选集应该是长期史学研究的结果，经过广泛搜集与严格筛选，体现出编选者的文学史观，而此类史料选编尚不多见。

问题意识会影响史料的发掘方向与阐释方式。文学史料集不是史料的简单汇集，选择什么史料，怎么选择史料，都与编选者的问题意识有关。鉴于当前史料整理过于宽泛的倾向，应提倡以问题意识为主导的专题性史料整理，围绕某些重要的文学史问题，广泛涉猎日记、书信、报刊、档案等各类材料，从中提炼并整合有用的信息，以逼近不同时期文学的整体风貌与复杂性。编选史料集要有"证史"的问题意识，应经过反复甄选或深度加工，有想要解决的问题贯穿其中，并尽量选择能够凸现文学史发展脉络、动力和方向的关键性史料。

史料工作经验同样重要，只有在史料领域长期耕耘才能形成经验，形成对新史料的敏感性，形成对错综复杂的材料的辨析力，才能解决史料中的复杂和疑难问题，成为成熟的史料研究者。只有长期触摸史料并熟悉史料建设的整体状况，才能知道哪些有价值，哪些需要抢救发掘，哪些是大路货，才能避免重复劳动并实现史料创新。在吴秀明主编的"中国当代文学史料丛书"中，付祥喜的"文学史与学科史料"卷最见功力，这就与史料工作经验有关，有过长期史料整理经验的学者，都不会满足于简单排列史料，而是试图从中有所发现。

史料整理与研究应该是专业的而非业余的，现在的弊端是临时参与者多，而持之以恒进行者少。近年来出版的当代文学史料丛书，多采用师生合作的方式。丛书主编对史料建设都有深度思考和高瞻远瞩的规划，但具体参与者则多为缺乏文学史研究经验和史料学训练的研究生，因此主编们的规划很难完全落实。导师参与的程度深，史料集的价值就高；导师参与少，史料集的价值就会打折扣。流行的师生合作方法也不利于培养史料人才，有的导师按照时间段或具体年份分工，学生很难形成纵向贯通的历史感；有的按照史料类型分工，学生很难形成横向贯通的整合力。有的师生合作完成项目后就一哄而散，其结果可想而知。

其二，对史料的抉择去取、化繁为简的能力。当代文学史料急剧膨胀，编选文学史料集容易出现"过存"的问题，研究者需要有更高的鉴别、选择和去取史料的能力。史料选编、期刊编目、史料索引、作家年谱等，都是"集天下之书为一书"的工作，需要博观而约取，把散见于群书、杂志中有价值的内容择取出来，从而增强史料集的参考价值。有些史料选集由于不存在"篇幅"的压力，过分强调竭泽而渔，缺乏提炼和消化，看不出编选者的史观，反映不出文学演进的大势；有些史料集有闻必录、机械整理、不过脑过心，这都与缺乏抉择去取的能力有关。史料需要聚少成多，更需要化繁为简。传统文献学中的"提要""序录""叙录""解题"等，目的都是化繁为简，仔细研读文献并以最精练的语言概述其内容、版本等信息，便于读者参阅。

其三，理论素养、历史意识与熔铸史料的能力。章学诚批评某些乾嘉学者"专务考索，不求其义"，并明确提出"功力与学问，实相似而不同"，辑佚、辨伪、考证等只是功力，只有从材料中产生独得之见，才能算是学问①。韦勒克、沃伦也曾批评史料工作者"往往过分集中于

---

① 章学诚：《文史通义新编新注》（仓修良编注）上册，商务印书馆 2017 年，第 115 页。

材料的搜集和梳理，而忽略从材料中可能获得的最终含义"①。周保欣也批评某些学术研究"要解决的也不再是去阐明现象、揭示规律、创新知识、发现真理，而是以发现、使用多少新史料为荣耀。对学者学术水平高低的判断，比的不再是见识的卓越、立论的高远、洞察的深邃、视野的宽广，而是史料之多寡、新史料之有无。学术高下从史学的识力转向材料的丰富和新奇"，"没有相应的历史哲学支持，当代文学的历史化是无法完成的"②。

针对上述问题，许多学者强调理论的重要性，我则认为严格的历史意识更重要。"理论"经常会受到时代潮流裹挟，以理论指导史料研究会产生主观主义，会导致史料解读的偏差。相同的史料在不同的时代潮流、阐释视野、认识装置中，会获得截然不同的评价，无论采用革命的、启蒙的、现代性的还是其他的什么观念，都很难接近历史的真实性和复杂性。那么历史真的没有客观性和规律性吗？如何才能使史料阐释更符合历史实际？如何才能呈现历史的客观性和规律性？这就需要具有严格的历史意识，具有对抗观念和成见的力量。具有历史意识的研究者不会迷恋理论，反而对理论充满警惕，他们只是反复地把各种史料放回到其诞生时的社会结构中进行考量，寻找新的阐释的可能性，并得出实事求是的结论。

与抽象的理论相比，对史料进行整合、阐释的方法与能力更重要。章学诚、梁启超等史学理论大家都强调"历史研究法"，重视组织、运用和熔铸史料的能力，重视从杂乱的史料中寻找历史之大势（动力、方向和规律）。只有掌握了整体阐释历史的方法并具有较强的历史阐释能

---

① ［美］勒内·韦勒克、奥斯汀·沃伦：《文学理论》，刘象愚译，生活·读书·新知三联书店1984年，第49页、第50页。

② 周保欣：《重建史料与理论研究的新平衡》，《学术月刊》2017年第10期。

力，才能穿越史料迷宫，找到相互矛盾的史料背后的各种支配性力量，并对影响历史发展的"合力"进行历史分析，"要特别尊重史料的差异性，注重发掘不同形态的史料在不同维度发出的声音，并将这些各自独立甚至互相排斥的史料'有意味'地联系起来"①。

面对文学批评与文学史料研究之间的尖锐分歧，有些学者想推动二者融合，这未必可行。文学批评需要张扬个性和情感，重在解决当前文学中存在的问题，而文学史研究则需要克制个性和情感，重在揭示文学演变的规律。过强的批评性激情、当代性的诉求，会成为历史研究的阻力，因此强调融合不如强调"六经皆史"的胸襟，把文学批评视为可熔铸入史的史料。

其四，对人性、情感与审美进行历史分析的能力。有的学者指责某些史料整理与研究论著太客观、太冰冷，缺乏生命与情感的融入。他们说文学是人学，是思想与情感的表达，对生命与情感的考证比对琐碎事件的考证更重要，有些琐碎事件对认识世界、历史、自我、文学都没有什么帮助，相关的考证难免为考证而考证之嫌。当代文学史料整理与研究，确实需要扭转见事不见人的倾向，需要增强思想、情感和人性的温度，要善于从史料中捕捉国人精神与情感的历史，善于体验事件背后人的生命与情感，善于在人与历史的关系中，揭示人的生存状态、精神结构的变迁史，并进而考察文体的发展演变史。史料整理与研究表面上是客观冷静的，其实还是受制于研究者的生活体验与立场标准。整理和研究史料与我们的生活体验有着怎样的关系？我们的情感状态应该是什么？至少不应该是狭小的个人癖好、自娱自乐的游戏心态，不是以玩赏或自得的心理炫耀新奇材料。史料工作者的情感应该与民族、国家的历

---

① 斯炎伟:《当代文学史料研究中的"知识化"现象》,《中国现代文学研究丛刊》2018第10期。

史命运建立关联，应该与强烈的想要整体把握文学史的激情结合起来，只有如此才能避免把史料工作蜕化为纯技术性的工作或智力游戏。

文学史料关联着文学性或审美性，这是它的特殊性。有些学者以远离文学性与审美性为由，质疑当代文学史料整理与研究①。这种质疑也有道理，史料研究离不开审美参与，也应有助于审美研究。坚持马克思主义历史的与美学的观点相统一的方法论，可以有效解决史料研究中历史性与审美性矛盾。应该重视史料与审美问题的关系，但不应把审美抽象化或超历史化，研究者须具备把审美研究历史化的能力，在整理政治、经济、传媒等有关文学的外部史料时，应紧扣文体、艺术风格、叙事方式等文学性问题展开，从史料中梳理美学观念随历史沿革而不断变化的历史。这就涉及跨学科史料整理问题了。

第四节　关于跨学科史料整理的问题

文学史是文学与历史的交叉学科，其史料基础自然是跨学科的。王尧、谢泳、李怡、张均、周保欣等学者，都谈过跨学科文学史料问题，并主张拓宽文学史料的边界。谢泳认为没有纯粹的文学史料，只有可以放在文学范围内解释的史料，"所有关于中国现代史方面的史料，同时也都有可能成为中国现代文学史料，关键是看研究者在什么层面上使用和判断这些史料"②。周保欣则认为："有些看起来原本和文学了无关系的史料，一旦进入文学的学术生产领域，构成我们思考文学问题的基础

---

① 姚晓雷：《重视"史"，但更要寻找"诗"——也谈当下文学研究中过度强调史料建设作用的迷津》，《学术月刊》2017 年第 10 期。

② 谢泳：《建立中国现代文学史料学的构想》，《文艺争鸣》2008 年第 7 期。

文献，就成了'文学史料'。"①

众所周知，经济、政治、地理、气候、交通、邮政、城市、人口、教育、传媒等，都会直接或间接地影响文学发展，因此需要拓展文学史料的采集范围，高度关注政治、经济、科技领域以及历史学、社会学、教育学、新闻学、出版学、图书馆学、戏剧学、影视学等学科与文学相关的重要史料。史料采集的范围越大，文学史研究的空间越大。在跨学科视野中整理史料，提升跨学科整合能力，可以开拓文学史研究的视野、思路与方法。

这些年来，许多学者自觉或不自觉地在相关学科的交叉点上寻找文学研究的生长点。尤为引人注目的是：经济、地理、传播是与文学始终相伴而发展的，近年来出现大量文学传播学、文学经济学、文学地理学的跨学科研究论著，并明确提出要建立或完善相关学科的目标，而能否学科化则取决于能否建立坚实的跨学科史料基础。对于如何整理这类史料，我有一些自己不成熟的想法与相关研究者交流：

（一）关于文学与经济的跨学科史料，需要对准其结合点和关联性。或紧贴着文学问题整理对其影响较大的经济社会发展史料，或紧贴着经济社会发展搜集整理文学史料。从文学环境、文学生产机制的角度笼统概述文学与经济的关系，没有多大意义，所得出的结论很难深入文学与经济互动的内在肌理。若能深入具体文本内部，揭示经济与文学错综复杂的历史关系，会有助于深化文学经济学研究。笔者曾围绕新时期之初的经济变革，逐年梳理引起激烈争鸣的表现个体户问题的小说，引起激烈争鸣的反映集体化时代老干部、老模范在新时期巨大心理震荡的小说，引起激烈争鸣的书写新的雇佣关系中人与人关系变化与心理震荡并纠缠着诸多历史和当下矛盾的小说等。系统整理与研究这类作品，可以

---

① 周保欣：《重建史料与理论研究的新平衡》，《学术月刊》2017 年第 10 期。

在作品分析、文学史研究与经济社会发展之间建立密切关联，更为细致地呈现文学与经济互动的历史过程。

另外还须关注文学与国际经济、政治的关系。洪子诚最近指出：中外文学交流尤其是十七年时期与亚非拉文学关系的史料整理，"还是一个有待加强的领域"。①这涉及能否准确理解当时文学的发展走向与整体特征：中国与亚非拉在经济、政治、文学方面的互动交流，是影响十七年文学发展的重要力量，正是在这股国际力量的推动下，文学的民族化、大众化、政治化趋向不断地被强化，纯文学倾向被反复地批判，反殖民主义、反西方文化霸权的思维也渗透到文本内部。20世纪80年代以来，中国逐渐融入经济全球化格局，国际文化资本的流动也深刻影响着我国文学生产乃至具体文本的特征，相关史料也需要认真整理与研究。

（二）关于文学与地理的跨学科史料，也需要聚焦文学与地理空间的关联性。地方文献在文学地理学研究中具有重要意义。经过反复发掘后，现代文学史料整理转向地方性和边缘性的文学刊物，试图以此建立文学地理学的视野②。当代文学史料建设也可以如此发力，笔者在整理当代不同时期的地方文学报刊、图书资料时，发现大量当代文学与地理环境、地域文化关系的史料，若能对这类史料进行重点发掘，并在地方性（尤其少数民族）文化文学资源、国家主流文学发展、世界文学潮流互动的结构中审视与研究这些史料，就可以为当代文学地理学研究奠定坚实的史料基础，从而拓展当代文学地理学的研究空间。

（三）文学与传播的跨学科史料较为复杂。当代文学传播史研究涉

---

① 王贺：《当代文学史料的整理、研究及其问题——北京大学洪子诚教授访谈》，《新文学史料》2019年第2期。

② 李怡：《边缘性、地方性与中国现代文献学的着力方向》，《四川大学学报》2019年第6期。

及文学报刊、出版、书场、剧场、广播、影视、网络等不同传播媒介所构成的"文学传媒结构",涉及管理者、赞助者、书商、出资人、编辑、作家、剧作家、批评家、改编者、导演、演员、读者、观众等所构成的"文学传播力场",涉及小说、连环画、曲艺、话剧、戏剧、广播、影视的跨媒介改编。若能打破各文学传播形式之间的壁垒,紧贴着政治经济文化环境、"文艺传媒结构""文学传播力场"相互关系的历史变化,逐年逐月逐日搜集梳理文学传播史料,尽可能客观呈现文学传播管理体制的变迁史,不同传播媒介相互关系的变迁史,不同传播主体、接受主体的代际差异及其相互关系的变迁史,各个传播环节(生产、传播、接受)关系的变迁史,各类文学文体关系变迁史,则有助于建构整体性的当代文学传播史,呈现出政治经济文化环境、文艺传播结构、文学生态、文学思潮、文学文体之间的内在关联及其历史变化。

综上所述,整理与研究当代跨学科文学史料,就是要致力于沟通文学与经济社会、传播、地理等学科的联系,并在相互联系中建立起跨学科的文学史料基础,从而把文学史研究建立在坚实的唯物主义基础上。有学者主张把与文学叙事相关的"本事"列入史料搜集范围[1],这有助于理解不同时期文学文本生产的内部规律及其变化,如果把"本事"与经济、传播等因素的发展变革结合起来,还可以有效加强文学叙事与社会实践的联系,矫正以往过分强调文学的超时代性、文学的虚构性与想象性所导致的文学史研究的非历史化倾向。

---

[1]　张均:《当代文学史学化趋势之我见》,《文艺争鸣》2019 年第 9 期。

第六章

关于中国当代作家年谱编撰的几点想法（上）

　　在近年来中国当代作家年谱编撰的热潮中，存在着随意性较大、整体学术质量不高等问题。有必要结合当代作家年谱编撰中存在的问题，探讨年谱编撰的原则与方法，包括对年谱的性质与功能，年谱与传记、评传的区别，年谱的详略、条目和语言，年谱材料的选择与考辨，时事、谱主行实与文学创作的关系，地理空间与年谱写作的关系等问题展开讨论。若能有效地把中国古代、现代作家年谱的编撰经验，把传统目录学、方志学、校勘学以及版本学等治学方法引入当代作家年谱的编撰实践，将会有助于提升当代作家年谱的整体水平，使年谱写作成为推动当代文学史料建设、当代文学研究"历史化"的重要力量。

　　近年来，当代作家年谱编撰出现热潮，先后出版易彬《穆旦年谱》（中国社会科学出版社 2010 年版），王培洁《刘绍棠年谱》（文化艺术出版社 2012 年版），王刚《路遥年谱》（北京时代华文书局 2016 年版），徐强《人间送小温——汪曾祺年谱》（广陵书社 2016 年版），邢小利、邢之美《柳青年谱》（人民文学出版社 2016 年版）和《陈忠实年谱》（陕西人民出版社 2017 年版），曹洁萍、毛定海《高晓声年谱》（南京大学出版社 2017 年版）等。《东吴学术》杂志专设"当代作家年谱"

栏目，先后推出近三十篇活跃在第一线的当代作家的年谱，复旦大学出版社与华东师范大学出版社还在此基础上推出"《东吴学术》年谱丛书"。

　　这股作家年谱编撰热，是程光炜、林建法等学者倡导以及研究者们共同努力的结果，也与《文艺争鸣》《新文学史料》《东吴学术》以及相关出版社的支持密不可分。笔者 2011 年开始研究"中国当代重要作家年谱的编撰与出版"这个课题时，带领课题组成员编撰"中国当代重要作家年谱丛书"，研读了大量作家年谱，从中强烈感受到当代作家年谱编撰确实有助于推动当代文学史料建设和当代文学研究的"历史化"，但由于编撰者对年谱的规范还缺乏基本共识，已有的年谱还存在随意性较大、整体学术质量不高等问题。因此有必要对年谱的性质与功能，年谱与传记、评传的区别，年谱的详略、条目与语言，如何处理时事、谱主行实与文学创作的关系等问题展开深入讨论。

第一节　年谱的观念更新与视野调整

　　在传统目录学中，谱牒多被编入史部。章学诚、顾廷龙等人明确把谱牒列入史学范畴，并高度重视其史学地位和价值，视之为"为国史取裁""为史部要删"[①] "补国史之未详"[②] 等，梁启超还把年谱作为中国历史研究的重要方法进行论述[③]。胡适、钱穆、夏承焘等近现代学者，也

---

　　① 章学诚：《为张吉甫司马撰〈大名府志〉序》，仓修良编注：《文史通义新编新注》下册，商务印书馆 2017 年，第 1042 页。

　　② 顾廷龙：《历代名人年谱目录序》，《顾廷龙文集》，上海科学技术文献出版社 2002 年，第 52 页。

　　③ 梁启超：《中国历史研究法》，上海古籍出版社 1998 年，第 210—234 页。

把年谱视为史学研究的基础。近年来，程光炜、林建法等学者倡导撰写当代作家年谱，也是想以此推动当代文学研究的"历史化"①。

年谱能否成为国史取裁之资，取决于谱主是否深度卷入了历史变革。谱主的选择决定着年谱的史学价值，章学诚认为"以谱证人，则必阅一代风教，而后可以为谱"②，因此历代参考价值较高的年谱，其谱主多为名公巨卿、著名学者。而作家年谱也须与文学史乃至历史变革相结合才有意义。因此，并非每位作家都有必要作年谱，在选择谱主时首先要考虑作家"重要"与否，是否承载着丰富的文学史信息。有些年谱选择的作家，更多受文学潮流的影响，却很少能影响文学潮流，其人、其事、其文都与"史"无关，对理解文学史无所裨益，为他们撰写的年谱，参考价值就可想而知了。可惜的是，目前当代文学研究界存在着盲目编撰年谱、"为年谱而年谱"的倾向，这是当前流行的"为史料而史料"思想的产物，是作家的需要与作者发表论文的愿望相契合的产物。年谱本来是一种高难度的写作，有的作者却把它当作发表论文的"捷径"。笔者在编撰"中国当代重要作家年谱丛书"的过程中，也有些作家主动物色作者并要求加入这套丛书，基于上述考虑，我们还是委婉谢绝了。

中国学界有盖棺论定的传统和"当代不宜写史"③的观念，可否为健在的作家撰写年谱，一直存在争议。在一般人的印象中，除自订年谱外，年谱多是为已故之人而作。十年前当我们编纂"中国当代重要作家

---

① 程光炜、夏天：《当代作家的史料与年谱问题——程光炜先生访谈录》，《新文学评论》2018 年第 1 期。

② 章学诚：《〈刘忠介公年谱〉叙》，《文史通义新编新注》下册，商务印书馆 2017 年，第 538 页。

③ 唐弢：《当代文学不宜写史》，《文汇报》1985 年 10 月 29 日。该文发表后，学界曾展开关于当代文学能否写史的讨论。

年谱丛书"时，有些惴惴不安，我们选择的谱主多为活跃在创作第一线的"50后"作家，最担心作家本人会持反对态度。不过我们后来发现，目前学界对年谱的观念已发生明显变化，甚至出现许多"60后"作家的年谱。其实，修史年代与史书所写的历史相隔太远或太近，是各有利弊的：时空相隔太远，可以摆脱当代意识形态和人事关系的影响，便于考辨求真，但相关史料也会大量散佚，不认真搜集材料，很难跨越时空距离，哪怕苦心搜求也无法返回历史现场。而时空距离太近，则容易受制于当代时势、观念和现实人事关系的干扰，但却有着搜集、保存和利用史料的便利，此即"地近则易核，时近则迹真"①。

有些当代作家年谱视野狭小，紧盯作家个人而不及其余，也是因为对年谱的性质与功能理解不够，不明白年谱应遵循的史家法度：年谱虽为"一人之史"，但绝非仅是"一人之史"。古代谱牒编撰高度重视年谱、家谱、方志与国史之间的关联性，讲究"比人斯有家，比家斯有国，比国斯有天下"，因此，年谱虽为"一人之史"，但"家史、国史与一代之史，亦将取以证焉"②。作家年谱要以作家个人为中心，但不应囿于作家本人，而是要善于在作家个人史与文学发展史之间建立关联：把谱主放在由政治、经济、文化语境、文艺传媒结构（文学报刊、文学出版、影视、戏剧、文学教育等）、编辑、作家、批评家以及读者所构成的复杂关系网中进行研究，展示不同时期的文学风貌，既使读者了解谱主，又能给研究者提供更多的史料线索。这就要求撰谱者不仅要深入研究谱主，也要深入研究与谱主有关的作家，研究谱主成长的社会环境和文学风貌等，从而形成全局性的文学史眼光，以便能在文学史的发展变

---

① 章学诚：《修志十议呈天门胡明府》，《文史通义新编新注》下册，商务印书馆2017年，第857页。

② 章学诚：《〈韩柳二先生年谱〉书后》，《文史通义新编新注》下册，商务印书馆2017年，第558页。

化中衡量作家、作品的地位。

笔者在编撰《韩少功年谱》时，就致力于搭建谱主周边不断变化的文学场，让读者通过韩少功看到 20 世纪 70 年代以来中国文坛的发展，把尽可能多的文学发展信息恰切地纳入年谱。在追踪韩少功思想观念沿革时，特别关注师友生徒相互影响的关系，呈现前辈作家如何提携谱主，同辈作家如何砥砺韩少功，韩少功又如何帮助晚辈作家。对文学创作和批评影响较大的师友生徒，在叙述二人初识时，则专列言简意赅的小传。而韩少功对师友生徒的评价，也择要抄出放在合适的位置，从而有效建立起作家"一人之史"与文学史整体之间的关联①。

第二节　年谱与传记、评传的区别

编撰作家年谱的目的是更好地搜集和整理史料，但近年出版的一些年谱，如复旦大学出版社推出的《余华文学年谱》(刘琳、王侃)、《范小青文学年谱》(何平) 以及李桂玲《莫言文学年谱》(《东吴学术》2014年第 1—3 期) 等，基本上采用"作品系年"加"专题研究"的体例，存在较为严重的传记化或评传化的倾向，有违编撰年谱的初衷。这里有必要讨论一下年谱与传记、评传文体之区别：年谱是史料搜集、考订类的著述，强调史料的呈现和历史事件的还原，而不注重主观的评论。而传记和评传则具有较强的主观性，"文兼史体，状若子书"②，前者注重叙事的集中与完整，后者讲究叙评结合，侧重于对某些重要问题的研究与阐释。两种文体各有长短：在集中呈现谱主形象、深入剖析作品、自

---

① 参见武新军、王松锋：《韩少功年谱》，中国社会科学出版社 2017 年。
② 刘知几：《序例第十》，《史通》，上海古籍出版社 2015 年，第 63 页。

由表达学术见解以及可读性等方面，年谱不如传记和评传；但在钩沉、整理史料方面，传记或评传则不如年谱。年谱的纲目体例，便于汇聚和校订史实，尽量呈现有价值的史料线索。一般情况下，年谱中的资料要比传记详尽，对材料的要求也比传记严格。

年谱是资料性的工具书，其最突出的特征是便于稽查，工具性越强，年谱的价值就越高。笔者曾提出，"好的作家年谱，应该具有目录索引的功能。"[1] 李立超据此指出："索引功能也是年谱区别于传记、评传等的一个重要特点，完善了年谱的索引功能，也就是发挥了年谱这种特殊体例的工具性作用。"[2] 在索引史料方面，年谱比传记有着更大的自由，可以通过互不相干的条目、注释等方式，为读者链接大量与谱主相关的重要资料。有的年谱为增强索引功能，还附录人名索引，标注师友生徒的事迹所在页码，便于读者稽查谱主与师友的交往史。

传记和评传重视可读性，讲究叙事完整、思想脉络清晰，因此在时间上可以有跳跃。年谱则追求观览有序，事件、作品、言论都要服从时间的安排，不宜在时间上大幅度跳跃。目前许多当代作家年谱尚未确立时间至上的观念：有的急于把事件一次性讲清楚，把发生在若干年内的事件放在一个时间（条目）里讲述，从而破坏年谱的索引和稽考功能；有的为了完整阐释某部作品或某个问题，调动不同时期的事件、作品、评论进行集中论述，以致冲淡年谱时序，破坏年谱体例。如《余华文学年谱》以写论文的态度，全面阐释海盐生活对余华创作的影响 [3]，《范小青文学年谱》用大量的篇幅追溯"苏味小说"从宋元到现代、从陆文夫

---

① 武新军：《关于中国当代重要作家年谱编撰的几点想法——以〈韩少功研究资料〉为例》，《文艺争鸣》2013 年第 10 期。

② 李立超：《浅谈中国当代作家年谱编撰的方法——以余华为例》，《中国文学批评》2016 年第 3 期。

③ 刘琳、王侃：《余华文学年谱》，复旦大学出版社 2015 年，第 2—8 页。

到范小青的发展史，并阐释了范小青的"新写实"和神秘主义倾向①。这些思路清晰而不乏真知灼见的"小论文"，使年谱严重偏离恰当的方向，失去钩玄提要的功能，史料参考价值也因此打了折扣。

年谱需要恰当处理"叙事"与"评论"的关系：撰写年谱必须深入研究作家、作品，但不必把论证过程和所有研究心得都呈现于年谱中。马梅萍、黄发有《张承志文学年谱》(《东吴学术》2015年第4期)，徐洪军《田中禾文学年谱》(《东吴学术》2017年第4期)等处理较为恰当，对谱主的研究较深，并能扼要地把研究心得纳入年谱。这一文体中可以有评论，但应坚持叙事为主、评论为辅的原则。年谱文体以考订事实为主，要避免离事而言理的倾向，警惕自我表达、理论阐释的热情超过考订事实的需要，否则会出现评传化倾向。当然，年谱是不可能也不应该回避价值判断的，但撰谱者最好不要直接发表评论，这就是章学诚所说的"史家之文，惟恐出之于己"，"史文而出于己，是为言之无征"。② 这一文体更应重视史家笔法，即"史笔点窜涂改，全贵陶铸群言，不可私矜一家机巧也"③，若能择要录入同代人对谱主切近现场的评价，或谱主对同代作家的评价，并加以历史化处理，则有助于增强年谱的历史感。

有些年谱出现传记化、评传化的偏差，是因为未能处理好"学术性"与"文献性"的关系。胡适的《章学诚年谱》重视年谱的学术性，强调从思想史的角度遴选材料，使读者"不仅对章学诚一生的经历、学术思想尽可得知，而且对乾嘉时代整个学术界之大概趋势亦可得以了

① 何平：《范小青文学年谱》，复旦大学出版社2015年，第33—40、44—54页。

② 章学诚：《与陈观民工部论史学》，《文史通义新编新注》上册，商务印书馆2017年，第405页。

③ 章学诚：《跋〈湖北通志〉检存稿》，《文史通义新编新注》下册，商务印书馆2017年，第1035页。

解"①。某些当代作家年谱编撰者受胡适年谱观的影响，致力于追索事件的来龙去脉，发掘谱主思想观念的沿革，所撰年谱的学术性很强。但呈现谱主思想观念的变革，经常会与年谱的"文献性"发生矛盾。戴震与章学诚曾就修志应该"重沿革"还是"重文献"发生争论。戴震反对"侈言文献"，主张"修志贵考沿革"，"考沿革为撰志首事"，而章学诚则主张当二者"不得已而势不两全，无宁重文献而轻沿革耳"②。有的当代作家年谱能够做到学术性和文献性的统一，有的却出现严重失衡，过分重视"考沿革"而排斥大量与"沿革"无关的零散的重要史料，结果走上评传化的道路。如《余华文学年谱》在余华的评论文章上投入的精力和篇幅最多，十分精彩地勾勒出余华作品的批评史，但也因此而影响了呈现其他类型的更为重要的史料线索，使得文体形式更近于论著而非年谱。

第三节　年谱的详略、条目与语言

首先谈一下年谱的详略问题。年谱"忌详略失体"，要求谱主行实主线完整清晰。年谱编撰者都会面临史料不均衡的问题：有的年份史料特别多，需要精心选择和提炼，有的年份则特别少，费尽心思还是很难填补空白，这就容易产生过详或过略的毛病。因此，删繁就简、查漏补缺就成为年谱编撰中最艰苦的两项工作，也是检验年谱价值高低的核心标准。对材料特别多的年份，须尽力删夷骈赘，避免同类信息反复出现而流于芜杂。对谱主史料奇缺的重要环节，也不能顺其自然，而是要迎

---

①　仓修良、陈仰光：《年谱散论》，《史学史研究》2001 年第 2 期。

②　章学诚：《记与戴东原论修志》，《文史通义新编新注》下册，商务印书馆 2017 年，第 885 页。

难而上、集腋成裘，想尽办法钩沉相关史料，此时每有发现则弥足珍贵。譬如，易彬《穆旦年谱》通过南开大学保存的穆旦个人档案与相关材料，厘清了诗人 20 世纪 40 年代在东北办报，在上海、南京、曼谷等地的生活，1949—1952 年留学美国，回国任教南开大学等诸多生平疑点，"有助于深入呈现穆旦与时代（特别是新中国）文化语境之间的内在关联"[①]。有过史料整理经验的同人都知道，珍稀材料通常可遇而不可求，《刘绍棠年谱》的编撰者得到谱主家属的全力支持，有条件接触最稀缺的材料，但还是出现年谱编撰者经常遇到的窘境，"反右"之后与"文革"期间的材料很少，对于这种原因导致的详略失当，也只好采取留缺待补的办法。

已有的当代作家年谱，普遍存在成年阶段资料细致乃至烦琐、童年少年时期过于粗略的问题。众所周知，童年经验对作家影响深远，不对此进行研究，很难深入了解作家的心理结构和文学创作。复旦大学出版社推出的几本年谱，都高度重视童年经历，但也有撰谱者回避童年时期材料最为稀缺的难题，有的把多年条目合并处理，有的则空对空地阐释童年经验对作家、作品的影响，未能把童年经历落到实处。也有少数较成功的尝试，如《刘绍棠年谱》作者王培洁通过研读谱主大量自述性材料，精心勾勒出童年时期的居住环境、生活状况、家庭成员、亲戚邻里、地方自然人文景观、方言与民间文艺、中小学教育等对作家影响较大的重要方面。张光芒、王冬梅《铁凝文学年谱》（复旦大学出版社 2014 年版），范会芹《李佩甫文学年谱》（《东吴学术》2017 年第 5 期）对童年经验与文学创作关系的处理，也有可资借鉴之处。

其次，年谱如何设置条目，也是一个需要讨论的重要问题。有的当代作家年谱在设置条目时没有遵循一定的规范，显得过于随意。年谱按

---

① 易彬：《呈现真实的、可能的作家形象》，《新文学史料》2018 年第 4 期。

照时间顺序设置条目，便于核对事迹、著述的先后与真伪；各条目之间的连贯性不能太强，否则容易削弱年谱的信息量，年谱中出现大量碎片化的条目是很正常的。不过，各条目之间也不能完全没有连贯性，若所有条目都是毫无关联的碎片，就失去从整体上理解谱主的可能。条目之间的连贯性，多以草蛇灰线、似断实连的方式表现出来。编撰作家年谱必须对谱主与政治、经济、文化变革，谱主与文学传媒、读者、作家、批评家、文学史研究者等多方面的关系进行专题研究，扼要地把研究心得列入不同年份的条目中，这就可以避免年谱的支离破碎。对作家持续不断关注、纠结和苦恼的问题，亦可这样处理。譬如，韩少功在不同时期的散文、文论、访谈、讲演中，曾持续不断地追问传媒变革与各类文体发展的关系、文字与图像的关系等问题。在编撰《韩少功年谱》时，笔者有意对所有涉及上述问题的文字进行梳理和比对，找出每次阐释中出现的新观点，并呈现于不同年份的条目中，从而把谱主的思考逐渐成熟的过程揭示出来。

为了在最少的篇幅中尽可能呈现更多有价值的信息，条目设置不能漫无边际、有闻必录，需要斟酌每个条目的史料价值。且每个条目的字数不宜太多，若非录入长篇佚文、书信和非常重要的稀缺材料，每条最好不超过 500 字。若言不尽意，可标明史料来源，方便读者查找核对即可。字数限制越严，叙述越精炼，史料参考价值越高。目前有些当代作家年谱的条目，字数动辄几千字上万字，出现传记化倾向也是在意料之中的事。

在设置"作品"条目时，不仅需要列入作品原发刊物，对作品传播过程及其影响，如获奖、争鸣、是否畅销、选入教材以及各种选本、被改编为影视、翻译为外文等，均可详尽搜罗并简要说明，以便研究者追寻文本在传播过程中的变化。如《铁凝文学年谱》的处理方式是对一般作品仅录其题，对产生较大争议和影响的作品，或某个时期的代表作，扼要进行介绍，使作品编目详略有别。《韩少功年谱》则精心摘录了几十种文学史著作，展示出韩少功逐步被文学史接纳的过程。这些做法都有助于提升作家年谱的文学史参考价值。

最后，年谱的语言特征，也是需要深入讨论的。与古代作家年谱以及鲁迅、老舍、闻一多等现代作家年谱相比，当代作家年谱在语言上普遍存在不足，空洞无物、华而不实、可有可无的表述太多。年谱不是畅销书，其主要读者是相关研究者，语言的可信性应重于可读性。年谱语言应富有历史感和现场感，要尽量使用中性的语言，以简明的判断句为主，将主要事实考订清楚，扼要传达出关键信息即可。年谱应以最简洁的话表现最有价值的内容，句子应尽可能简短：描述谱主经历，可省略主语，在"至""访""参加""读"等动词后加宾语。对能确定时段但具体日期不详的事件与作品，可用"约为""似为""疑为"等表示或然的词汇。对确凿的史料错讹，用"误""有误""不确"等词做出评价即可。

年谱语言的好坏，与编撰者是否受过严格的史学训练有关。史学素养不足，年谱语言容易出现非历史化或文学化的倾向。年谱不是文学作品，不必崇尚文辞，不宜采用比喻、联想、象征、排比等文学性修辞。叙述过于细致，如大段写景状物、引述故事情节、介绍作品内容，容易导致年谱信息量不足。《范小青文学年谱》喜欢直接引用作家和评论家的话，枉费了许多笔墨，如改为转述或摘要录入，可以节省不少篇幅。王刚《路遥年谱》的某些部分，未能与小说家的语言保持距离，用很多篇幅讲故事或趣闻，录入人物之间的对话，这是年谱语言的大忌。邢小利、邢之美《陈忠实年谱》的语言整体上较为简洁，但每当涉及自己与陈忠实的交往时，文笔就失去节制，不惜篇幅讲述自己与陈忠实的对话，难免有自炫之嫌，严重影响年谱的史学品格。

第四节　关于材料选择与考辨

当代作家年谱如何选择和处理材料，如何把搜罗丰富与去取精严统一起来，也存在着某些必须深入讨论的问题。

一、在选择材料时须将广博与专精结合起来。取材范围的广狭，决定年谱价值的高低，笔者在《关于中国当代重要作家年谱编撰的几点想法》一文中曾详细讨论如何拓展史料采集范围，做到取材广博。这里重点谈专精的问题，因为对重要材料的开掘程度，也会影响年谱的质量。一般来讲，在序跋（前言、后记）、创作谈、日记、书信、回忆录、访谈等自述性文体中，最容易打捞出有价值的史料。作家在序跋等自述性文体中，会较多地介绍自己的生活经验、写作背景、创作甘苦、成书细节，阐释自己的社会观、历史观与文学观。从序跋等自述性文体入手，能够迅速接近谱主的思想，弄清谱主与周边历史语境的关系。彭林祥指出："从序跋的内容看，其涉及的作家间的友谊、恩怨、文坛论争、出版体制、时代风貌等是现当代文学回到历史现场的重要依据。从序跋中我们能窥见作家与作家、作家与作品、评论与写作、作品与传播、文本与版本等等之间的复杂关系。"[1]

因此，自述性文体在文学批评和文学史研究中引用率非常高。

有的年谱编撰者深谙此道，非常重视自述性材料。作为资深的当代文学研究者，郜元宝的《贾平凹文学年谱》(《东吴学术》2016 年第 3、4 期）对贾平凹所有作品的序跋进行深入细致的历时考察，从中梳理出贾平凹的社会观、文学观发展演变的重要信息。谢家顺的《张恨水年

---

[1]　彭林祥：《序跋与中国现当代文学研究》，《中国图书评论》2010 年第 3 期。

谱》(安徽文艺出版社 2014 年版)比较重视"再版序言",从中更易捕获作品版本变迁与作家思想变化的信息。《陈忠实年谱》《路遥年谱》善于利用书信,对谱主不同时期的生活、写作状态予以准确定位,《刘绍棠年谱》则善于利用回忆性自述材料勾勒谱主思想、艺术观的变革。这些经验都值得学习和推广。

一般来讲,序跋、书信、日记等自述性材料更切近现场,比他述性的材料或事后的传记、回忆录中的材料可靠,可以作为撰写年谱的第一手文献。师友给谱主写的序跋,谱主给青年作家写的序跋等,也都足资参考。但对于这类材料也不可以完全采信,作家在序跋中难免会进行自我形象的建构,师友的序跋往往有溢美之词,在征引时都应有所警惕,否则会歪曲谱主形象。

二、在选择材料时,必须"识大小",要善于在小与大之间建立关联,做到小而不碎,大而不空。年谱需要避免"偏于细碎而忽略大体",胡适认为有些材料"不能叙思想的渊源沿革,那就没有什么大价值",并主张"用绣花针的细密工夫来搜求考证他们的事实,用大刀阔斧的远大识见来评判他们在历史上的地位"①。宗稷辰也反对取材琐碎,认为"遗献事实甚繁",应该"取其言行之大节,师友之结契,际遇之坎坷,行踪之经历,有足见性情学问者,编而入之,使后人得以论世知人已耳。琐屑之事,盖从芟削"②。有些当代作家年谱不明此道,无意义的琐事太多,类似流水账,看不出琐事背后的史料价值。如曹洁萍、毛定海《高晓声年谱》把大量笔墨集中于高晓声琐碎的个人家庭生活,从而淹没了作家创作思想的变化轨迹、文坛交游情况等更为重要的内容,这就

---

① 胡适:《〈南通张季直先生传记〉序》,《胡适全集》第 3 卷,安徽教育出版社 2003 年,第 782 页。

② 黄炳垕:《黄宗羲年谱》"跋",中华书局 1993 年,第 55 页。

有些因小失大了。

删削与谱主生平、思想、著述关系不大的琐屑之事，可增强年谱的史学价值，但也需要注意两个重要问题。其一，史料价值之高低，并不取决于事件大小。谱主经历的重大事件，需要重点追踪其发展过程。某些琐碎小事，若能以小见大，体现出谱主的思想、性情、精神状态及其变化，或能折射出时代思想、风气与文学风貌，也不妨列入年谱。其二，史料价值的高低，还取决于其闻见程度。历代年谱都重视湮没未彰、鲜为人知的材料。年谱篇幅有限，文集、选集、全集中常见易得的材料，以目录形式出现即可，尽量不要详细征引。而对其他未收入各种集子的佚文、书信等，可以依据其重要程度，或全录，或摘录。一般情况下，年谱收录的其他著述未曾记载或记载未详、研究者很少涉及的重要材料越多，其参考价值就越大。

三、在选择材料时，必须"明先后"，做好"每岁列其著述，考文列之先后"[①] 的工作。这里的"明先后"不仅指作品刊发时间之先后，也包括作家思想、艺术探索之先后，好的年谱应该把二者结合起来。只有仔细研读谱主的所有作品，研究作品与作品的关系，才能抓住谱主思想、艺术观念的变化过程。有些年谱在作品编目时，平铺材料而不见想法，给人机械、冰冷的感觉，就是因为没有深入研读作品，没有编撰者思想、情感的融入。《东吴学术》刊载的不少当代作家年谱以及在此基础上扩充而成的年谱丛书，或多或少都存在这个问题。

事件发生时间错讹，作品目次凌乱，写作与刊发时间颠倒，这是年谱编撰的软肋，容易形成对作家思想、创作历程的错误判断，因此历代关于年谱的争议，多集中于事件发生时间、作品刊刻流布的时间上。与

[①]　周必大:《〈欧阳文忠公年谱〉后序》,《宋代序跋全编》第 6 卷，齐鲁书社 2015 年，第 4080 页。

古代作家年谱相比，当代作家年谱还普遍缺乏"考文列之先后"的意识与方法。《人间送小温——汪曾祺年谱》难能可贵地采用传统文献学的作法，通过书信、日记、手稿、原发报刊、知情者查访等相互参照、比对，对大量难以系年的事件和作品进行深入考订，解决了不少疑案①。作者徐强还特意在年谱后附录"作年不详的作品"②，这种严谨的态度与方法值得编撰者借鉴。作品的创作、发表与出版，通常会存在一定的时间差。研究作家的个人创作史，自然是写作时间要比刊发时间重要。由于多数当代作家缺乏标注写作时间的习惯，除《人间送小温——汪曾祺年谱》等少数年谱外，多数当代作家年谱都是以刊发时间系年的，这实属无奈之举。但编撰作家年谱必须对创作与发表时间高度敏感：有的作品创作较早而发表在后，此外还有大量"旧文新刊"现象，有的作品写出后，由于各种原因，数年或数十年后才得以发表或出版。对随写随发的作品，搞不清楚写作时间，以刊发时间系年，影响不会太大（作者思想波动期除外），但对创作和发表时间相差较大的作品，若不设法考订具体写作时间，就不能准确把握谱主思想和文学观念的沿革。

重要作品的版本问题与"明先后"密切相关，历代年谱都看重版本流变。章学诚的《论修史籍考要略》坚持"考异宜精，版刻宜详"③，重视记录版本、刊出者、校订者、刊刻年代、款识、题跋者、作序者、缺讹情况与版本异同。当代作家年谱也需要增强版本意识，重点考察重要作品的版本流变，如手稿本、刊发本、选刊本、初版本、再版本、影视改编本等，可增强年谱的史料价值，也便于把握谱主思想与文学观念的变化以及作品生产与传播的历史。

① 徐强：《〈汪曾祺全集〉系年辨正》，《文艺评论》2011年第1期。
② 徐强：《人间送小温——汪曾祺年谱》，广陵书社2016年版，第437—438页。
③ 章学诚：《论修史籍考要略》，《文史通义新编新注》上册，浙江古籍出版社2005年，第435页。

近年出版的当代作家年谱中，《穆旦年谱》可能是版本意识最强的，作者对能搜罗到的穆旦作品的全部版本进行细致汇校，并尝试把相关研究成果合理地编入年谱，在年谱后还附录《穆旦作品版本状况及诗歌汇校举隅》。《人间送小温——汪曾祺年谱》也投入不少精力追索作品的版本流变。值得一提的是，考察版本变化，需关注"同名异文"和"同文异名"现象。笔者在编撰《韩少功年谱》时发现：韩少功散文《镜头的许诺》中的大量文字，出现在长篇小说《暗示》中，两相对比，可以看出韩少功在1996—2000年探索"语言""具象"与"媒象"关系的过程。此外，从20世纪90年代中期开始，很多作家频繁进入高校演讲、接受记者访谈，不同的演讲和访谈中经常出现大量重复的内容，这也可以视为不同的版本。占用大量篇幅录入每次演讲和访谈的内容，或罗列每次演讲和访谈的题目，意义并不大，最好能对每个"版本"进行比较，找出新版本中出现的新思想、新观念，获取谱主思想变化的蛛丝马迹。

四、在选择史料时，必须辨真伪。年谱中史料的权威性来源于可信性，这离不开辨真伪的工作。客观地讲，不少当代作家年谱还缺乏最基本的辨真伪的意识，对任何叙述性的材料都不加质疑，似乎缺少了一道去伪存真的重要工序。如《高晓声年谱》绘声绘色地描述高晓声的私生活，却没有辨析引用资料的来源出处及真伪，这些描述是否有不实或夸大之处，着实让人担心。因为讲述时间和讲述者不同，同一事件可能会呈现出不同的面貌，要想逼近历史真相，就必须辨析史料产生的时间及讲述者的处境、心态与欲求等问题。讲述者或迫不得已，或为取悦他人，或为个人私利，或为自炫其功，经常会言不由衷。因此，辨伪工作必不可少。韩少功在审阅《韩少功年谱》时，有意剔除了几个条目，这些条目多为他人介绍与韩少功交往的伪作，而韩少功却不知其人，这种谬托知己的伪作，外人很难发现；有的虽与韩少功有过交往甚至非常熟悉，但因为不适当地采用了文学性虚构，也被韩少功剔除。古代作家年谱重视"伪书""伪事"的考辨，当代作家年谱亦应如此，在整理《韩少功年谱》时，我们发现一些作品的盗版本，而且印数不少，因此如实录入。贾平凹作品的盗版更为严重，他曾经收集到五十多本盗版图书①。年谱中录入盗版图书信息，有助于读者了解新时期以来的文学出版机制。

　　古人做年谱讲究"平是非""去抵牾"②，撰谱者应广求史料而多疑善辨，并抱有事必征信的理想，尽可能准确理解人物、事件，避免对谱主褒贬过度。对于相互矛盾的材料，能考订清楚者，则去伪存真；真伪难辨者，则不妨存疑待考，或诸说共存；对不同时期的不同叙述、作家自述与友人他述、正面与反面的叙述都有所征引，以待后人考订。对共存诸说，亦需区分其可信度，一般来讲，距离事发现场越近的叙述，卷入事件越深者的叙述，其可信度越高。

第五节　时事、谱主行实与文学创作

　　梁启超在谈到年谱时，认为"不知时事，不明背景，冒昧去读诗文，是领会不到作者的精神的。为自己用功起见，所以做年谱来弥补这种遗憾"③。因此，如何处理时事、谱主行实与文学创作的关系，是作家年谱编撰的关键问题。作家年谱应对准三者的"关系"：叙述时事，是为了帮助读者更好地理解作家、作品，呈现时事与作家、作品相互影响的关系；叙述谱主行实，也要在时事、作家、作品之间建立必要的关联

---

① 张东旭：《贾平凹年谱》，中国社会科学出版社 2018 年，第 177 页。

② 章学诚：《释通》，《文史通义新编新注》上册，商务印书馆 2017 年，第 239 页。

③ 梁启超：《中国历史研究法》，上海古籍出版社 1998 年，第 210 页。

性；而叙述作品，则需要尽力挖掘作品的经验来源，即时事与作家经历在作品中的表现。阅读当代作家年谱，笔者发现有些作者尚未找准发力方向，三者之间还存在严重不平衡或相互脱节的现象。

时事的取舍与详略，应坚持"以谱主为中心"的原则，不能喧宾夺主或离题太远，可以追索谱主在重大政治、经济、文化、文学事件中的表现，把时事与作家行实联系起来。有些时事对文学发展影响巨大，但与谱主关系很小，有些时事对文学发展影响虽小，但与谱主关系密切，这就需要根据与谱主关系的远近进行取舍，"文学家和时势的关系有浓有淡，须要依照浓淡来定记事的详略，这是年谱学的原则"①。郜元宝编撰的《贾平凹文学年谱》试图全面呈现政治、文学变革与谱主的关系，这是令人敬佩的，但"本年全国政坛文坛大事""本年全国重要作品"两个版块中列入的许多重要事件和作品，以及作者所关注的新时期"文革"题材作品的创作与出版、新时期诗歌发展等问题，都与贾平凹没有特别直接的关系。年谱应惜墨如金，如所选材料在其他史料集中不难见到，且与谱主关系不大，最好不要入谱。王刚《路遥年谱》中的时代背景材料也不够精当，不少材料和路遥没有直接联系，"怎么恰当地处理好正文和背景之间的关系，其实大有文章可做"②。

《东吴学术》推出的许多当代作家年谱，在作品编目方面都用力甚勤，而作家行实（经历、行踪、文坛交游、文学活动）都相对薄弱，这可能与刊物篇幅限制有关。《张承志文学年谱》注意到了谱主与周边的关系，但文坛交游部分略显薄弱，尚有进一步发掘的空间。《铁凝文学年谱》虽涉及铁凝与徐光耀、孙犁等作家的关系，却未能充分呈现作家的成长与河北、天津文艺界的关系。由于作家行实薄弱，作家活动与作

---

① 梁启超：《中国历史研究法》，上海古籍出版社 1998 年，第 219 页。
② 邵部：《"〈路遥年谱〉研讨会"会议记录》，《文艺争鸣》2018 年第 3 期。

品脱节在所难免，很难揭示作家生活经验和创作的关系，而更大的危险还在于，容易把"作家年谱"写成"作品年表"，正如有研究者指出的，作家年谱"不只是堆砌作品，还有利用材料更细致深入的观察，没有作家的文学活动，这些创作的作品仍然是冷冰冰的"①。

在时事、谱主行实、文学创作"三结合"问题上，也有成功的经验，《刘绍棠年谱》《韩少功年谱》《范小青文学年谱》显然深入研究过时代潮流与作家的关系、作家生活经验与作品的关系，作家亲友与作品中人物形象的关系，这些必不可少的研究，是写好作家年谱的关键。三本年谱在行文中都精心呈现大量生活原型（场景、事件、人物）与文学叙述的关系，从而有效沟通了时代、作家行实与文学创作的关系，使三者相资相益，并且有许多精彩的发现。

第六节　地理空间与作家年谱

古代作家年谱一般都有鲜明的地理空间意识，注重从地方志中选择材料，细致呈现作家迁徙路线（出生、成长、宦游、流放）对作家生活状态、生命体验和文学书写的影响，并有意对作家流动与文学信息交流、作家流动与文坛格局调整、作家生活的地理空间与作品中虚构的地理空间的关系等问题进行深入发掘。这些基础性的史料整理工作，为近年来文学地理学研究的兴起奠定了基础。

从整体上讲，当代作家年谱存在着重"时间"、轻"空间"的倾向。有的年谱很少记录者行踪。与重视童年经验一样，复旦大学出版社推出

---

① 程光炜、夏天：《当代作家的史料与年谱问题——程光炜先生访谈录》，《新文学评论》2018 年第 1 期。

的莫言、苏童、余华、阎连科、范小青、阿来等文学年谱，都高度重视"故乡"与作家、作品的关系，为此不惜篇幅，这或许与相关研究成果积累较多有关。少数年谱注意到地理空间的转换对作家的影响，但多局限于童年和少年时期。由于缺乏明确的空间意识，多数年谱对作家行踪的阐释越写越少，尤其是作家成名之后，几乎很难看到地理空间（居住、生活、工作、写作）的转换对作家精神世界、文学创作的影响。有经验的研究者都明白，只有时间而没有空间，很难深入作家的精神世界。当代作家年谱很有必要借鉴"文学地理学"的研究思路，"回到时间在空间中运行和展开的现场"[①]，深入挖掘作家与地方文学的关系。

首先，这有助于深化对谱主的理解。作家生存与作品传播的地理空间，受限于邮政、交通、传媒的发展。20世纪90年代电子媒介成为强势传媒之前，当代文学的地域性特征较为鲜明，作家的成长与地方文学环境密切相关。没有地理空间的意识，很难准确揭示作家的成长史，如在梁鸿《阎连科文学年谱》（复旦大学出版社2015年版）中，很难看到河南文坛对阎连科文学创作的影响，也很难看到阎连科的精神世界、文学创作与河南土地、乡民、文化、文学之间深层次的联系。《韩少功年谱》则深入发掘湖南地区自然人文环境、风土人情、地方性文学资源（地方文艺形式、文学报刊、作家队伍）与韩少功其人、其文的关系，清晰地呈现作家的成长过程、精神特征与文学追求，韩少功与湖南作家互相砥砺掀起寻根文学热的过程，这自然会有助于深化对韩少功的理解。

新时期以来，许多著名作家都曾到国外游历。黄平、夏晓潇《王小波年谱初编》（《文艺争鸣》2014年第9期）和《高晓声年谱》等许多作

---

① 杨义：《文学地理学的渊源与视镜》，《杨义自选集》，首都师范大学出版社2015年，第472页。

家年谱，都投入较大精力揭示谱主的国外生活经历对其思想观念、文学观念、文学创作的深刻影响。《余华文学年谱》尤其值得称道，作者搜集大量世界文学影响余华、余华作品跨国界传播的材料，并清晰地梳理出余华一步步"走向世界"的历史过程。

其次，这有助于提升当代文学地方性史料整理与建设的水平。年谱历来是提升史料建设水平的先锋，《贾平凹年谱》《路遥年谱》《陈忠实年谱》三本陕西籍作家的年谱，视野都比较开阔，试图提供更多当代文学发展的历史信息。三本年谱都具有建设地方性文学史料的问题意识，通过钩沉谱主与地方文坛（重要会议、文学评奖、文学活动、文学事件）的关系，充分展现谱主与同时代、同地域作家的关系，为地方文学史的研究提供大量可信的资料。难能可贵的是，三本年谱对地方文学史料的呈现存在诸多交集之处，可以互为参考、补充、质疑和辨析，别的年谱也可从中获得史料线索。文学史料整理与建设水平，只有在这种相互参考、补充与辨析中才能得到提升。

而有的年谱建设地方性文学史料的意识和热情不足，《范小青文学年谱》《高晓声年谱》与张学昕《苏童文学年谱》（复旦大学出版社2015年版）三本江苏籍作家年谱中，表现谱主相互交集很少，与其他江苏作家的交往也呈现得不够，缺乏相互参照、补充的可能性，也就失去引领地方性文学史料建设的意义。近年来，信阳师范学院文学院致力于整理河南文学史料，先后出版"中原作家群研究资料丛刊"十余种，在此基础上推出禹权恒《刘震云文学年谱》（《东吴学术》2017年第2期）、徐洪军《田中禾文学年谱》、樊会芹《李佩甫文学年谱》，但这三部河南籍作家年谱互相交集与参照的空间不够大，未能起到引领参与地方性史料建设的作用。《田中禾年谱》中大量河南作家、评论家的评论文章，反映出作家与批评家互动的文坛格局，若能进一步追索谱主与这些地方作家、评论家的交往史，当会更有益于地方文学史料的建设。

再次，这有助于推动当代文学研究的"历史化"。国别史研究必须以地方史研究为基础，同时必须处理好与世界史的关系，中国文学史的研究亦莫能外。正如学界普遍意识到的，当代文学史对地方文学经验的发掘还远远不够，当代作家年谱本应为此开辟道路，但很多作者囿于固有的文学史格局，更重视谱主与全国性文学潮流（如伤痕、反思、先锋、新写实等）的关系。若能有更多的年谱像前述三本陕西籍作家年谱那样，致力发掘谱主与地方文学的关系，展示不同地域的文学风貌，呈现地方性写作经验、文学资源与全国文学发展趋势的关系，就可以为文学史写作提供坚实的地方文学经验的支撑；若能有更多的作家年谱像《余华文学年谱》《韩少功年谱》那样，致力于发掘谱主作品的译介情况及其在国外的反响，展示中国作家的写作经验与世界文学潮流的关系，就可以整体上呈现中国当代文学与世界文学交融互动的历史过程。研究者若能增强地理空间意识，在地方、国家与世界之间建立起相互关联的文学史视野，当代文学史研究将会更有历史感。毫无疑问，地方、国家与世界之间是充满张力的，在呈现地方文学经验时，需要客观衡量其在全国文学中的位置，不要出于爱乡之心而过分夸大地方文学的业绩，毕竟随着交通、信息传媒的迅速发展，当代文学的地域性特征会越来越弱。在面对中国作家与西方文学的关系时，也需要科学、客观，警惕民族主义和民族虚无主义思想的影响，只有如此才能有效推进当代文学研究的"历史化"。

本文从以上几个方面探索如何提高当代作家年谱的质量。最后需要指出的是，年谱编撰绝非单纯的技术活，其质量高低最终取决于编撰者的学术素养与学术视野。由于学科传统不同，古代作家年谱的编撰者普遍更熟悉传统文献学，现代作家年谱编撰者多少延续了这一传统，而当代文学史料整理工作整体滞后，年谱编撰者普遍缺乏辑佚、校勘、辨伪、考证、版本以及目录等方面的学术训练，因此有必要认真学习传统文献学，并充分汲取古代、现代作家年谱的编撰经验，把传统文献学的治学方法引入当代作家年谱编撰实践，不断增强史学、文学传播学、文学地理学以及版本学等方面的素养。如此，当会有效提升当代作家年谱的整体水平，使年谱写作成为推动当代文学史料建设、推动当代文学研究"历史化"的重要力量。

第七章

关于中国当代作家年谱编撰的几点想法（下）

　　程光炜老师在《文学年谱框架中的〈路遥创作年表〉》中提出，要有计划地推进当代重要作家年谱的编制工作，这是一个非常及时的、有着良好前景的学术倡议。我想结合《韩少功研究资料》（廖述务编，天津人民出版社，2008年版）中的《韩少功传略》与《韩少功作品目录》，以及编者在此基础上编撰的《韩少功文学年谱》（《东吴学术》2012年第4期），谈谈我对这一问题的看法。

第一节　如何完善作家履历

　　20世纪80年代，有些出版社曾经持续不断地出版过一些当代作家的研究资料集，进入20世纪90年代后，这一工作因出版业的市场化转型而中断。近年来，天津人民出版社接续了这一传统，先后推出《中国当代作家研究资料丛书》，已出版王蒙、韩少功、苏童、余华、王安忆、贾平凹、王小波卷，这无疑是值得高度肯定的。但若以现代作家年谱所达到的高度来看，这套丛书还存在着不小的问题。在我看来，如果能给上述作家编撰出较为完善的"年谱"，其文献参考价值和史料积累的意义，可能会比现在提高许多。而长期以来，由于缺乏资料完备、准确的"作家年谱"，中国当代重要作家作品的辑佚、整理工作一直无法展开，当代文学史料的建设与积累，也因此而长期成效不大，若能有计划地推进当代作家年谱的编撰，则可以突破制约当代文学史料建设的"瓶颈"，使其步入良性发展的轨道。

任何种类的历史研究，都离不开史料积累。作为一种传统学术形式，编订"年谱"是积累史料的良方，而"年谱"又是史学研究的重要基础。梁启超在《中国历史研究法补编》中，曾高度肯定"年谱"对历史研究的意义。鲁迅也曾指出："分类有益于揣摩文章，编年有利于明白时势，倘要知人论世，是非看编年的文集不可的，现在新作的古人年谱的流行，即证明着已经有许多人省悟了此中的消息。"① 王瑶在新时期之初，也提出"由年谱入手，勾稽资料，详加考核，为科学研究提供必要的条件"的设想②。上述看法，都值得我们当代文学史研究者高度重视。

一般来说，成功的"年谱"，在叙述谱主的家世、履历、交友和创作时，要尽可能"详尽细致"，应该在"考订事迹之详""排定年月之细"上见功力。而《韩少功传略》对作者履历的介绍，则显得过于粗略，编撰者只是求其大概，而未能详考作者履历，只是按照"年度"进行粗略整理，而不是按"年""月""日"进行细致排定，以致履历中出现许多重要的"空白"。在"年谱"编撰中，下功夫填补这些"空白"，其文献价值会有明显提升。遗憾的是，作者在《韩少功传略》的基础上完成的

---

① 鲁迅：《且介亭杂文·序言》，《鲁迅全集》第 6 卷，人民文学出版社 2005 年，第 3 页。

② 王瑶：《郁达夫生平的发展线索——温儒敏著〈郁达夫年谱〉序》，《王瑶文集》第 7 卷，北岳文艺出版社 1995 年，第 164 页。

《韩少功文学年谱》，虽然加入一些新史料，但由于受到编撰思路、年谱的篇幅以及采集资料的范围的限制，对韩少功履历的介绍，仍然显得十分单薄。当然，这不是要苛责编撰者，我只是想以此为例，来探讨"年谱"在推动当代文学史料建设方面可能起到的作用。

《韩少功传略》对作家履历的叙述过于粗略，是因为编撰者占有的史料不够，采集资料的范围太小。作家履历需多方搜求、百般考证，方能做到"约悉无遗"。在作家自述、访谈、档案、书信和日记中，甚至在作家的小说和诗文中，都可找到相关的线索。除作家本人的著述外，其周围前后有关人物（亲友、编辑、研究者）庞大而散乱的著述中，也可以搜索到一些有益的线索。因此，要想写好作家"履历"，就必须尽可能多地占有各方面的资料，并对其进行披沙拣金、芟汰冗杂、排比归类等精细的考订工作。比如，《韩少功传略》写道："1979年3月韩少功随团访问中越边境"，而他何时归来，有何见闻与感受，都是语焉不详，如参照韩少功大学同学骆晓戈的《韩少功印象》，是可以解决这个问题的。再比如，笔者在撰写《韩少功的编辑生涯与文学创作》时发现，《韩少功传略》只提供了韩少功主编《主人翁》《海南纪实》《天涯》的大致年份，而韩少功主编上述刊物时，是与哪些人合作的？他做了什么工作？遇到了哪些波折？这对他的价值观念与文学观念产生什么影响？这些问题无论在"传略"还是在后面编选的资料中，都是其情未详。笔者反复追索发现，张新奇、林刚、蒋子丹、徐乃建、叶之臻、王吉鸣、陈润江、罗凌翮、杨康敏和赵一凡等，都曾参与《海南纪实》的编辑工作，如果把他们关于《海南纪实》的零散文字吸纳进来，韩少功的这段履历，至少会比现在丰富许多。作者对韩少功主编《天涯》杂志的叙述，虽详而未尽，因为他仅仅参考了韩少功的《我与〈天涯〉》，如参照其合作者蒋子丹的《结束时还忆起始》（《当代作家评论》2003年第5期）、王雁翎的《〈天涯〉故事》（《中华读书报》2004年10月27日）、李少君的《〈天涯〉十年回顾》(《北京文学》2007 年第 8 期)、《〈天涯〉十年：折射中国思想与文学的变迁》(《文艺理论与批评》2006 年第 2 期) 等文章，也可以使韩少功的这段履历更清晰些。

其次，年谱对作家履历的介绍，还要尽可能"宏博"。清代史学家章学诚说过：年谱作为一种文体，"有补于知人论世之学，不仅区区考一人文集已也。"[①] 也就是说，好的作家年谱，应该能够通过一个人看到一个时代，通过一个作家的生活经历、教育与阅读情况、重要社会活动和文学活动、个人交友等，提供丰富的文学史发展演变的信息，应该能够以传主的活动为中心，复原当时文坛的复杂的网络结构。作为新时期以来的重要作家，韩少功曾引发过多次思想论争和文学论争，联系的作家与学者非常多，纠结着当代文坛复杂的人事关系，它构成了韩少功成长的"具体环境"，对韩少功的思想情感、文学观念乃至文学创作，都产生了不小的影响，这自然也应该在年谱中得到尽可能全面的反映。

比如，在韩少功创作起步时，黄新心、胡锡龙、甘征文、莫应丰、张新奇、贺梦凡、贝兴亚等文友间的相互激励，老作家李季、严文井以及文学编辑王朝垠对他的提携，这类文人交往行为，就应该成为年谱中的重头戏。再比如，韩少功主编《天涯》以及任海南省作协主席、文联主席期间，王蒙、莫言、张承志、苏童、李锐、蒋韵、张炜、方方、迟于建、于坚、杨炼、李国文、张贤亮、毕飞宇、黄平、汪晖、李欧梵、李陀、刘禾、南帆、王晓明、温铁军、王绍光、陈嘉映、周国平、赵汀阳、朱学勤、韩德强等人曾来海南讲学。"马桥事件"发生后，也有大量作家卷入其中，史铁生、何志云、汪曾祺、蒋子龙、方方、李锐、蒋韵、何立伟、迟子建、余华、乌热尔图联名上书中国作协，要求为韩少功辩污。韩少功 2000 年迁入湖南省汨罗市八景乡新居，李陀、刘禾、

---

① 章学诚：《韩柳二先生年谱书后》，《章学诚遗书》，文物出版社 1985 年，第 70 页。

李锐、方方、蒋韵、贾梦玮等人曾先后来此拜访。此外，韩少功还与许多外籍人士有过交往。在这些交往者的论著与相关的新闻报道中，都留下了零散的相关资料，对其进行整理、考订，可以呈现出韩少功的文坛"交游图"，这不仅有助于认识韩少功的思想和文学观念的发展演变，而且对研究其他作家也会有所助益，倘若年谱编撰能够形成规模，自然也会有助于中国当代文学史研究的整体深化。

第三，年谱在叙述作家的履历时，要善于"选精择粹"，而不要变成对作家生活起居的烦琐记载。作家年谱不仅仅是资料的汇编，更应该是在深入研究作家的基础上提炼出来的浓缩的精华。因此，要重视"时事"（重要历史事件，不断变化的政治、文化与文学思潮等）对作家的影响，重视能够反映作家思想和艺术观念变化的"关键"史料。应该说，《韩少功传略》基本抓住了作家生平、思想、艺术观念的重大转变，但在"时事"与"作家"关系的挖掘上，还做得远远不够。诸如韩少功少年时代所受的教育对其一生的影响，20 世纪 80 年代时而宽松时而紧张的政治文化思潮对韩少功创作的影响，韩少功在"文革"中所受教育与他 20 世纪 90 年代以后所坚守的理想主义（注重实践、关注民生）之间的关系，文学思潮对韩少功的影响以及韩少功对文学思潮的影响等，都需要在材料上进行深入的挖掘。

第四，《韩少功传略》在体例上也有些混乱无序，没有严格按照年、季、月、旬、日的顺序展开叙述，有不少时间上的大幅度跳跃和事件的提前抑后，这也是对现有史料的占有和分析不够造成的。撰写"年谱"，经常会遇到这样的情况：现有公开出版的资料，都不能填补作家履历的某些"空白"，这就需要耗时费力地访问作家的亲友与知情者，建设和积累新的史料。也常会遇到这样的情况：尽管穷尽了一切办法，还是有些史实不能确证，这就需要定论缓作，按统一的规范"存疑"：日考订不清的写旬，旬考订不清的写月，月考订不清的写季，季考订不清的写年。用句、月、季、年表述的条目，一般要放在该句、月、季、年的末尾，而不应像《韩少功传略》那样随意。传统的年谱采用这样的体例，是有很大好处的：一方面便于读者翻检，另一方面也有利于后继者补遗拾缺：许多作家年谱，就是在反复补充和修订中日臻完善的，模糊的"年"和"季"逐渐被具体的"月""旬""日"取代。依据现有的资料，韩少功的许多社会活动和文学活动，是可以具体到"日"的，而《韩少功文学年谱》却没有在这方面下功夫。此外，为便于研究者参阅，年谱在征引资料时，应该注明资料的出处，对有争议的问题，要列出考证的过程，对遍寻而不可得的重要史料，要详细收录。在体例方面，《韩少功文学年谱》相比《韩少功传略》虽有改进，但还有很大的提升空间。

第二节　如何完善作品编目

好的作家年谱，应该具有目录索引的功能。梁启超认为，年谱记载文章的体例，最好是"文集没有，别处已见的遗篇逸文，知道是哪一年的，也记录出来。文体既很简洁，又使读者得依目录而知文章的先后，看文集时，有莫大的方便。"[①]年谱对作品的收目，理应竭泽而渔、巨细靡遗。不可否认，《韩少功作品目录》是迄今为止收目最多的，可惜遗漏和错讹之处太多。已出版的几种《中国当代作家研究资料丛书》，也都程度不同地存在这个缺陷。当然，像"作品系年""作品目录"这类资料性质的工作，要一下做到全部翔实可靠、无所遗漏，是很困难的，但编撰者必须具备求全求真的理想，为后继者奠定一个良好的基础，使

---

① 梁启超：《中国历史研究法补编》，《中国现代学术经典：梁启超卷》，河北教育出版社1996年，第438页。

史料的钩沉补遗、考订错讹能够展开。在这套丛书中，文章编目工作做得最好的，当属王蒙卷，也是因为有先期资料整理的良好基础可供参考，可以省却许多考证的功夫。

"韩少功作品目录"的收目，截止于 2006 年。笔者正在进行《文学报刊与中国当代文学》（资料卷）的编撰工作，随手翻阅手边的一些地方刊物，竟发现几十篇没有收入"作品目录"的"佚文"。湖南是韩少功的故乡，《芙蓉》《湘江文艺》（后更名为《文学月报》《湖南文学》《文学界》）等湘籍刊物，有近水楼台之便，笔者重点检索、翻阅这些刊物，发现没有被收目的作品有：《志愿军指挥员》（《湖南日报》，1979 年 5 月 20 日），《宝塔山下正气篇——记任弼时同志在"抢救"运动中与康生的斗争》（《湘江文艺》1978 年第 4 期），《调动》（《文艺生活》1980，期次待考），《人人都有记忆》（《湖南群众文艺》，1980 年第 2 期），《离婚》（《洞庭湖》1980，期次待考），《近邻》（《洞庭湖》1982 年第 1-2 期合刊），《同志时代》（《芙蓉》1982，期次待考），《美丽的眼睛》（《芙蓉》1996 年第 5 期），《韩少功致本刊的一封信》（《芙蓉》1999 年第 3 期），《访法散记》（《湖南文学》1993 年第 3 期），《烂杆子》（《湖南文学》1995 年第 6 期），《关于文学》《生活选择了我》《土地》（三篇均见《文学界》2005 年第 5 期）等，而没有发现的，可能还会有许多。

韩少功发表于其他地方刊物的作品，也有许多没有收目，如：《山路》（《广东文艺》1978 年第 4 期），《孩子与牛》（原题为《晨笛》，《芳草》1981 年第 1 期），《反光镜里》（《青年文学》1982 年第 2 期），《诱惑（之一）》（《文学月报》1986 年第 1 期），《祝贺〈作家〉创刊三十周年》（《作家》1986 年第 10 期）（文学散步（三篇）》（《天津文学》1987 年第 11 期），《美不可译时的烦恼》（《文学角》1988 年第 1 期），《艰难旅程》（《特区文学》1988 年第 1 期），《小说似乎在逐渐死亡》（《四川文学》1992 年第 10 期），《走亲戚》（《福建文学》1993 年第 12 期），《那

年的高墙》(《光明日报》1993 年 8 月 7 日)，《余烬》(《上海文学》1995
年第 1 期)，《马桥人物（两题)》(《小说月报》1995 年第 9 期)，《记忆
的价值》(《萌芽》1996 年第 2 期)，《我们的残疾》(《鸭绿江》1997 年第
1 期)，《行为方案六号》(《红豆》2002 年第 6 期)，《山居笔记（下)》(《钟
山》2006 年第 5 期) 等。

　　编制作家年谱时，必须考证文章发表的原始刊物，"韩少功作品目
录"的编者，做了大量的考订工作，其耐心和细致不容否定，但有些出
过单行本长篇作品，编者却未标明其原始出处，而注明原始出处，却是
年谱编写必须遵循的基本规范，原因在于：其一，作品在刊物上发表
时，带有更多的原初形态，它们是与诞生时的复杂的社会语境联系在一
起的，文学编辑们在刊出作品时，往往会考虑是否刊发头条、在什么栏
目刊出、是否附加编者按、创作谈和评论文章等问题，从同期刊出的作
品、社论乃至广告，等等，可以看出作品刊发时的整体文化氛围，从
中更容易发掘出有价值的文学史信息。其二，便于进一步发掘作家的
佚文。比如，韩少功的《马桥词典》刊发于《小说界》1996 年第 2 期，
能够把如此重要的作品交给《小说界》，说明韩少功与该刊编辑有着非
常好的人际关系，这种关系一般是具有持续性的，笔者顺藤摸瓜，果然
在《小说界》上发现一些尚未收入"韩少功作品目录"的作品：如《灵
魂的声音》(1992 年第 1 期)，《祝〈小说界〉百期》(1998 年第 6 期)，
《山居心情》(2006 年第 3 期，《山南水北》节选) 等。其三，可以避免
以讹传讹，确保年谱的文献价值。在"韩少功作品目录"中，有许多文
章出处的错误：比如，《战俘》原载《湘江文艺》1979 年第 1–2 期合刊，
而非第 1 期；《飞过蓝天》原载《中国青年》1981 年第 13 期，而非
第 15 期；《暗香》原载《作家》1995 年第 3 期，而非第 2 期；《论文学的
"根"》原载《作家》1985 年第 4 期，而非第 6 期；《情感的飞行》原载
《天涯》2006 年第 6 期，而非第 5 期。上述错误，显然是简单抄录第二

手的文集和研究论著，而没有仔细地核对原始报刊造成的。

　　此外，"韩少功作品目录"是按照"短篇小说""中篇小说""长篇小说及传记""纪实性散文""思想性随笔""文论""序跋""对话、访谈及演讲""杂谈、小品及其他"等不同的文体，对韩少功作品进行分类并按先后顺序编目。编者为考究每篇文章的类别，肯定下过一番功夫，这有助于读者把握韩少功不同文体的创作情况。但这种分类整理，也破坏了不同文体的作品所产生的先后顺序，不符合年谱编写的规范。不如按照传统规范，把不同文体的作品夹杂一处，而在作品篇目后注明文类，以便于研究者把握作家思想与创作发展的轨迹。我们知道，各文体之间并无严格的界限，对于极力倡导"跨文体写作"的韩少功来说尤其如此，要想对其作品进行归类，难免会出现各种混乱。譬如，在"短篇小说"和"中篇小说"部分，编者同时收录了《那晨风，那柳岸》与《火宅》，在"思想性随笔"和"文论"部分，同时收录《感觉跟着什么走？》，在"思想性随笔"与"杂谈、小品及其他"部分，同时收录《民主的高烧与冷冻》，在"思想性随笔"和"文论"部分，同时收录《好"自我"而知其恶》，在"文论"与"对话、访谈及演讲"部分，同时收录《八十年代：个人的解放与茫然》《文学：梦游与苏醒》等。而重复收目，在年谱的编撰中出现，是不大合适的。

　　指出《韩少功研究资料》的遗漏、错讹和不规范问题，并非否定编撰者的劳绩，而是考虑到作家年谱是在积累史料方面的作用，甚至要超过全集、文集和传记，只有具备了规范而完善的作家年谱，拾遗补缺工作才能展开，资料建设上才能走上良性发展的轨道。

第三节 作家年谱与史料建设

《韩少功研究资料》的编撰者耗时费力，而未能臻于完备，也是有其客观原因的，这可能与当代文学史料建设的整体滞后有关。迄今为止，高质量的当代作家年谱还很少见，在体例上接近现代作家年谱的，仅有庄汉新的《周立波创作年谱》(《徐州师范学院学报》1981年第4期)，燕绍明的《欧阳山年谱》(《新文学史料》1988年第1期)，吴永平的《姚雪垠创作年谱》(《新文学史料》2010年第3期)，陆志成的《陈登科创作年谱》(《徐州师范学院学报》1985年第2期)，周启祥的《魏巍生平与创作年谱简编》(《河南师大学报》(社会科学版)1984年第2期)，艾以的《王西彦年谱》(《青海师范大学学报》(社会科学版)1988年第3期)，盛海耕的《公刘年谱》(《杭州教育学院学报》1990年第3期，1991年第1期)，曹玉如的《王蒙年谱》(中国海洋大学出版社，2003年版)等，其谱主多为跨代作家，而编撰者多为现代文学研究者。其他许多当代重要的作家，有的也推出了"作家小传""作品系年"和"作品目录"，但无论在学术质量还是在学术规范上，都无法和现代作家年谱相比。

我同意程光炜先生的看法：可以借鉴现代文学界整理史料的经验和方法，来推进当代重要作家年谱的编制工作。在近30年中，现代文学史料建设取得了良好的成绩，先后推出许多大型的史料索引工具书，如：唐沅主编的《中国现代文学期刊目录汇编》，吴俊、李今、刘晓丽、王彬彬主编的《中国现代文学期刊目录新编》，北京图书馆编《民国时期总书目(1919—1949)》，贾植芳、俞元桂主编的《中国现代文学总书目》，封世辉主编的《中国沦陷区文学大系·史料卷》，万一知、苏关鑫的《抗战时期桂林文艺期刊简介和目录汇编》，应国靖的《上海"孤岛"文学报刊编目》，王大明的《抗战文艺报刊篇目汇编》等。上述工具书的出现，有效地推动了现代文学史料的整理与建设，因为史料的钩沉辑佚，必须具备相对完善的文学报刊、图书的目录汇编：据我所知，几位在编制现代作家年谱、发掘现代作家佚文方面卓有成绩的学者，虽然也会漫无目的地到原始报刊中寻找史料，但他们也会依赖各种目录汇编，在目录汇编中发现有价值的信息后，然后去翻阅原始报刊查找原文。

　　现代文学史料工作者，在文献辑佚整理工作方面，也积累了丰富的经验。比如，作家全集的编撰、作家回忆录和传记的书写、作家年谱的编制，是可以相资相益的，作家年谱编撰者会从作家全集、作家回忆录和传记中获得重要的史料线索，而作家全集、传记，也会受益于作家年谱的编撰。不过，通常来讲，现代文学研究者们更为看好的是作家年谱，因为年谱是浓缩的精华，其中的史料线索要比全集和传记丰富，这就是学界流行的"年谱胜于全集"的说法。这种说法，当然不是否定全集和传记在史料建设方面的作用。事实上，正是几种史料整理工作的相互配合，推动了中国现代文学史料建设的发展，使得现代文学史料的辑佚、钩沉工作成为可能，特别是大量作家全集的出版，使得集外佚文发掘蔚然成风，不少"全集"出版后，又推出"补遗"本，而作家的年谱，也总是处于不断修订之中。现代文学史料建设的整体水平，就是在这样慢慢地积累中不断提高的。

　　而当代文学资料的整理工作，虽已取得了一些成绩，但与现代文学相比还存在不小的差距，"这种工作无论规模、连续性和系统性都不能与现代文学的资料建设相提并论"[①]。由于当代文学史料建设整体滞后，当代重要作家年谱的编撰，还面临着诸多需要解决的难题。

---

　　① 程光炜：《文学年谱框架中的〈路遥创作年表〉》，《当代文坛》2012 年第 3 期。

首先，最基本的文学报刊目录汇编工作尚未展开。没有完善的文学报刊目录汇编，无论是从事作家研究资料的整理，还是作家年谱的编撰，都是非常困难的。与过去相比，我们现在有了"中国期刊网""维普""报刊目录索引""读秀"等电子检索工具，这为史料的整理与年谱的编撰提供了极大的便利，我们再也不必像20世纪80年代初的资料整理工作者那样，为了某些较为常见的资料，也要东奔西跑、耗时费力。当时信息闭塞，搜集资料艰难，很多资料的整理工作都要依赖作家，由作家提供"作品目录""研究论文目录"和文章的复印件，为了寻找一篇文章，为了搞清某篇文章的出处，史料工作者们不得不与作家反复地书信往还，效率低下。当时的史料建设，就是在种种不利的条件下取得了骄人的成绩。

但是，现在我们也不能过分依赖电子检索，因为"十七年""文革"与"新时期"的许多地方文学报刊，甚至某些名刊大刊，尚未录入检索系统，许多重要作家的重要作品，还沉睡于布满灰尘的原始报刊中，而得不到挖掘和利用。我们不难发现，《韩少功传略》和"韩少功作品目录"以及《韩少功文学年谱》的撰写，更多依赖的是电子检索系统，收入检索系统的篇目，大多被收目，而没有录入检索系统的文章，则只能付之阙如。可见，尽快进行中国当代文学报刊目录汇编的编撰工作，是当代文学史料建设亟须解决的问题。

第二，年谱的编撰往往依赖于作家的全集、选集、评传、回忆录、书信、日记等，在这些方面，当代文学也明显滞后于与现代文学：现代作家多已谢世，其创作已进入"完成时"，大多出版了全集，许多作家的书信、日记也随着全集出版而得到广泛地征集与整理。而当代的重要作家，其创作尚处于"正在进行时"，出版的大多是选集，其书信、日记大多尚未进行整理刊布。因此，编撰当代作家年谱，更多依赖的只能是那些残缺不全的、鱼龙混杂的选集、文集。以韩少功的文集为例，目前出版的影响较大的有《韩少功文库（十卷）》（山东文艺出版社，2001年版），《中国作家系列·韩少功系列》（人民文学出版社，2008年版）等。这些文集中的作品，只标明文章发表的刊物和年份，而具体期次则不详，竟然有大量文章发表的年份被搞错了，也有不少作品的原发刊物被搞错了，这可能是韩少功本人在编选文集时记忆有误造成的，而后来出版的文集则以讹传讹。笔者依据上述选集到报刊中查阅文章的期次，曾多次误入歧途，劳而无功，由此也深感当代文学史料建设所存在的问题之严重。

由于当代文学史料建设整体滞后，编制作家年谱时采集资料的范围本来就不大，这就更需要对现有资料进行充分开掘。但遗憾的是，上述韩少功文集中的许多作品，并未进入《韩少功传略》、"韩少功作品目录"与《韩少功文学年谱》，以致出现"年谱不如选集"的奇怪现象。年谱提供的资料线索比作家选集还要少，其参考价值就大打折扣了。梁启超在谈到年谱的起源时曾说："只因本集太繁重或太珍贵了，不是人人所能得见，所能毕读的；为免读者的遗憾起见，把全集的重要见解和主张，和谱主的事迹，摘要编年，使人一目了然。这种全在去取得宜，而且还要在集外广搜有关系的资料，才可满足读者的希望。"[1]在编撰作家年谱时，若连"集内"的资料都没有充分吸纳，怎么能够让读者满意呢？在韩少功"集外"的资料中，目前尚未见到其书信和日记出版，但已经出版的韩少功的两部传记：何言宏、杨霞的《坚持与抵抗：韩少功》（上海人民出版社，2005年版），孔见的《韩少功评传》（河南文艺出版社，2008年版），都披露了不少韩少功的第一手资料，同样也没有被《韩少功传略》和《韩少功文学年谱》充分吸纳。笔者认为，编撰作

---

① 梁启超：《中国历史研究法》，《中国现代学术经典：梁启超卷》，河北教育出版社1996年，第428页。

家年谱是一项惠及学界的事业，是不妨大胆地互通有无的，只要尊重同行们的原创性劳动，在征引文献时注明出处就可以了。

第三，缺乏重视史料积累的良好学术环境和学术风气。现代文学年谱的编撰能够取得良好的成绩，得益于新时期以来现代文学界重视史料积累的良好学术环境，佚文发掘与整理蔚然成风，出现一支人数众多的史料辑佚整理队伍，出现丁景唐、马良春，朱金顺、陈子善、陈梦熊、陈富康、徐迺翔、解志熙、张桂兴等在史料建设上卓有成绩的学者，他们群策群力，在史料发掘中相互支持，经常无私地向同行提供重要佚文的线索；他们相互砥砺，为了某篇文章或某条注释，经常展开激烈的学术争鸣，而健在的作家则纷纷撰写回忆录，支持史料建设。而所有这一切，都离不开出版社和刊物的支持，上海文艺出版社、天津人民出版社、《新文学史料》《中国现代文学研究丛刊》等出版社和刊物，都为现代文学史料的积累做出了贡献。正是在重视史料的学术环境和学术风气中，鲁迅、周作人、茅盾、郑振铎、郭沫若、闻一多、郁达夫、老舍、冰心、胡风、冯雪峰、丁玲、废名、朱自清、沈从文、穆旦、冯至等，都有了较为成熟的年谱，有的还不止一种。由于年谱的编写已成规模，相互对校，共同提高，也就成为可能。现代文学史料的积累，也就像滚雪球那样，越滚越大了。

在 20 世纪 80 年代，当代文学界也曾出现过一个资料建设的高潮，围绕着《中国当代文学研究资料丛书》的编辑与出版，苏州大学、复旦大学等三十余所高校中文系联手协作，福建人民出版社、解放军文艺出版社等七八个出版社积极参与，先后推出柳青、梁斌、杨沫、杜鹏程、王愿坚、王汶石、刘白羽、魏巍、吴伯箫、秦牧、杨朔、王蒙、茹志鹃、徐迟、徐怀中、胡奇、李准、刘心武、刘绍棠、从维熙、马拉沁夫、谟容等数十位作家的研究专集，在文学史的写作与研究中发挥了重要的作用。可惜进入 20 世纪 90 年代以后，由于出版业的市场化转型，这项很有意义的工作中断了，而轻视史料建设的学风也在学界弥漫开来。

有计划地推进当代重要作家年谱的编撰，必须慢慢扭转轻视史料积累的学风，营造良好的学术环境。在作家选择上，应该把上述收入"中国当代文学资料研究丛书"的作家纳入年谱编撰的范围：一是因为当时出版的多数研究专集还不够详尽；二是不少作家在出版了研究专集后，又有了时间长短不一的创作历史，需要做进一步的整理。此外，还有许多在"十七年"间进入写作高峰期或开始文学写作的作家，没有列入上述"研究丛书"中，如吴强、曲波、高晓声、陆文夫、蒋子龙、鲁彦周、莫应丰、陈忠实等，可以纳入年谱整理的范围。再者，笔者赞同程光炜先生的意见，可以把一些出生于"50后"的作家和少数出生于"60后"的作家纳入年谱范围，他们当时创作资历尚浅，没有被列入"研究丛书"的范围，但经过三十年左右的创作后，在文学界产生了重大的影响，如韩少功、莫言、贾平凹、张炜、王安忆、史铁生、刘震云、阎连科、铁凝、张抗抗、方方、池莉、王小波、苏童、余华、格非等，这些作家现在已经大多超过六十岁，对其创作历史进行总结的时机已经成熟，在资料整理方面，我们有必要抓住宝贵的时机，提前着手进行。

由于涉及的作家多，工作量大，需要各方面通力合作、互通有无，才能汇聚较为完备的史料基础：作家应该为史料建设添砖加瓦，20世纪80年代，曾经出现一个现代作家撰写回忆录的浪潮，而20世纪90年代以后谢世的作家，留下较为详尽的回忆录的，可谓寥寥无几，这种状况应该有所改变。在积累史料方面，出版社和学术刊物也是责无旁贷的，与其大量刊发那些毫无创意的东拼西凑的学术泡沫与旋生旋灭的文化垃圾，不如脚踏实地为学术与文化的繁荣做些最基础性的工作。在研究生教育中，也要加强史学基础的训练，可以通过撰写作家年谱，提高学生研究历史的能力，培养一批在文献辑佚整理方面学有所长的年轻学者。

今天，在不久的将来都会成为历史的，作为历史的当事人，我们都有责任为未来的历史留下一些有益的历史记录，不要让我们或惨痛或美好的历史记忆悄无声息地消失于历史的长河之中。希望能够有更多的人参与到这个工作中来，因为，只有有计划地推出一批高质量的作家年谱，才能把当代文学史料建设工作向前推进一步，才能像现代文学乃至古典文学那样成为一门真正的学问，才能为当代文学史研究的深化奠定坚实的史料基础。

第八章

五四新文学与革命文学关系研究述评

　　在如何理解五四新文学与革命文学之间的关系上，建国后"十七年"与新时期存在着明显的差异：在"十七年"中，五四新文学传统逐渐被革命化，革命文学传统逐渐被强化，从而在二者之间建立起一种"继承与发展"的历史联系；在新时期，五四新文学传统的革命色彩逐渐被淡化，其地位一路飙升，革命文学传统逐渐被消解，从而在二者之间形成了"背叛与倒退"的历史联系。但两个时期中也有不同的声音，只是在学术界不占主流地位而已。这一变化可以从两个时期的意识形态结构的变化中得到合理的解释。

　　近年来，围绕着重评左翼、延安和"十七年"文学，学界出现较大的分歧：有些学者从民族、国家或者关注底层的价值立场出发，自觉或不自觉地向过去的"新民主主义——社会主义"的评价体系靠拢，试图扭转新时期以来不断抬高五四新文学传统、贬低革命文学传统的文学知识生产方式；有些学者仍然坚守20世纪80年代中后期确立的个人主体性的价值立场，一如既往地重复着新时期的结论，对于当前文学研究中五四启蒙精神的衰落、革命文学传统的"死灰复燃"，他们是很难接受的。这些分歧的焦点，明显集中在如何理解五四新文学与革命文学的关系这一重要问题上。

在 20 世纪 80 年代中后期，学界曾对这一问题进行过梳理，如刘再复的《"五四"文学启蒙精神的失落与回归》(《文艺报》1989 年 4 月 22 日；1989 年 4 月 29 日)，陈晋的《几代文人的悲欢——对中国现当代文学的一种社会学透视》(《文艺报》1989 年 5 年 13 日)，敏泽的《论所谓"五四"启蒙精神的"失落"和"回归"》(《文艺报》1989 年 10 月 21 日)，张炯的《关于新文化新文学的评价问题》(《光明日报》1989 年 10 月 24 日)等等。在当时特殊的历史环境中，由于研究者们过于强烈的问题意识和过于鲜明的价值立场，很难较为客观而充分地揭示出两个文学传统的复杂关系。面对当前文学研究中不断出现的与此有关的分歧，我们很有必要回过头来再对 20 世纪文学中"启蒙话语"与"革命话语"的复杂关系进行重新清理，对建国后"十七年"和新时期两个文学传统的关系进行史料的梳理和历时的考察。

第一节　五四新文学传统的"革命化"

20 世纪二三十年代，胡适、鲁迅、郭沫若、郁达夫、郑伯奇、彭康、茅盾、瞿秋白、胡风、冯雪峰、周扬、李何林、潘梓年、艾思奇等一大批学人，都倾向于把五四新文化运动视为一场以资产阶级民主主义为指导思想的文化革新运动。1940 年，毛泽东发表《新民主主义论》后，文化界对此问题的看法开始有所转变，五四新文学传统逐渐被纳入到新民主主义革命的轨道中。

建国初期意识形态领域的中心任务是巩固无产阶级思想的领导权，限制和清除资产阶级、小资产阶级思想。这一意识形态改造工程在重塑五四新文学传统中显示出巨大的能量：北京、上海、南京等地中等以上的学校、各地的报刊杂志同时展开了一场"谁领导了'五四'运动"的大讨论，讨论的倾向性和结论都是非常明确的：领导五四运动的是无产阶级思想而不是资产阶级思想。与此同时，老舍、蔡仪、王瑶、李何林、俞元桂、任访秋、王西彦等学者在《新建设》《新中华》等杂志展开关于"中国新文学史教学大纲"的讨论，开始论证无产阶级思想如何领导了五四新文学革命这一重要的文学史问题。如李何林的《五四以来中国新文学的性质和领导思想问题》(《光明日报》1950 年 5 月 4 日)，李何林的《五四时代新文学所受无产阶级思想的影响》(《新建设》1951年第 2 期)，俞元桂的《关于"中国新文学史教学大纲"(初稿)》(《新中华》1951 年第 24 期)，任访秋的《对"中国新文学史教学大纲"的商榷》(《新中华》1951 年第 24 期)，王西彦的《关于"中国新文学史教学大纲"(初稿) 的讨论》(《新中华》1951 年第 24 期)。

要想确立无产阶级思想领导了新文学革命的观念，就必须否定以胡适为代表的资产阶级知识分子在新文学革命中的重要作用。在批判胡适的运动中，王瑶的《批判胡适的反动文学思想》(《文艺报》1955 年第 6期)，何其芳的《胡适文学史观点批判》(《人民文学》1955 年第 5 期)，以群的《胡适在"五四"文学革命中做了什么？》(《文艺月报》1955 年第 4 期)，戴镏龄的《批判胡适所谓"文学改良"的几个论点》(《中山大学学报》1955 年第 1 期) 等文章，都把批判的矛头指向胡适的"形式先于内容，形式决定内容"的形式主义倾向，他们在内容先于形式、内容决定形式的理论前提下，认定新文学革命是一场思想内容上的反帝反封建运动，而不是语言形式上的白话文运动，"只重视语言文字革命而缺乏反帝反封建精神"的胡适，因此被剥夺了在新文学革命中的领导地位。曹道衡的《批判胡适夸大他个人在新文学运动中的作用》(《文学研究集刊》1955 年第 1 期) 则较为纯熟地运用唯物史观的方法，在翔实史料的基础上深入细致地辨析了五四白话文运动产生的经济基础，批判胡适无限夸大他个人在白话文运动中的作用。在胡适被边缘化的同时，陈独秀、李大钊、鲁迅、瞿秋白等人被拥戴为文学革命的主将。刘绶松认为：资产阶级知识分子只是五四新文化运动统一战线中的"右翼"，真正的主将是具有初步共产主义思想的李大钊和革命的小资产阶级知识分子鲁迅[1]。黄药眠则明确指出："新文学运动的代表人物也绝不是胡适，而应该是具有激进的民主主义思想的陈独秀。"[2]

清算胡适之后，胡风的五四观又成为众矢之的。胡风在建国前是一直坚持五四新文学革命的资产阶级性质的，他认为：以市民为盟主的中国人民大众底五四文学革命运动，正是市民社会突起了以后的、累积了几百年的世界进步文艺传统底一个新拓的支流。在这一判断的基础上，胡风肯定了胡适在新文学革命中的重要作用。难怪罗荪会尖锐地批判胡风："口口声声要维护'五四文学革命的传统'，而且俨然是以'五四文学革命传统'的唯一继承者自视，但是他所继承的，所维护的，所宣传的'五四传统'，不是别的，而是以胡适为'盟主'的那个反动的资产阶级唯心主义的'传统'。"[3] 在对胡风文艺思想的大批判中，除了继续强化五四新文学运动的无产阶级思想领导，也对革命文学传统进行了重新塑造：较多继承了五四新文学传统的胡风文艺思想，本是革命文学传统的一个组成部分，胡风被清理出革命队伍之后，这个组成部分也被从革命文学传统中注销了。

应该指出的是，建国初的学者们在论证无产阶级思想对新文学革命的指导作用时，大多显得底气不足，在原始史料与新的文学史观之间是经过反复权衡的：他们可以从 1919 年特别是 1923 年以后的文学中，

---

① 刘绶松：《批判胡适在"五四"文学革命运动中的改良主义思想》，《文艺报》1955 年第 1、2 期合刊。

② 黄药眠：《胡适的反动文艺思想批判》，《新建设》1955 年第 4 期。

③ 罗荪：《胡风是这样和胡适作"斗争"的》，《文艺报》1955 年第 9—10 期合刊。

找到较为充分的史料支持这一观点，但要从 1917—1919 年的文学中寻找无产阶级思想领导的证据，显然是非常困难的。李何林在论证 1923年之后文学中的无产阶级思想的领导作用时是充满自信的，但在谈到1923 年之前的文学时，他不得不采用了推论的方式：从这几年马克思主义思想的传播情况，来推定当时一部分文学工作者必在无形之中受这种思想的影响或领导；从当时文学工作者所表现的不同思想情况，来断定他们中的一部分是被无产阶级思想所影响或领导；这个时期鲁迅的思想不单纯是进化论，同时也有阶级论的思想，所以他也是被无产阶级思想所影响、所领导的。从这三个推论中，我们不难感受到李何林缺乏充分的史料的支撑的尴尬①。文学史家张毕来在新的五四观与原始的史料之间，采取了一种折中调和的态度，他认为："五四前夕的文学改革运动，指导思想虽然仍是资产阶级的文学思想，它却已跨上新民主主义革命文学的历史阶段，不能说它是旧民主主义的文学运动了。"②王瑶的《中国新文学史稿》在描述五四新文学革命时，大力强调其反帝反封建的性质，而忽略了其中的无产阶级思想领导因素。冯雪峰在 1949 年曾说："中国'五四'后的新文学，如果从近代资产阶级民主革命的世界文学范畴上说，那当然可以说是十八、十九世纪那以所谓批判的现实主义和否定的浪漫主义为其主流的世界资产阶级民主文学之一个最后的遥远的支流。可是，它作为世界资产阶级革命文学的一个支流来讲，在本质上和特征上却都有着很大的特殊性；同时它又很快就结束其为资产阶级革命文学的旧的范畴上的支流，而转变为和开始着以无产阶级革命思想为领导的新民主主义的革命文学——新的世界无产阶级革命文学之一

---

①　李何林：《五四时代新文学所受无产阶级思想的影响》，《新建设》1951 年第 2 期。

②　张毕来：《新文学史纲　第一卷》，作家出版社 1955 年版，第 27—28 页。

了。"①1952年他又修正为："新民主主义的'五四'新文学运动，是反映了资产阶级民主革命的文学运动，然而不能说它是资产阶级的文学运动。但新民主主义的五四新文学运动，也还不是反映无产阶级社会主义革命的文学运动，而是反映无产阶级领导的、人民大众的（各革命阶级联合的）民主革命的文学运动。"②

由此看来，新文学革命本身的复杂性，使它很难完全被塑造为无产阶级领导的文学运动。唯其如此，在"双百方针"提出之后，学界便出现了重评五四新文学的倾向③。因此，在1959年纪念五四运动40周年之际，学界再次展开对新文学传统的大规模塑造。当时发表的文章主要有：胡叔和的《略谈五四文学革命的领导思想》（《作品》，1959年第3期），邵荃麟的《关于"五四"文学的历史评价问题》（《人民文学》，1959年第5期），以群的《"五四"文学革命的思想领导》（《文学评论》，1959年第2期）、《"五四"文学革命的光辉传统》（《文艺月报》，1959年第5期），胡青坡的《论革命文学的战斗传统》（《长江文艺》，1959年第5期），郑李生的《认真学习"五四"文学遗产》（《火花》，1959年第5期），王庆生、陈安湖的《"五四"时期的文化革命与文学革命》（《理论战线》，1959年第5期），谭洛非的《发扬"五四"新文学运动的革命传统》（《草地》，1959年第5期），丁景唐的《瞿秋白在五四时期的文学活动》（《文学知识》，1959年第5期），刘绥松的《五四文学革命的战斗传统》（《文史知识》，1959年第5期），苏执的《发扬"五四"革命文学运动的光荣传统》（《红岩》，1959年第5期）；《文艺报》开设了

---

① 冯雪峰：《鲁迅和俄罗斯文学的关系及鲁迅创作的独立特色》，《冯雪峰选集·论文编》，人民文学出版社2003年，第257页。

② 冯雪峰：《中国文学从古典现实主义到无产阶级现实主义的发展的一个轮廓》，《文艺报》1952年第14期。

③ 陆耀东：《评目前研究五四以来作家作品的一种倾向》，《文艺报》1957年第35期。

"五四运动四十周年纪念专号"，发表林默涵的《继承和否定》、唐弢的《"五四"谈传统》、以群的《"五四"文学革命运动的真面目——批判胡适、胡风及其他反动分子对文学革命的歪曲》等等。这些文章明显受到当时批判资产阶级人道主义和个人主义思潮的影响，有的以更为巧妙的方式论证无产阶级思想对新文学革命的领导作用，不少文章则干脆抛开最基本的历史事实，完全剔除了新文学革命中的资产阶级民主主义因素，把它定性为无产阶级性质的文学。经过这次大规模的讨论，资产阶级人道主义的、个人主义的五四新文学观念受到彻底清算。

第二节　革命文学优于五四新文学？

学术界对新文学传统的"革命化"重塑，是为了建构一个以五四新文学为起点的革命文学史秩序，在五四新文学和革命文学之间确立一种"继承与发展"（而非"背叛与倒退"）的历史联系。但五四新文学毕竟不同于革命文学，要想确立革命文学优于五四新文学的文学史秩序，就必须对新文学的局限性进行反思。

在建国后"十七年"中，承不承认五四新文学的缺点，甚至被看成是一个立场问题，"胡风既然认为'五四'文学革命运动是资产阶级领导的，是属于世界资产阶级文艺的一部分，而他是拜倒于资产阶级文艺之前的，因此他就看不到'五四'新文艺所具有的缺点，而毫无批判地把'五四'文艺传统看成完全正确的。这也就表现了胡风的阶级立场实际上是什么了"。[1]在当时的学者们看来，五四新文学具有两个非常明显的缺点：其一，脱离广大人民群众。"这个新文艺的队伍，主要是由小

---

① 林默涵：《胡风的反马克思主义的文艺思想》，《文艺报》1953年第2期。

资产阶级构成的，他们倾向革命，同情工农大众，但同时又具有脱离工农群众的严重缺点。要继承和发展'五四'新文艺传统，显然不能连这种严重缺点也继承下来，显然不能让文艺始终像当时一样停留在少数知识分子的圈子里，而应该和广大工农大众密切结合。"①其二，盲目否定民族文艺传统的欧化倾向。毛泽东在评价五四运动的领导人物时曾说："他们使用的方法，一般地还是资产阶级的方法，即形式主义的方法。他们反对旧八股、旧教条，主张科学和民主，是很对的。但是他们对于现状，对于历史，对于外国事物，没有历史唯物主义的批判精神，所谓坏的就是绝对的坏，一切皆坏；所谓好就是绝对的好，一切皆好。"②在"十七年"中，这段话曾被学术界反复引用，用于批判胡适的全盘西化的民族虚无主义倾向，批判胡风与冯雪峰完全把新文学的产生归因于西方资产阶级文学的影响，以致毫无批判地崇拜外国文艺形式而取消了民族文艺形式。

这是一个非常耐人寻味的现象：一方面，为了论证革命文学发展与超越了五四新文学，论证革命文学的民族化、大众化方针的合理性，学界不得不反复地批判五四新文学脱离群众、否定民族文艺传统的欧化倾向；另一方面，为了论证革命文学继承了五四新文学传统，又不能过分夸大这些缺点，于是我们看到冯雪峰、王瑶、任访秋、林默涵、以群、罗荪、羊春秋、王忠祥等一大批学人，不得不小心谨慎地论证五四新文学与人民大众、与民族文学传统间的内在联系，并把鲁迅（有的还把郭沫若）树立为创造性地继承了民族文学传统的典范，以此反驳胡风等人否定民族、民间文艺传统的全盘西化的五四新文学观，反驳他们从这种五四新文学观出发批判民族化、大众化的革命文学传统。

---

① 林默涵：《胡风的反马克思主义的文艺思想》，《文艺报》1953 年第 2 期。
② 《毛泽东选集·第三卷》，人民出版社 1991 年，第 832 页。

　　一方面强调新文学的非资产阶级性质，另一方面又强调其资产阶级和小资产阶级的局限性，这难免会遭到学者们的质疑。文艺界确立的两个文学传统的关系，注定还要不断受到冲击，因此也需要不断地加以巩固。"双百方针"提出后，冯雪峰、刘绍棠等人对革命文学优于五四新文学的论断提出质疑。他们认为：1942 年以后 15 年的文学，在整体上不如 1942 年以前 30 年的文学。吴祖光则认为 1942 年以后的文学是公式化、概念化的文学。为了巩固革命文学的权威地位，在反右运动中，学界发起对文学教学与研究中"厚古薄今"倾向的批判。各高校中文系都对现代文学教学的偏差进行了反省。南开大学中文系指出：文学理论、现代文学教学中的修正主义者，把建国后的新文学描绘得漆黑一团[1]。东北人民大学陈湜指出："许多现代文学教师认为今天的文学不如'五四'新文学，对'五四'以后至 1942 年的文学讲的很详细，对1942 至 1949 年的文学讲的很少，对建国后的文学压根就不再提及。"[2]北京师范大学中文系则批判："有些人硬说 1942 年以后没有好作品，对许多优秀的描写工农兵的作品采取贵族老爷式的轻蔑态度；而对五四以来许多反映资产阶级民主革命的作品（虽有反封建的倾向性，但包含了个人反抗、无政府主义及其他资产阶级思想，如巴金的某些作品）则毫无批判地全盘肯定。""我们的现代文学教学中，对五四以来的新文艺作品，应给予正确的评价，该批判的要批判；而对我国社会主义文学的成就，必须充分估计。1942 年以后的优秀作品的讲授比重，应大大增加；在选材上也要打破小框子。"[3]可以看出，这场大批判的目的是非常明确的，即通过批判现代文学教学与研究中的"厚古薄今"倾向，倡导"厚

---

[1]　纪延：《南开大学文学教学中两条道路的斗争》，《文艺报》1958 年第 15 期。

[2]　陈湜：《东北人民大学文学教学中的资产阶级观点》，《文艺报》1958 年第 15 期。

[3]　北京师范大学中文系：《把红旗插遍文学教学的阵地上》，《文艺报》1958 年第 15 期。

今薄古"的倾向，以便论证革命文学和建国后的文学的合法性问题，以巩固符合意识形态利益的新文学史秩序。

王瑶在反右运动中的遭遇，是理解当时两个文学传统关系的一个很好的个案。他的《中国新文学史稿》的指导思想，与建国前冯雪峰的看法一致，因此，他在建国初期曾受到过一些批评①。在反右中，王瑶率先向冯雪峰的文学史观发难，他指责冯雪峰忽视了社会主义因素在新文学革命中的决定作用，"正是以保卫'五四'传统的姿态来对抗毛主席的《讲话》，并把《讲话》的精神理解为抛弃了'五四'传统的"。②尽管王瑶在文学史观上极力向"新民主主义——社会主义"评价体系靠拢，但他还是作为"地地道道的资产阶级白旗"被拔掉了。朱寨认为：王瑶低估了鲁迅在新文学革命中的作用，而把胡适扶上了新文学的主流和正统的地位，"胡适脸上虽然带着王瑶先生的唾沫，却依然被王瑶推上了'五四'文学革命的领袖地位"。正是沿着这一思路，"王瑶先生的《史稿》在每个重要关键性的问题上，都是在实际上抬高资产阶级文学（按：指新月派、第三种人、现代派、胡风与冯雪峰）的地位和作用，贬低无产阶级革命文学。他的这种新文学史的资产阶级传统的文艺史观点，是系统的，像血脉一样贯穿全书"。③这种概括虽然是"左"的，倒也抓住了王瑶的文学史著的症结：朱寨所谓的"重要关键性的问题"，主要是指民主主义文学与革命文学的关系问题，在当时的意识形态环境中，王瑶在处理二者的关系时确实是大伤脑筋的。北大中文系二年级鲁迅文学社对王瑶的批判更是坚决果断：他们指责王瑶的文学史为胡适百般辩解，开脱罪责，"双手把五四文学革命的领导权奉送给资产阶级！"

---

① 《中国新文学史稿（上册）·座谈会纪录》，《文艺报》1952年第20期。

② 王瑶：《关于中国现代文学史上几个重要问题的理解——评雪峰《论民主革命的文艺运动》及其它》，《文艺报》1958年第1期。

③ 朱寨：《王瑶的〈中国新文学史稿〉批判》，《文学研究》1958年第4期。

他们认为：新月派、民族主义文学、自由人、第三种人是反人民的，在文学史上只能处于被告的地位，但王瑶却不提他们的反动的阶级实质，把严肃的阶级斗争硬说成个人和社团之间的相互攻击，从而为资产阶级在文学史上争夺地盘。在抗日民族统一战线内部，无产阶级和各种非无产阶级文艺思想的斗争是极其严峻的，但"王瑶先生否定了阶级斗争，他没有把左翼阵营里的思想斗争看成两条道路的斗争，因此，也就抹杀了这一时期无产阶级文学中两条路线斗争的存在"，以致不适当地肯定了胡风、冯雪峰、丁玲和萧军等人在新文学史上的地位①。

　　经过反右运动中对文学史中两条路线的梳理，五四新文学传统内部的资产阶级民主主义因素，革命文学传统内部继承了五四新文学传统的因素，统统被驱逐出中国现代文学史的范围。这些学术批判，明显混淆了新民主主义革命与社会主义革命的界限，终于把新民主主义革命时期的文学史改写为社会主义的文学史。

第三节　五四新文学革命领导思想大讨论

　　进入新时期，改革开放、发展商品经济成为主导的价值取向，思想界开始出现为资本主义正名的言论，人道主义和人性论的资产阶级意识形态属性逐渐被淡化，其民主主义的特征逐渐得到广泛认可。在这一新的意识形态环境中，学界再次展开关于五四新文学革命指导思想的大讨论，开始重新塑造五四新文学传统。

　　在 20 世纪 80 年代中前期，有些学者开始肯定资产阶级民主主义

---

　　① 北京大学中文系二年级鲁迅文学社：《文艺界两条道路的斗争不容否定——批判王瑶的〈中国新文学史稿〉》，《文艺报》1958 年第 17 期。

思想在五四新文化运动中的重要作用，甚至认为它起着主导的作用。许志英认为：五四新文学革命的倡导者和二三十年代的鲁迅、茅盾、瞿秋白、郭沫若、郁达夫、郑伯奇、彭康、周扬等人，都曾断定新文学革命是以资产阶级民主主义为指导思想的，他们的意见虽有这样那样不够准确甚至错误之处，但他们的共同性意见，却有值得人们深思的合理的内核，至少比 1940 年以后的认识更符合文学历史的真相。在大量史料的基础上，他认为这一运动是在我国资本主义有了新发展的情况下，由资产阶级知识分子发动的文学运动；其斗争锋芒直指封建主义，而斗争的思想武器则是外来的资产阶级民主主义；从理论主张到创作实践，都同欧洲的文艺复兴一样，最鲜明的特点是鼓吹"人性的解放"[1]。朱德发也认为："'五四'文学革命的指导思想呈现一种比较复杂的形态，它是各种'新思潮'的混合体，但在构成这一复杂形态的带着各自不同色彩的新思潮的诸方面中，民主主义和与之相联系的人道主义思想是主要方面，因之也占有主导地位。"[2]

对于许志英和朱德发的观点，卫建林的《中国现代文学史研究中的一个原则问题——兼评〈"五四"文学革命指导思想的再探讨〉》(《高校战线》，1983 年第 11 期)，林志浩的《关于"五四"文学革命指导思想问题的商榷》(《文艺研究》，1984 年第 1 期)，魏洪丘的《也谈"五四"文学革命指导思想》(《文艺研究》，1984 年第 4 期)，辛宇的《新民主主义的理论和中国现代文学研究》(《文学评论》，1984 年第 1 期)，林非的《关于"五四"文学革命的指导思想问题》(《文艺报》，1984 年第 2 期)、《为什么要否定"五四"文学革命的无产阶级指导思想》(《南开学报》，1984 年第 2 期)等文章，都提出了不同的看法。林志浩认为：许志英

---

[1] 许志英：《"五四"文学革命指导思想的再探讨》，《现代文学研究丛刊》1983 年第 1 期。

[2] 朱德发：《"五四"文学初探》，山东人民出版社 1982 年，第 422 页。

着眼于五四运动以前的文学革命运动，从而贬低和抹杀了无产阶级思想的指导作用，如果把五四新文学革命理解为 1919 年五四运动到 1921 年共产党的成立期间的文学运动，便可看出无产阶级思想所起的重要作用。魏洪丘既不赞同许志英仅仅从新文学的源头出发否定无产阶级思想的指导作用，也不赞同林志浩为了证明无产阶级思想的指导作用，把 1919 年之前的新文学排斥在新文学的范围之外，他认为："'五四'文学革命是指从一九一七年文学改良到一九二一年中国共产党成立时期的反对封建文学的新文学运动，它跨越了旧民主主义革命和新民主主义革命两个性质不同的历史时期，其指导思想也经历了由资产阶级文化思想到无产阶级文化思想的两个性质不同的阶段。"林非也不赞成非此即彼地谈论五四新文学的指导思想，他通过详细的史料考辨，得出与魏洪丘基本相似的结论："从 1916 年开始是'文学革命'的第一阶段，由资产阶级思想所指导；经过 1918 年到次年之间马克思主义宣传的酝酿时期，即从'五四'前后到 1923 年底'革命文学'的提倡为止，无产阶级指导思想已经在明显地发挥作用。"

在这场讨论中，尽管多数学者不赞成新文学革命是以资产阶级思想为领导的，但他们都肯定了资产阶级民主主义思想在这一运动中所起的进步作用，肯定了胡适、周作人所倡导的"白话文运动"和"人的文学"的重要意义，肯定了非无产阶级的民主主义作家对新文学的发展所做出的贡献。我们不应忽视这场大讨论的学术史意义，它为淡化五四新文学的无产阶级或者资产阶级意识形态属性准备了思想条件。此后，有关五四新文学的讨论逐渐逸出了阶级论的框架。进入 80 年代中后期，由于对外开放、肯定个人主体性成为一股强劲的社会思潮，五四新文学的反帝、反封建的性质，其民族化、大众化的特征也就逐渐被淡化了，一种对外开放的（西化的）、个人本位的五四新文学观开始为学界广泛接受：谢冕把五四新文学理解为一种对外开放的、充满宽容和创造精神的文学，他极力强调西方文学对于五四新文学革命的重要性，试图以此改变中国当代文学长期封闭保守的局面①。刘再复把"五四"时代看作知识分子个人主体性觉醒的时代，把五四新文学看作一种具有启蒙精神的文学②。

在"走向世界"和"寻找自我"的强烈期待中，五四新文学的地位一路飙升，从中国现代文学的起点变成了一个最为辉煌的瞬间，成为臧否 20 世纪文学的绝对标准，五四新文学与革命文学的关系，也由此开始被彻底改写了。

第四节　五四新文学优于革命文学？

对于抬高五四新文学、贬低革命文学的倾向，周扬在 1980 年就有所警觉，他曾说：现在有人讲要恢复五四新文学的现实主义传统，要回到"五四"，似乎只有"五四"时期的文学才是现实主义的，后来的左翼文学、革命文学，以至解放后产生的许多激动人心的作品，都不是现实主义的，至少不是那么现实主义的，这种说法是不恰当的，"我们今天的文艺不能退回到'五四'时代去。我们今天要坚持现实主义的创作道路，要和时代相结合，要有社会主义时代的特征。我们对于'五四'时期的文艺，要继承和发扬它的优良传统，但也不能全盘继承。'五四'离现在究竟是有半个多世纪了，而且是处于完全不同的两个时代。我们的国家不管经历了多少历史曲折，比起那时来不知前进有多远了。怎么能全部承袭过去的东西呢？左翼文化运动中，曾有过'左'的偏向，例

---

① 谢冕：《在新的崛起面前》，《光明日报》1980 年 5 月 7 日；谢冕：《通往成熟的道路》，《文艺报》1983 年第 5 期。

② 刘再复：《"五四"文学启蒙精神的失落与回归》，《文艺报》1989 年第 4 期。

如号召脱'五四'的衣裳，贬低'五四'式的白话，那是不对的。但我们也不能反过来，认为'五四'时期的文学，就整体而言，比现在还高明，那就完全不符合事实了"①。

周扬的看法并非无的放矢。在 20 世纪 80 年代初期确实有不少学者站在五四新文学的立场上批判革命文学传统，他们试图通过对五四新文学传统的重新阐释，以突破革命文学传统的束缚。谢冕高度肯定五四新文学的对外开放和宽容的精神，并以这种精神为标准，批评左翼、延安和建国后"十七年"的文学"片面强调民族化群众化的结果，带来了文化借鉴上的排外倾向"②。"我们的文学发展曾经有过一个大的曲折，这曲折要而言之就是对于五四新文学的多元的和丰富的传统的偏离。""我们便远远地偏离了五四文学的丰富而走向贫乏；放弃了多元的审美结构，而走向统一化和模式化。"③在以后几年中，随着人本主义和主体性哲学思潮的崛起，否定革命文学传统的思潮越演越烈。不少学者把复杂的五四新文学简化为"人的文学"，更多地把它与"自我发现""个性解放""思想启蒙""现代文化精神"联系起来，认为在革命文学发展过程中，人与自我丧失了，启蒙精神衰落了，文学的现代化进程中断了。1989 年前后，《上海文学》《文学评论》发起的重写文学史活动，《文艺报》开设的"中国作家的历史道路和现状研究"专栏，把这种倾向推向极端。刘再复的《赤诚的诗人、严谨的学者》（《文学评论》，1988 年第 2 期）在评价何其芳时，提出了"思想进步、艺术退步"的观点，这种观点后来成为贬低所有革命作家的思维模式，直到今天，还有不少知名的学者不假思索地采用这种思维模式进行着学术论文的复制。稍后，刘

---

① 周扬：《解放思想，真实地表现我们的时代——谈有关当前戏剧文学创作中的几个问题》，《文艺报》1981 年第 4 期。

② 谢冕：《在新的崛起面前》，《光明日报》1980 年 5 月 7 日。

③ 谢冕：《通往成熟的道路》，《文艺报》1983 年第 5 期。

再复又把李泽厚的"救亡压倒启蒙"的观点运用于中国现当代文学研究，站在五四启蒙精神的立场上，彻底否定了革命文学传统①。这一观点在学界引起巨大的反响，不少学者纷纷以"人的文学"的兴起、失落与回归的历史线索整合 20 世纪文学史，在这种反复的知识生产中，过去的革命文学继承、发展与超越了"五四"新文学的思维模式逐渐被革命文学偏离、背叛乃至否定了五四新文学的思维模式取代。

在"五四"新文学的凯歌声中，左翼、延安和"十七年"文学逐渐被人们遗忘了。近 20 年来，学者们喜用"五四启蒙精神复苏"来描述新时期文学。这种描述方式同样简化了新时期文学发展的丰富性和复杂性。它忽视了一个基本的历史事实：在激进的艺术革新者们为"五四"新文学大唱赞歌时，还有不少学者在反思它的局限性；在革命文学传统被淡化乃至否定的过程中，还有不少学者为它的合理性辩护。譬如，张恩和不赞同谢冕把五四精神理解为宽容和对外开放的精神，他说："对'五四'新文学历史的反思，不但要看到外国文学的影响和作用，也应该同时看到在学习外国文学时存在的形式主义及其产生的消极影响。胡适'全盘西化'的主张是当时形式主义最突出的代表，不但在当时产生了不好的效果，引导一些人走上了文学歧途，而且和后来一些人轻视自己民族文化遗产有着很大关系。"②童庆炳不赞同谢冕离开民族文学传统和中国的社会实践，把五四新文学的发展归结为外来文学的影响，他批判谢冕"割断与历史发展的基本联系，不分左翼与右翼，不分进步与落后，不分积极与消极，不分有益与有害，不分健康与病态，来谈'五四'新文学的历史传统，只能使历史的眉目变得模糊不清"③。

---

① 刘再复：《"五四"文学启蒙精神的失落与回归》，《文艺报》1989 年第 4 期。
② 张恩和：《深深植根于民族的土壤——与谢冕同志商榷》，《文艺报》1983 年第 7 期。
③ 童庆炳：《传统、生活和文学的创新》，《文艺报》1983 年第 12 期。

在 1983 年《文艺报》召开的现代文学研究座谈会上，樊骏、马良春、冯牧、唐弢、王瑶等一大批学者不满学界以"艺术性"为名否定革命文学传统，指责"他们对鲁迅、郭沫若、茅盾以及其他一些左翼作家，评价越来越低，而对另外一些当时远离革命的作家则评价越来高"①，他们主张对戴望舒、徐志摩、沈从文、钱钟书的评价，要坚持历史唯物主义的观点。冯牧从国内外两个方面分析否定革命文学的思潮产生的原因：夏志清的《中国现代小说史》传到国内后，同国内的某些思潮发生了呼应。一些青年人在这种思潮的影响下，对革命文学传统、文学道路产生了一些不正确的看法，甚至采取根本否定的态度。过去的文学史对一些生活在革命激流之外的作家作品有所忽略，没有给予足够的公允的评价，这是不正确的，"但我们今天不能又走到另一个极端，把《围城》和另外一些作品（其中有些是远离政治和现实的）说成是中国最伟大的作品，甚至由此得出一种荒谬的结论：越是远离政治，远离现实的作品，其艺术性就越高，其生命力就越久"②。基于相同的原因，袁良骏对夏志清的小说史进行了全面的批判，认为它忽视基本的文学史实，不适当地抬高非革命的作家，贬低了革命的作家③。

值得一提的是，樊骏对两个文学传统的关系进行了重新梳理，他认为"五四文学革命在中国文学史上所引起的历史性变革，集中地表现在大大加强了文学与现实生活、与人民群众的结合，密切并且深化了文学与进步的社会思潮、社会活动的联系"。如果从这一历史线索来看，"正是以鲁迅为代表的革命的和进步的作家的作品，典型地反映了现代文学的性质和特点；无论是三十年代的左翼文学还是四十年代的工农兵方

---

① 彭华生，赵小鸣：《关于现代文学研究的若干问题》，《文艺报》1983 年第 7 期。

② 冯牧：《我们的现代文学研究工作并不后人》，《文艺报》1983 年第 8 期。

③ 袁良骏：《评夏志清〈中国现代小说史〉》，《文艺报》1983 年第 8 期。

向，都不仅没有中断或者妨碍五四文学革命所开创的文学新路，使现代文学丧失自己的历史特征，而且恰恰是有力地发展深化了这场变革，并使现代文学的特点表现得更加充分更加突出"。从文学革命走向革命文学，不是党的主观愿望、权力、意志的产物，而是"各个阶级、各种力量在文学领域角逐、较量、相互斗争、相互影响的结果，是整个社会条件的历史辩证发展的产物"。他反对以狭隘的文学现代化标准否定革命文学传统："仅仅以是否把文学作为作家'自我表现'的艺术手段，是否采用西方现代派文学的手法和技巧，作为现代化与否的根据。用这些含糊不清、似是而非的标准代替反帝反封建的线索，不但没有比过去宽广，反而变得更加狭窄，不但丢掉了许多重要的东西，而且作出一些近乎武断、在理论上和实践上都会引起混乱的结论。""汲取包括现代派在内的外国文学的经验固然是为了实现文学的现代化；改造利用传统的文学形式，譬如在秧歌剧基础上创造新歌剧，在'信天游'基础上发展新的民歌体诗歌，像赵树理那样融化传统文学、民间文学的艺术手法于自己的创作中等等，同样属于文学现代化的内容。尽管这方面的工作，有的可能改革和创新有所不够，距离反映现代生活、表现现代人的心理、适应现代人的审美趣味，都还存在一些距离；但这种努力，却都是为了给古老的文学形式注入现代的艺术生命，不是复古，而是新生，同样属于文学现代化的课题。如果把这些都排除在现代化之外，势必导致最终否认现代文学的现代性，也就是否定了现代文学本身。"[1]

刘再复提出"'五四'文学启蒙精神的失落与回归"的观点之后，敏泽、陈涌、程代熙、张炯、董学文等人提出尖锐批评。他们认为这一观点为弥漫学界的彻底否定革命文学传统的潮流提供了理论的依据。敏泽认为："'五四'当然是一场意义深远的启蒙运动，但启蒙也绝不仅仅

---

[1] 樊骏：《现代文学的历史道路和现代作家的历史评价》，《文艺报》1983年第9期。

是与反对封建蒙昧主义联系在一起的，也是与反对帝国主义、与救亡图存、民族独立的要求紧密联系在一起的。因此反帝、反封建的历史要求，或者说救亡图存、变革社会的目的本身，与启蒙运动的关系，不仅是并行不悖的，而且二者就是一体的，救亡图存的要求也就是启蒙运动本身的要求"，"个人的自由和主体性的发挥，与民族的、集体的自由和主体性的发挥，是统一的、历史现实的两个不可分割的方面。"刘再复恰恰把二者割裂开来，他所倡导的五四启蒙精神，实际上是在宣扬一种超社会、超民族、超历史的极端自我中心论[1]。张炯也不赞成新启蒙论者把复杂的五四精神简化为一种个人本位的精神，把复杂的五四新文学简化为一种没有意识形态内涵的纯文学，把复杂的革命文学简化为压抑个人主体性的文学，从而百般鼓吹那些主张个人本位主义的作品，全盘否定那些倡导共产主义理想和集体主义精神的文艺作品[2]。这些看法，在今天看来是有其合理性的一面的，而在当时的时代潮流中，却很难被激进的思想和艺术革新者们所理解。

从上面这些尘封已久的陈年老账中，我们不难看到一代代学人严肃的学术思考以及他们难以摆脱的历史局限性，更能清楚地看到建国后"十七年"和新时期的意识形态结构与文学知识生产的关系。后之视今，亦犹今之视昔，我们理应比前人更清醒一些：具有严格的历史意识的研究者所应做的，不是以自己的价值立场随心所欲地裁剪历史，而是尽可能地还原历史的丰富性和复杂性；具有健全的当代意识的研究者所应该做的，既不是简单回到建国后"十七年"的立场，也不是简单重复新时期的一些话语，而是尽可能地在当代与历史之间进行反复的交流和对话。

---

①　敏泽：《论所谓"五四"启蒙精神的"失落"和"回归"》，《文艺报》1989 年 10 月 21 日。

②　张炯：《关于新文化新文学的评价问题》，《光明日报》1989 年 10 月 24 日。

第九章

意识形态结构与中国当代文学

——"《文艺报》（1949—1989）研究"绪论

深入研读《文艺报》，我们可以发现：意识形态与中国当代文学的关系是极其复杂的，无论把二者简单地对立起来还是简单地等同起来，都无法充分呈现出中国当代文学本身的丰富性与复杂性。从文艺管理体制、文学表现对象、文学创作方法、人物形象设置、文学遗产的借鉴等方面进行深入研究，可以揭示出"十七年"与新时期的意识形态结构与中国当代文学之间复杂的内在关联。

第一节　辩证理解意识形态与当代文学的关系

20 世纪 80 年代之前的当代文学研究，采用的是一种高度意识形态化的研究方法，以这种研究方法阐释高度意识形态化的"十七年"文学，当然是缺少反思性和批判性的，"十七年"文学因此获得至高无上的地位。20 世纪 80 年代中后期以来，一股非意识形态化的纯文学思潮席卷了整个学术界，不少研究者致力于倡导"文学与政治离婚"，寻找被"主流意识形态""国家权力话语""国家叙事文本"所遮蔽的"文学主体性"和"个人主体性",以致出现了粗暴否定"十七年"文学、盲目讴歌新时期文学的倾向。进入 21 世纪,学者们又不约而同地展开对非意识形态化的纯文学研究方式的反思,如:蔡翔的《何谓文学本身》(《当代作家评论》2002 年第 6 期)、薛毅的《开放我们的文学观念》(《上海文学》2001 年第 5 期)等。20 世纪 80 年代力倡纯文学的李陀认为:"由于对'纯文学'的坚持,作家和批评家们没有及时调整自己的写作,没有和 90 年代急遽变化的社会找到一种更适应的关系。很多人看不到,随着社会和文学观念的变化与发展,'纯文学'这个概念原来所指向、所反对的那些对立物已经不存在了,因而使得'纯文学'观念产生意义的条件也不存在了,它不再具有抗议性和批判性,而这应当是文学最根本、最重要的一个性质。"①钱理群也说,在 20 世纪 90 年代资本与权力相结合的时代背景下,社会主义思潮和共产主义思潮的合理性,我们现在看得很清楚,至少比过去看得清楚了。在这样的学术环境中,学术界又一次展开了重新评价"十七年"文学、重新反思新时期文学活动。②

　　这几次大的学术转向告诉我们:无论是高度意识形态化的研究思路还是非意识形态化的研究思路,无论是把意识形态与文艺简单地等同起来,还是把二者简单对立起来,都无法准确认识当代文学与意识形态之间复杂的内在关联,无法充分呈现当代文学及其发展演变的丰富性和复杂性。因为这两种思路都忽视了意识形态本身的复杂性与变异性:任何主流意识形态都是处于不断调整与变化中的,此时是主流彼时可能成为非主流,非主流也可以转化为主流。20 世纪 80 年代以来学术界不断遭

　　① 李陀:《漫说"纯文学"》,《上海文学》2001 年第 3 期。

　　② 北京大学的李杨先生在这方面做了许多卓有成效的工作,可参考其著述:李杨:《50—70 年代中国文学经典再解读》,山东教育出版 2003 年;李杨:《重返八十年代——为何重返以及如何重返》,《当代作家评论》2007 年第 1 期。

责的主流意识形态，是否就真的那样一无是处？它除了压抑个人主体性和文学主体性的一面，是否还有解放人与解放文学的另一面？如反抗封建主义和资本主义的压迫、关注底层的弱势群体、加强文学与现实生活的联系等等。非主流的意识形态是否就那样十全十美？它除了强调个人主体性和文学主体性的一面，是否也具有压抑人与文学的另一面？是不是也同样具有意识形态的强制性和排他性？如其在倡导个人主体性的价值观念时，忽略了被压迫民族、国家和弱势群体的利益；在强调文学的主体性时，弱化了文学与现实生活的联系，等等。

要想很好地解决这一历史问题，我们必须诉诸严格的历史意识，诉诸对史料的重新阅读，而不应一味听命于当代某种价值观念的引导。《文艺报》可以为我们思考这一问题提供异常丰富的历史信息：从1949年创刊到1989年，它一直承担着颁布文艺政策、引领文学思潮、指导文学创作的重要使命，在意识形态的建构和文学规范的生成中，起着其他文艺期刊所起不到的重要作用。因此，它成为近年来学界研究的热点。谢泳的《"文艺学"如何成为新意识形态的组成部分——以1951年〈文艺报〉一场讨论为例》（《南方文坛》2003年第4期）、程光炜的《〈文艺报〉"编者按"简论》（《当代作家评论》2004年第5期）、孙晓忠的《当代文学中的冯雪峰——以〈文艺报〉为中心》（《文学评论》2005年第3期）、刘锡诚的《在文坛边缘上》（河南大学出版社2004年版）等研究成果，都在重读《文艺报》的基础上，从不同角度丰富了我们对中国当代文学的理解。

笔者这些年研读《文艺报》的一个主要目标是：把它放在不同时期的经济、政治和文化的格局中进行分析，尽可能地把不断变化的意识形态结构与不断变化的当代文学间复杂的内在关联充分呈现出来。为了更好地完成这一任务，笔者在研读《文艺报》时引入了伊格尔顿的"意识形态结构"和"审美意识形态"概念。在伊格尔顿看来：每种意识形态都不是铁板一块，即便是处于主流地位的统治阶级的意识形态，也存在内部矛盾和分歧。"一种意识形态从来不是一种统治阶级意识的简单反映；相反，意识形态永远是一种复杂的现象，其中可能搀杂着冲突的、甚至是矛盾的世界观。"① 在充分考虑到意识形态本身的复杂性的前提下，伊格尔顿在处理意识形态与文学的关系时，有效地摆脱了二元对立思维方式的束缚：他既不把二者的关系简单地理解为对抗性的控制与反控制关系，也不把它们看成是单纯的反映与被反映的关系，而是把文艺看作一种审美意识形态，侧重于分析复杂的意识形态结构对文艺生产的影响，以及文艺生产在意识形态建构中所起的作用。

引入"意识形态结构"和"审美意识形态"概念，是为了寻找那些被既往的二元对立的研究方式与狭隘的文学观念（高度政治化的文学观念和非政治化的纯文学观念）所排斥、曲解、窄化甚至伤害的文学资源。在研读《文艺报》时，我把注意力集中在意识形态结构与文艺管理体制、文学表现对象、文学创作方法、人物形象设置、文学遗产的借鉴、当代文学中的人道主义诸问题的关系上，意在从不同侧面呈现出意识形态结构与当代文学间的内在关系，把不同时期意识形态制约文学生产、文学生产反作用于意识形态结构的历史过程相对客观地描述出来。

从整体上来看，"十七年"文学的发展趋向是：在经验与概念、主体（内心世界）与客体（外部世界）、真实性与倾向性、审美性与政治性、人物形象的复杂性与单纯性等几对相对立的因素之间遮蔽与反遮蔽的反复较量中，逐渐向后者移动；到了"文革"前后，意识形态话语（概念、客体性、倾向性、政治性、单纯性等）完成了对文学性（经验性、主体性、真实性、审美性、人物形象的复杂性等）的全面控制。而新时期文学的整体发展趋向，恰恰呈现出与"十七年"文学相反的特

---

① ［英］伊格尔顿：《马克思主义与文学批评》，文宝译，人民文学出版社 1980 年，第 10 页。

征：经验性、主体性、真实性、审美性、人物形象的复杂性逐渐得到文艺界的重视，并由此而产生了一种新的强制性和排他性，这种强制性和排他性到了 20 世纪 90 年代才逐渐呈现出来。

第二节　意识形态结构与"十七年"文学

在中国当代不同历史时期，意识形态结构是不断变化的。在建国后"十七年"中，社会主义意识形态占据主导地位，但它绝不像某些人想象的那样是高度统一的。事实上，要发现这段历史时期内意识形态结构内部的分歧，感受到社会主义意识形态与资本主义意识形态的尖锐冲突、集体主义（民族、阶级）与个人主义的尖锐对抗，并不是一件十分困难的事情。在 20 世纪 50 年代中前期，中国的社会从新民主主义向社会主义过渡，新民主主义的价值观念逐渐淡化，社会主义的价值观念逐渐增强。但这一转化过程并非一帆风顺，它是在保守派与激进派的不断碰撞中完成的。为了加速这一转化过程，激进的社会思潮占据主导地位：毛泽东曾尖锐批判刘少奇提出的"确立新民主主义社会秩序""由新民主主义走向社会主义""确保私有财产"等右倾观点，[1] 批判薄一波提出的"公私一律平等"的新税制，[2] 批判邓子恢的"四大自由"的保守思想。学术界不断地批判资产阶级、小资产阶级思想，其目的显然是为了确立社会主义意识形态的权威性与纯洁性。社会主义改造基本完成后，激进派与保守派的分歧并未完全消失，但意识形态领域的阶级斗争相对缓和了，出现了百花齐放、百家争鸣的良好局面，有限度地承认

---

① 《毛泽东选集·第五卷》，人民出版社 1977 年，第 81—82 页。

② 同上书，第 90—97 页。

了非马克思主义思想（如唯心主义）存在的权利。在反右和"大跃进"中，激进的社会思潮再次取得霸权地位，为了追求意识形态领域百分百的纯洁性，资产阶级、小资产阶级思想被等同于极端的个人主义思想，被看作是万恶之源。1959 年为了纠正浮夸风，学术界曾对激进的经济、政治、文化路线进行过有限度的调整，但这一调整很快又被激进的反修运动打断了。在 20 世纪 60 年代初的调整时期，经济生活中出现了包产到户、联产承包责任制、自由市场等新生事物，个人利益在政策所许可的范围内受到重视。学术界再次出现相对活跃的局面，张闻天、孙冶方、顾准等人积极探索社会主义商品经济理论，杨献珍提出"合二而一论"，周谷城提出"时代精神汇合论""使情成体说"，邵荃麟提出"写中间人物论"，这些观点在某种程度上突破了意识形态的纯洁性，显示出一定的包容性。但这次调整很快就夭折了，毛泽东 1962 年提出阶级斗争"要年年讲、月月讲、天天讲"，1963 年、1964 年又先后对文艺界发出"两个批示"，从而在意识形态领域掀起了一场"兴无灭资"的大风暴，使激进的社会思潮失去了约束的力量，最终发展为"文革"期间极"左"的文化政策。

这种时而宽松时而紧张、时而激进时而缓和的意识形态结构，对"十七年"的文学批评、文学创作、文论建设产生了极其深刻的影响。"十七年"文学发展演变的复杂性，只有放到这种意识形态结构中去，才能得到客观的描述与合理的说明。总的来讲，这一时期的文艺工作基本上是围绕着如何确立和巩固社会主义意识形态的领导地位，如何限制、清除资产阶级、小资产阶级意识形态，如何加快社会主义意识形态战胜资本主义意识形态的步伐这一中心工作展开的。凡有利于这一工作的因素，都会受到积极的鼓励和支持；凡有碍于这一工作的因素，都会遭到排斥、打击和清理。但是，由于这一中心工作在不同时段内所发生的或激进或缓和的变化，建国后"十七年"中的文艺管理体制（作家队伍建设、文学期刊管理、专业作家体制、稿酬制度），作家的心理结构、精神状态与价值取向，文学的表现对象、人物形象的塑造、创作方法的选择、文学遗产的借鉴、艺术结构的设置等等，也会随之发生一些微妙的变化。从这一时期的《文艺报》中，我们可以充分感受到这种微妙的变化。

建国后"十七年"的文艺管理体制，基本上是一种机关化的管理模式。文艺工作者大多被纳入到统一的体制中，他们同时身兼二任，既是作家又是政府工作人员。文联与作协负责组织他们进行政治学习、深入生活和思想改造。从《文艺报》可以看出，这种管理模式也不是一成不变的。在 1951 年、1954—1955 年、1957—1960 年、1964—1966 年激进思潮占上风的年代，工农兵业余作者的声音异常响亮，知识分子处于自我检讨的地位或者缺席状态，文学管理体制的强制性大大增强：在作家队伍建设方面，强制性地要求作家深入生活和改造世界观，重视党内作家而轻视党外作家，重视来自解放区的作家而轻视来自国统区的作家，重视青年作家而轻视老作家，重视工农兵业余作家而轻视知识分子作家——其目的自然是为了加强和巩固无产阶级思想的领导权。当这种控制走向极端时，便会严重扼杀文艺工作者的积极性、主动性和创造性，阻碍文学的健康发展。在意识形态领域的阶级斗争相对缓和时，党和国家便会有意识地改善对文艺的领导方式，在一定限度内缓解文艺工作者在深入生活、改造世界观方面的压力，强调他们已经是工人阶级的一部分，强调党内作家与党外作家、青年作家与老作家、工农兵作家与知识分子作家相互团结，共同提高。在 20 世纪 50 年代中期，还展开了一场很不成功的作家职业化的改革实践。从 1956—1957 年上半年、1961—1962 年的《文艺报》来看，这一时期的知识分子作家相对活跃一些，其主体性有所增强。

在文学期刊管理方面，基本上采用行政管理模式。《文艺报》承担着监督、管理地方文艺期刊的重任，在"十七年"中共发表相关文章 30 多篇。从这些文章大致可以看出当时文艺期刊管理体制的变化：1951 年、1958 年、1960 年、1964 年、1965 年，文艺界极力强化对文艺期刊的行政监管力度，强调文艺期刊的思想性、群众性和战斗性。当这种管理方式被推向极端时，文学期刊便会完全被业余作家占领，严重阻碍文学的健康发展。在意识形态领域的阶级斗争相对缓和时，党和国家便会有意放松对文艺刊物的行政监管，增强其自主性和创造性，在 1956 年、1957 年左右还出现过对刊物实行企业化管理的主张，文艺界积极酝酿创办同人刊物（据《文艺报》提供的信息，当时酝酿中的同人刊物共有 10 个），积极推进刊物的非机关化改革。60 年代初的《文艺报》上再次出现增强文艺刊物自主权的呼声。"百花时代"与"调整时期"文艺创作相对繁荣的局面，与当时较为宽松的文艺期刊管理方式是密切相关的。在稿酬制度方面，文艺界曾进行过反复的修改与调整，《文艺报》在"十七年"中共发表相关文章 8 篇。在激进思潮的支配下，便会出现以政治挂帅取代物质刺激的倾向，稿酬制度被看作资产阶级的法权，一再降低稿酬标准，取消印数稿酬，要求作家无偿捐献稿费等等，严重挫伤了文艺工作者的积极性。而当阶级斗争相对缓和时，便会同时强调政治挂帅与物质刺激，适度提高稿酬标准、恢复印数稿酬、返还作家捐献的稿费等等，以此调动文艺工作者的积极性。

在文学表现对象问题上亦如此。1951 年、1954—1955 年、1964—1966 年的《文艺报》上本质主义的文学批评成为主流。在对《关连长》《我们的力量是无穷的》《洼地上的战役》《如兄如弟》《战线南移》《我们夫妇之间》《金锁》《早春二月》《北国江南》《林家铺子》《三家巷》《苦斗》《不夜城》《在卧铺车厢里》等作品的批判中，意识形态结构与现实生活的对应性明显增强：文学界反复鼓励和提倡描写重大题材，如能够体现社会历史发展规律的生活本质，强调生活的主流轻而易举地战胜、克服生活的逆流和支流的过程，那些不符合本质（社会历史的发展规律、矛盾的主要方面）主义要求的现象层面上的丰富多彩的现实生活，则被排斥在文学表现的范围之外。1956 年、1961 年、1962 年《文艺报》上本质主义的文学批评大为减少，文艺界对僵化的"写本质"进行了有限度的反思，生活中的次要矛盾、支流、逆流，以及生活的现象层面得到一定程度的重视，文学创作的现实主义色彩有所增强。从整体上来看，由于这一时期学术界频繁地批判唯心主义的文艺思想，以反映论的文学观念排斥表现论的文学观念，"十七年"文学更为关注客观的、外部的社会生活，而不重视对人的内心世界的开掘。但这种倾向也并非一以贯之、毫无波动的，而是会随着意识形态的调整而有所变化的，1956 年和 1961 年的《文艺报》上就出现过不少强调表现内心世界的言论。

建国后"十七年"的文学创作方法与意识形态结构的变动密切相关。在批判胡风运动中，意识形态对创作方法的控制性明显增强，世界观对创作方法的决定性作用被无限夸大，社会主义现实主义成为唯一的创作方法，其他创作方法被作为资产阶级的创作方法而受到排斥。在阶级斗争相对缓和时，意识形态对创作方法的控制也会有所松动：如1956 年陆定一、周扬等人在讲话中有意减弱主流创作方法的排他性，淡化非主流创作方法（主要是批判现实主义）的资产阶级意识形态属性，主张在一定限度内给予作家选择创作方法的自由。何直、周勃、石天河、邹荻帆、徐光耀、刘绍棠、从维熙、高晓生、陆文夫等人反对过分夸大世界观对创作方法的决定作用，大力强调现实生活的逻辑、作家的生活经验和艺术修养等因素在创作中的重要作用，并试图通过淡化社会主义现实主义定义中"社会主义"的限定词的方式，淡化主流创作方法的意识形态功能。在反右运动中，保卫社会主义现实主义成为文艺界的主旋律，主流创作方法的强制性和排他性再次显现出来，为了对抗"写真实"的冲击，文艺界提出"两结合"的创作方针，其意图明显在于加强对创作方法的意识形态控制。20世纪60年代初，为了弥补"两结合"指导下产生的文学创作"革命性强，现实性不足"的缺陷，邵荃麟、康濯、赵树理等人曾试图淡化文学的革命性和倾向性，以增强文学的现实性。经过1964年对"现实主义深化"论的批判，文学中的现实主义精神才彻底丧失了。

文学与政治的关系是困扰"十七年"文学的一个重大理论与实践问题。当时文艺界一直在两条路线作战：同时反对文学的非政治化倾向与文学的公式化、概念化倾向。每当阶级斗争相对缓和时，文艺界便会出现反思公式化、概念化的言论：如1949年阿垅提出艺术与政治的关系"不是艺术加政治、而是艺术即政治"[①]；1953年冯雪峰强调"艺术性差同样违反了为政治服务的原则""办刊物应当把艺术性作为选稿的主要标准，不能把政治标准放在第一位"；[②]1956年刘绍棠主张把创造完美的艺术形式作为当时最尖锐最突出的问题[③]；陈涌提出既要反对文艺脱离政治也要反对文艺脱离艺术的倾向[④]；1959年李何林再次对政治标准唯一的文学规范提出质疑[⑤]，等等。这些反思当然不可能突破"文学为政治服务"的文学规范，他们所能做的只能是通过强调政治与生活、文学与生活的联系，反对把文学所服务的政治庸俗化和教条化，在肯定文学为政治服务的前提下强调文艺的审美性和特殊性。尽管如此，在激进思潮占上风时，这些言论无一例外地被指责为宣扬"为艺术而艺术""艺术即政治"。这种批判严重忽视文艺的审美性和特殊性，把政治简单地理解为具体的政策、条文和抽象的概念，从而削弱了文艺与现实生活的

① 陈涌：《论文艺与政治的关系——评阿垅的〈论倾向性〉》，《文艺报》1950年第3期。
② 姚文元：《冯雪峰资产阶级文艺路线的思想基础》，《文艺报》1958年第4期。
③ 刘绍棠：《我对当前文艺问题的一些浅见》，《文艺学习》1957年第5期。
④ 陈涌：《关于艺术特征的一些问题》，《文艺报》1956年第9期。
⑤ 李何林：《十年来文艺理论和批评上的一个小问题》，《文艺报》1960年第1期。

联系，助长了文学的公式化、概念化倾向。

"十七年"文学中的人物形象塑造和人物关系的设置，承担着教育人民克服各种非无产阶级思想、树立无产阶级世界观，以及向人民群众宣传社会历史发展规律的意识形态功能。在激进思潮占上风时，人物形象的意识形态功能被极度强化：塑造英雄人物形象成为文学创作的中心任务，在塑造英雄形象时不允许描写英雄的缺点，特别是政治、道德品质方面的缺点，英雄人物必须不断清除资产阶级、小资产阶级个人主义思想，向无产阶级思想靠拢。中间人物和反面人物在文学创作中失去了主体性，成为正面人物引导、克服和战胜的对象——这一克服和战胜的过程常常被人为地提纯和净化，以此显示无产阶级思想战无不胜的威力。由于过分强调人物形象与意识形态的对应性，作家常常按照意识形态的需要强行干预人物的言行，随意设置人物的心理状态，从而切断了人物形象与现实生活的联系，使其成为各种思想的载体和符号。这种倾向主要表现在《文艺报》1951年批判"从落后到转变"，1960年批判"复杂人物性格"，1964—1965年对"写中间人物"论、"人物性格汇合"论、《三家巷》《苦斗》《早春二月》《林家铺子》《北国江南》的批判以及对《欧阳海之歌》的赞美中。当意识形态领域的矛盾斗争相对缓和时，人物形象的意识形态功能也会相应地有所弱化，与现实生活的联系有所增强，英雄人物的内心世界和性格的复杂性得到一定程度的重视，在人物关系的设置上，中间和反面人物的重要性得到确认，主体性有所增强。在当时尽管不可能突破正面人物感化、克服和战胜中间人物与反面人物的文学规范，但中间人物与反面人物成长与转化的长期性、复杂性与艰难性，还是能够得到应有的重视的。这一倾向主要表现在《文艺报》1952年关于"落后到转变"的大讨论，1956年关于"典型问题"的讨论，1959年关于《青春之歌》《锻炼锻炼》《在和平的日子里》的讨论，1961年关于《金沙洲》《达吉和她的父亲》《沙桂英》以及茹志鹃作品的讨论中。

文学遗产的借鉴也受到意识形态结构的影响。为了增强社会主义意识形态的凝聚力，中国文学与苏联文学、社会主义国家文学、亚非拉文学、西方资本主义国家的左翼文学保持着密切的联系，而与西方近现代资本主义文学的关系则相对疏远一些；注重挖掘中国传统文学中具有现实主义和人民性的因素；在对待中国现代文学的态度上，对革命文学传统的借鉴明显重于对五四新文学的借鉴。当激进的社会思潮占上风时，文学界更为强调借鉴文学遗产的政治性标准，加强对文学遗产的政治批判，如夸大西方近现代文学的资产阶级意识形态属性、中国古典文学的封建主义性质、苏联文学的修正主义性质等，这常常会导致对文学遗产的排斥性，如"大跃进"中反对厚古薄今、崇洋媚外，在1960年反对修正主义时，苏联文学也被排斥在借鉴的范围之外，"文革"期间以"封、资、修"的罪名横扫一切文学遗产。在意识形态领域的阶级斗争相对缓和的历史时期，文学界相对重视文学遗产的艺术性因素，重视对于文学遗产的继承，对其意识形态属性能够采取辩证分析的而非盲目批判的态度。

第三节　意识形态结构与新时期文学

进入新时期，现代化成为中国的主导价值取向，社会上开始出现为资本主义正名的言论，如发展社会主义商品经济、借鉴资本主义国家的经验、补商品经济的课等理论主张与社会实践。新时期的意识形态结构逐渐发生变化。在这一变化过程中，同样存在着激进派与保守派的分歧。尽管这种分歧并非阵线分明：不少人的思想中可能同时存在激进的因素和保守的因素，他可能既是激进主义者，又是保守主义者，在这一方面是激进主义者，而在另一方面又是保守主义者。但从总的倾向来看：思想较为激进的文艺工作者往往把注意的焦点集中在"坚持改革开放"问题上，他们有意识地淡化了对资本主义的批判，而把批判的矛头指向阻碍社会生产力发展的旧体制，他们大力倡导人道主义、提倡个人的主体性，成为经济、政治体制改革的重要推动力量。思想较为保守的文艺工作者更多地把注意的焦点集中在"坚持四项基本原则"问题上，他们在反思"极左"路线、提倡思想解放的同时，仍然坚持对两种不同的社会制度的区分，坚持对资产阶级自由化思潮的批判，这在 1983 年清除精神污染、1987 年反对资产阶级自由化中表现得比较明显。阅读新时期的《文艺报》，我们不难感觉到人道主义与马克思主义的尖锐冲突，启蒙（个人）话语与民族国家话语的尖锐对抗，民族化思潮与现代化（西方化）思潮的反复较量。人道主义、启蒙话语和现代化（西方化）思潮显示出咄咄逼人的气势。新时期文学的发展历程，只有放到这一新的意识形态的结构中去，才能得出相对科学的评价和客观的描述。

新时期的文艺体制改革在整体发展趋势上是与经济体制改革同步发展的，即从行政管理模式向经济管理模式转变，不断地减少对文艺工作的行政干预，引入市场机制，以增强文艺工作者的自主性和创造性。但由于意识形态上的原因和种种客观条件的限制，新时期文艺体制改革注定是一个艰难曲折的过程，其间充满了各种各样的干扰、困惑与争论。譬如，要不要继续提倡知识分子的思想改造？思想解放与思想改造的关系如何？不再提知识分子思想改造的口号，可以增强文艺工作者的积极性、主动性和创造性，但是不是会使文艺工作者丧失社会责任感，助长文学创作中的资产阶级自由化思潮？在低稿酬、低工资、文化市场不健全的前提下，如何进行专业作家体制改革？这一改革是否可以完全按照经济体制改革的模式进行？在引入市场管理机制后，会不会出现文艺创作的商品化、庸俗化和媚俗化？出现这种现象之后，应该采取什么样的对策？要不要淡化文艺期刊的机关性质和政治功能？在文艺期刊管理中要不要引入市场机制？引入市场机制后，还要不要对刊物进行思想的监督和引导，如何进行监督和引导？诸如此类的困惑与争论，是中国社会转型期所特有的文艺现象。这些理论探索和改革实践，与新时期意识形态结构内部的矛盾冲突密切相关，总体上呈现出时而激进时而保守的发展态势①。

在文学表现对象问题上，文艺界对赤裸裸的"写本质"论进行了批判。激进的文艺工作者彻底否定"写本质"，试图把文学从意识形态化的写作中解放出来，使其更为自由地表现生活。思想较为保守的文艺工作者主张既要批判"本质即现象"的本质主义，也要批判"现象即本质"的现象主义，他们认为，完全否定对生活的本质和规律的典型化概括，是很难与自然主义划清界限的。激进派与保守派的分歧，还表现在对反映论与表现论、反映客体与表现主体的不同理解上。从《文艺报》关于"自我表现"的讨论、关于文艺心理学的讨论（1983—1984）、关于"主体性"的大讨论（1986）、关于"向内转"的大讨论（1987）中可以看出这一根本分歧的实质：激进的艺术革新者大胆反叛在唯物论哲学思潮影响下产生并逐渐被推向极端化的反映论的文艺观，他们大力推动新时期文学从再现客体向表现主体转移，在20世纪80年代文坛上掀起了一股声势浩大的"向内转"的浪潮。思想保守的文艺工作者则坚守文艺反映现实生活的原则，他们不赞成"为了主体的自由而牺牲对客体的征服"，面对不断"向内转"的发展趋势，他们反复呼吁文学不仅要向人的内心世界开放，而且也要向外部社会生活开放，在重视表现内心世界的同时，必须加强文学与社会实践、文学与人民群众生活的联系，

---

① 详情可参阅 1981—1984 年《文艺报》编辑部编辑出版的《文艺情况》，这份内部刊物是研究新时期文艺体制改革的重要文献。

否则难免会陷入唯心主义的泥潭。

进入新时期，《文艺报》先后发起如何塑造"社会主义新人"、关于"人物性格二重组合原理"、关于典型问题的大讨论。在这些讨论中，塑造完美英雄的文学规范逐渐解体，文学中的人物形象逐渐从单纯化走向复杂化。在"十七年"文学中，个人的本能、欲望、潜意识等非理性层面是需要清理和批判的对象，到了新时期文学中这些则成为需要不断进行探索和挖掘的对象，因为在这一时期的意识形态结构中，个人利益日渐得到肯定和重视，个人合理的要求和欲望逐渐获得了合法性。值得一提的是，在反对"文革"期间把人物神化、简单化的问题上，当时的文学界基本上没有分歧，但在塑造什么样的人物形象问题上，却存在着明显的差异：思想较为保守的文艺工作者与社会主义意识形态有着更多的一致性，他们坚持典型环境中的典型人物的原则，提倡塑造有血有肉的"社会主义新人"形象，以期培养符合社会主义现代化要求的现代人格。而思想激进的文艺工作者则对典型化的原则提出质疑，他们大力提倡人物性格的丰富性和复杂性，倡导"人物性格二重组合"原理，对不断开掘人物性格的非理性层面表现出浓厚的兴趣，甚至出现了离开社会实践层面而醉心于复杂性格探索的、为复杂而复杂的倾向。为此，他们受到坚持社会学立场的学者们的激烈批评。

现实主义与现代主义创作方法的关系问题，是整个20世纪80年代文学界争议的热点。激进的艺术革新者有意回避了现代主义创作方法的意识形态属性，把它作为新时期艺术形式乃至艺术观念更新的重要推动力量，把它标举为中国当代文学的发展方向。思想较为保守的学者依然坚持革命现实主义的创作方法，他们反复批判现代主义的资产阶级意识形态属性，主张对其采取必要的设防措施，以确保中国当代文学的社会主义性质。在激进派与保守派的反复较量中，革命的现实主义逐渐失去了主宰文坛的地位，逐渐被多元化的文学创作方法所取代。在现代主

义的强烈冲击下，现实主义在节节败退中不得不开放自己。在 1988 年
《文艺报》组织的关于现实主义问题的讨论中，学者们普遍表现出融合
现代主义以发展现实主义的愿望①。到了 1989 年，杨春时则以更为激进
的姿态发表声讨社会主义现实主义的檄文，他主张在人道主义批判精神
的基础上发展现实主义，并激烈指责社会主义现实主义是由政治权力机
构按照国家意志制造出来并强行推行的文学模式，"是假现实主义新古
典主义"，"是现实主义传统的中断和衰落"，"是违背文学规律的教条"，
"是保守封闭的体系"。②

　　文艺界对文艺与政治的关系进行了深入的反思，对忽视文艺特殊
性与审美性的"工具论"与"从属论"进行了批判。在这一点上，文艺
工作者们基本上是一致的。所不同的是：思想激进的文艺工作者为了追
求文学的主体性与审美性，或者为了反叛传统的政治体制，极力疏远文
艺与政治的联系，甚至主张切断文艺与政治的联系，如"文艺和政治离
婚""文学离开政治越远越好"等说法；这种激进的艺术革新主张，使
文学的非意识形态化和非政治化倾向愈演愈烈。而思想相对保守的文艺
工作者恰恰相反，他们在反思文艺从属于政治的同时，仍然强调文艺的
政治性，一方面，他们不赞成把政治生活与社会生活等同起来，把文学
局限在表现政治生活的范围之内，以政治生活排斥其他生活；但另一方
面，他们又认为，政治与生活是密不可分的，政治生活是社会生活的重
要组成部分，甚至在社会生活中处于支配和主导的地位，所以理应成为
文学的重要表现对象。如果剔除文艺的政治性，切断文艺与政治的联
系，其结果只会切断文学与社会生活的联系，从而缩小了文学传达的经

---

① 参见柯云路的《现代现实主义论》(《文艺报》1988 年 8 月 20 日)、张德林的《现实主
义的创作心理学》(《文艺报》1988 年 8 月 27 日)、周来祥的《现实主义在当代中国》(《文艺报》
1988 年 10 月 15 日)、王纪人的《困境和出路——现实主义断想》(《文艺报》1988 年 11 月 5 日)。

② 杨春时：《社会主义现实主义批判》，《文艺评论》1989 年第 2 期。

验范围。

在文学遗产借鉴方面，激进派与保守派的分歧主要表现在对于民族化与现代化的不同理解上。激进派显示出激烈的反传统姿态，他们强化了中国文学中的远传统（中国古典文学）与近传统（苏联文学影响下形成的革命文学传统）的封建性与专制性因素，把新时期文学看作是对这些传统的背叛，看作是对五四新文学的恢复与发扬。他们淡化了西方现代文学的资产阶级意识形态性质，主张向西方文学遗产全方位开放，以此推进中国文学的现代化。保守派不赞成激进派的民族虚无主义倾向，尤其不赞成他们彻底否定革命文学传统，他们认为新时期文学是对革命现实主义文学传统的恢复与发扬。在强调吸收、借鉴西方文学遗产的同时，他们仍然坚持文学的民族化、大众化方向，坚持对西方近、现代文学进行意识形态分析，主张在文学领域向外开放之时也要对其设防，以保证中国当代文学的社会主义性质。在他们看来，中国文学的现代化是不能照搬西方模式的，必须在民族化的基础上推进中国文学的现代化。

《文艺报》所呈现出来的丰富的历史信息告诉我们：中国当代文学的发展历程是极其复杂的，任何整体性的概括与判断，都难免会遗漏不少有价值的历史细节。事实上，能够展示意识形态与当代文学关系复杂性的，也正是那些原生态的历史细节。因此我在正文的论述中引述了大量的原始材料，尽可能把不同的观点都呈现出来，即便是现在看来极端偏激片面的言论，也给予其在场的权利。

第十章

赵树理与"人民文艺"传播网络

如何建立普及全国的人民文艺传播网络,为人民文艺传播网络提供更多更好的作品,如何改善传播者与接受者的关系,扩大人民文艺的传播疆域,提高其传播效率,是赵树理长期关注的问题。笔者通过分析赵树理与人民文艺传播网络的关系,重新审视其文艺观及文艺创作的价值和意义、成败和得失。

在十几年前的一篇文章中,笔者曾指出赵树理研究中的概念化倾向:为了诠释自己的文学史观念,而从某种抽象的价值标准出发,随意褒贬赵树理[1]。本文将把赵树理放到当时文艺传播网络中,看看他究竟是限制还是拓展了人民文艺的传播范围,是中断了中国文学的现代化进程,还是在既定的历史条件下引导中国文学向前发展,以及在人民文艺传播网络制约下赵树理文艺创作的成败得失。

---

[1] 武新军:《如何才能激活赵树理》,《江西社会科学》2006 年第 8 期。

第一节　铺"水管"：传播媒介与网络

传播媒介也是推动社会发展的一个重要因素，从传播媒介的变革来梳理文学发展历史，有助于客观地展示文学发展的过程，揭示文学变革与传媒变革之间的复杂关系，可以有效矫正从观念出发研究文学史的弊端。但这方面的研究，也存在着某些简单化的倾向。譬如，近年来，不少论著把文艺传播史生硬地划分为口头、文字和电子传播三个阶段，认为口头传播的是前现代的文学，而文字传播（期刊、图书）和电子传播（电影、电视、网络），是文学现代化的标志。受此影响，研究者多从报纸杂志与影视传播的角度，来论证中国现当代文学的现代性。

上述研究思路，严重遮蔽了中国现当代文学中多种传播方式新旧并存的复杂状态：新中国成立前后很长一段历史时期，文艺出版虽已成为重要的传播方式，但受经济条件制约，有限的纸张、出版和发行资源，根本无法满足群众的需要。文字艺术的传播，还局限在城市里的知识者阶层，而占人口大多数的农民还不具备阅读图书期刊的能力，他们所能接受的还是那些依靠口头说唱和肢体表演进行传播的文艺形式。这正如赵树理所言："刊物的出现，是印刷工具现代化了以后的事。有了刊物自然是好事——它使好的作品传播得既快且广，为古人所不可及。但社会所需要的创作量，要比刊物所能容纳的多得多；各种作品的欣赏对象与刊物所发行的范围也不尽相合，所以刊物虽然能帮助创作的繁荣，而真的繁荣却不能都表现在刊物上，更主要的要表现在群众的文娱生活中。"[①]但我们也不能据此否定新中国成立前后文学的"现代"性，因为

---

① 赵树理：《赵树理文集》（第四卷），中国工人出版社2000年，第1871页。

当时上海、北京等大城市，图书出版与广播、电影等现代传媒已相当发达，只是由于受到整体生产力水平的制约，广播电台的覆盖范围还十分有限，电影的传播能量也不容乐观。

既然文字和电子传播还有诸多局限，如何把人民文艺输送到文字不发达甚至没有文字的地方，让普通老百姓也能接受人民文艺，就成为赵树理这类人民艺术家长期关注的问题，也是当时文艺界一直试图解决的问题。资料显示，新中国成立之初短短几年内，国家就投入大量人力物力，建立起遍及城乡的普及性文化机构（文化馆站，部队文工团，农村、连队、厂矿俱乐部等）。这些机构通过组织演讲会、座谈会、展览会，放映电影、幻灯片，组织群众阅读图书报刊、收听广播节目、办黑板报，辅导业余剧团演出等方式，在人民文艺传播中起着极其重要的作用①。赵树理曾形象地把它们称为输送人民文艺的"水管"和"渠道"，他的不少时间（甚至后来被批斗）就是在这些机构中度过的。在川底下乡和在阳城、晋城任职期间，他曾帮助农民组建业余俱乐部，辅导他们排练戏剧、出黑板报、编写快板小调。他对这些传播机构是寄予厚望的，曾多次批评某些俱乐部形同虚设，有的变成贮存农业物资的仓库，有的"门上常落锁，桌上灰不薄，报纸颠倒挂，满墙蜘蛛窝"。

在所有人民文艺的传播方式中，赵树理更钟情于戏剧、曲艺传播网络。因为在图书、电影、电视尚未广泛进入农村之前，看戏和听书是农民最喜欢的两种文艺生活方式，在当时诸多文艺传播方式中，剧场和书场是传播范围最广、传播效率最高的。赵树理对此坚信不疑，他认为戏剧和曲艺最具有群众性，理应成为人民文艺建设的重中之重。他曾多次肯定当时由国营剧团、民间职业剧团、农村业余剧团构成的遍及全国的剧场传播网络，通过从上到下的辅导和示范演出制度，从下到上的会演

---

① 《文化部关于整顿和加强文化馆、站工作的指示》，《新华月报》1954 年第 2 期。

制度，各剧种剧团的相互交流学习制度，大大提高了剧场传播的效率。从赵树理的有关剧场传播的 20 多篇文章来看，他对各剧种的特点、发展演变、覆盖范围了如指掌，在如何改革剧团管理、待遇、学习和演出制度，如何按照"供需平衡"的原则合理设置剧团，如何向没有剧种剧团的地区移植剧种剧团，如何正确处理地方剧团扩大演出范围与其原有地方性限制的关系等方面，都提出过不少切实可行的建议。

由于长期负责曲艺界领导工作，赵树理最关心曲艺传播网络建设。他欣慰地看到，新中国成立之初部队和工矿很快就普遍建立起较为完善的曲艺队伍，成为带动曲艺发展的两大动脉，因为部队具有组织严密的文工团，大厂矿具有工作高效的俱乐部，"只要领导上发现什么事情需要，一个命令就可以很快地普遍做起来"①。以高元均为代表的山东评书，就是利用部队高效的传播网络而如虎添翼，成为全国有影响的曲种的。赵树理不满的是，曲艺传播网络建设存在严重的不平衡，其覆盖范围还局限于几个大城市，而分散的农村和边远的少数民族地区，"薄弱点和空白点还有的是"。为此，他反复动员曲艺团体到农村和边疆巡回示范演出，帮助这些地区建立自己的曲艺队伍②。为拓展曲艺的传播网络和传播方式，赵树理可谓煞费苦心，他还在燕京大学开设民间文艺课程，把良小楼的京韵、魏喜魁的奉调、新凤霞的评剧、连阔如的山东评书、孙玉奎的相声等引入高校课堂，试图借助高校教育体制的力量来推进曲艺的传播。

在重视剧场和曲艺传播网络的同时，赵树理与当时文艺界更重视各种既有传播方式相互配合、并肩作战，共同开拓人民文艺的传播疆域，在这方面，土里土气的赵树理是相当"前卫"的。首先是纸质媒介与群

---

① 赵树理：《赵树理文集》（第四卷），中国工人出版社 2000 年，第 1778 页。

② 同上书，第 1912 页。

众艺术表演团体的配合。在主编《说说唱唱》和《曲艺》期间，赵树理自觉贯彻党的文艺刊物应该为群艺活动"提供演唱材料"的方针，为地方剧团和民间艺人提供了大量的演唱材料。赵树理的小说《登记》《三里湾》，正是被改编成各种地方剧，借助剧场传播网络才家喻户晓的。其次是曲艺、剧场与广播、电影等现代传媒的配合。在当时，广播电台是曲艺传播的重要媒介，赵树理改编的《石不烂赶车》（关学曾说唱），在北京人民广播电台播出，产生良好的传播效果，《灵泉洞》（陈荫荣说唱）也深受好评。当时文艺界尤其重视利用电影来传播戏剧，曾长期倡导把戏剧改编为舞台纪录片，由《小二黑结婚》《登记》改编成的许多地方剧，就是通过被搬上银幕而影响倍增的。赵树理本人也曾多次"触电"，当过电影演员，创作过电影故事《表明态度》，并把上党梆子《三关排宴》改编成舞台纪录片。其三，利用连环画、年画、幻灯片等流行艺术形式传播文字艺术。由《小二黑结婚》《李家庄的变迁》《登记》《灵泉洞》改编成的各种版本的连环画，曾在民间广泛流传，而《登记》改编的幻灯片，则由民间艺人说唱，并以各种乐器伴奏，大大丰富了那代农民的夜生活。

第二节　开"水源"：文艺创作与改编

有了传播的媒介和网络而缺少适合传播的作品，是不能获得最佳传播效果的。赵树理曾把好作品比作"水源"，把农村比作"自来水的用户"，他长期耿耿于怀的是"水源"的严重匮乏："农村有剧团而没有戏，就像有水管而没有水一样"①，曲艺创作"远远赶不上全国几百个曲

---

① 赵树理：《赵树理文集》（第四卷），中国工人出版社 2000 年，第 2050 页。

种说唱的需要——连风行全国的京韵、西河、坠子等曲种也不得不唱一些自己也认为较一般化的作品"①。可以说,赵树理的多数文艺活动和文艺创作,都是围绕着如何开辟"水源"这一工作展开的。

在赵树理看来,人民文艺供水不足,与当时文艺队伍(赵称其为"供应部")的整体构成有关:旧文艺队伍急需思想改造,还写不出人民需要的作品,而新文艺队伍中民间文艺派和新文艺派长期两相对立,大多数文艺传播资源掌握在新文艺成员手中:"以总人数论是民间传统方面的多,以思想、能力论是新文艺传统方面强得多——作家、艺术家、文学艺术团体、各种报纸杂志,几乎全部是新文艺传统的成员。至于民间传统方面的力量可怜得很,写写不出来,印印不出来……"②赵树理认为,新文艺派作家创作的"提高"的"洋化"的作品,很难顺利进入人民文艺的传播网络,必须向民族化、大众化的方向靠拢,才能在农民中普及生根。作家喜欢小说、诗歌、散文,老百姓却不喜欢;作家不喜欢戏剧曲艺,老百姓却非常喜欢。这种供非所求的文艺体裁的等级观念,不利于巩固曲艺队伍和繁荣曲艺创作。为了稳定曲艺队伍,赵树理曾长期与轻视普及文体的思想做斗争,他反复鼓励曲艺作者要敢于以作家自居,反复强调曲艺并不低级,"评书就是小说!唱词就是诗!说唱大鼓就是词话!相声就是变体喜剧!你不承认我自己承认!"③为了把新文艺作家吸引到他所理解的人民文艺传播网络中,他反复强调曲艺能够更快更好更"直接"地为群众服务,并极力"动员诗人、剧作家、小说作家而又爱好曲者尽可能为曲艺写些作品"④。

与深受"五四"新文艺传统影响的作家相比,赵树理显然更了解

---

① 赵树理:《赵树理文集》(第四卷),中国工人出版社 2000 年,第 1909 页。

② 同上书,第 1777 页。

③ 同上书,第 2067 页。

④ 同上书,第 1912 页。

当时人民文艺的传播规律：由于接受者文化水平、审美趣味和审美习惯的制约，人民文艺的传播是以视、听为主的，听觉艺术和视觉艺术（"讲—听"、"演—看"的鼓词、评书、快板，戏剧、幻灯片、电影，以及年画、连环画等）的传播能量，远远大于文字艺术（"写—读"的小说、散文、诗歌）。况且，即便是小说，也离不开"讲—听"的传播方式：《林海雪原》《铁道游击队》《敌后武工队》等一大批小说，都是依靠民间艺人走街串巷的说唱才深入民间的；为了把小说普及到田间地头、厂矿车间和连队等每一个角落，当时文艺界曾多次开展"讲小说"的活动，而几乎所有的电台，都长期把播放小说作为重要节目，为适应对象听觉的需要，"几乎每一篇都经过重新编写"，这种重编工作，在当时曾是一件很繁重、也很具有创造性的事情①。

赵树理的创作，就是自觉适应这种既定的传播方式，并为传播网络提供合适"水源"的榜样。通过向传统评书艺术靠拢，他创作出兼具"写—读"和"讲—听"功能的评书体小说《小二黑结婚》《登记》和《灵泉洞》，把数量庞大的民间艺人、识字和不识字的接受者都纳入到传播网络中，大大增强了小说的传播能量。在当时蔚为大观的评书体小说创作潮流中，赵树理明显扮演着领头羊的角色。尽管这类小说有效改善了创作者与接受者的关系，但赵树理对其能否广泛普及到农村还是充满怀疑的："在农村中，收音机同时在广播评书和小说，人们一定去听评书"，②"全国真正喜欢看我的小说的，主要是中学生和中小学教员，真正的农民并不多"，"《三里湾》印数虽不小，但如果当时五亿农民中能读书识字的果真都需要它，则应该有更大的发行量，更何况目前的印数

---

① 侯金镜：《让短篇小说在农村中扎根落户》，《侯金镜文艺评论选集》，人民文学出版社1979年，第272页。

② 赵树理：《赵树理文集》（第四卷），中国工人出版社2000年，第1943页。

里工人、干部、学生都需要一部分，下到农村的就没几本了。"①相比较而言，他更看好戏剧和曲艺在农村的传播能量，因此不惜耗时费力地创作与改编《十里店》《焦裕禄》《三关排宴》等形式上不怎么"现代"的作品，以致在小说方面未能有大的创获，特别是长期酝酿中的80万字的长篇小说《户》未能面世。我们在指责赵树理在文体上一味迁就农民时，也需要理解他自觉适应人民文艺传播方式，积极创作"群众最需要的精神食粮"的历史责任感。

"水源"严重匮乏，单靠创作是解决不了的，赵树理期望能以"改编"来缓解文艺界严重的旱情。他反复呼吁把"改编"提高到创作的地位上来，倡导把文字艺术改编为说唱艺术：在主编《说说唱唱》时，他欢迎能说能唱的作品，但"不能说唱者也要，只要有内容，可以本社改为能说能唱者然后发表"；当发现负责曲艺改编的干部太少，他积极"动员把小说改编为曲艺改编得成功的人到曲艺的有关部门担任改编工作"②；当通俗读物出版社成立时，他建议成立改编部，把各种东西改成通俗的东西，将最好的小说改一份通俗的；当看到曲艺界表现现代生活的长篇评书太少，他号召把《林海雪原》《红岩》等长篇小说改为评书。在普遍轻视改编的环境中，他积极支持王尊三把小说改编为鼓词，每件作品发表前，都要亲自和作者商量如何修改。尽管赵树理在"文革"的检讨中说这些努力大多未见成效，但他为人民文艺开辟"水源"的热忱却是谁也否定不了的。况且，他也并非全无成绩：他改编的《石不烂赶车》是第一部产生影响的新曲艺，由《小二黑结婚》《登记》《三里湾》改编成的各种地方剧，在演出中大多盛况空前，成为各剧种的保留节目，并带动了杨兰春、高洁、马琳（豫剧）、张德福、高秀英、赵丽蓉

---

① 赵树理：《赵树理文集》（第四卷），中国工人出版社2000年，第2022页。
② 同上书，第1912页。

（评剧）、许在民（花鼓戏）、严凤英（黄梅戏）等一大批地方剧编导和演员的成长。更重要的是，在各剧种的现代戏的草创阶段，赵树理的改编为利用传统戏剧形式表现现代生活提供了成功的范例：如沪剧《罗汉钱》，是沪剧第一次反映新生活、新人物的成功尝试①；豫剧《小二黑结婚》《罗汉钱》，给豫剧表现现代生活打开了局面，积累了宝贵的经验②；评剧《三里湾》，给文艺界长期存在的"表现现代生活能不能运用戏曲的传统表现手法，特别是表演的手法，特别是以行当为基础的表演程式"的争论，有力地做出了事实上的结论③。

第三节　政治控制：认同与抗拒

考察赵树理与人民文艺传播网络的关系，不能回避政治对文艺传播的控制问题。在那个政治高于一切的年代，文艺界高度重视文艺传播的政治教育意义。对此赵树理是有所认同的，他认为文艺作品应该"在政治上起作用"，但对由此而产生的重政治轻艺术的公式化、概念化倾向，赵树理是一再抗拒的。他认为"政治上起作用"的前提，是"老百姓喜欢看"，片面强调文艺传播的政治教育意义，忽视其审美娱乐功能，只会导致文艺传播的失败，"使政治和艺术两无所得"④，"既耽误了宣传，又破坏了艺术"⑤。因此，传播政治理念必须借助文学的形式，必

---

① 张骏祥：《导演沪剧〈罗汉钱〉所想到的》，《文艺报》1952年第23期。

② 高洁：《学习豫剧并运用它来表现现代生活》，《戏曲研究》1958年第4期。

③ 张庚：《评剧〈三里湾〉观后感》，《张庚戏剧论文集1949—1958》，中国社会科学出版社1981年，第309页。

④ 赵树理：《赵树理文集》（第四卷），中国工人出版社2000年，第2189页。

⑤ 同上书，第1746页。

须把"政治的意义加到艺术里边去"[①]，必须做到"政治和艺术的统一，内容和形式的统一，革命的政治内容和尽可能完美的艺术形式的统一"。但在当时，这是一个非常难以很好解决的问题。更让赵树理焦虑的是，为了把文艺传播纳入社会主义意识形态的轨道，政治控制还发挥着"过滤"和"取舍"文艺作品的功能，只有符合意识形态要求的作品才能顺利进入传播网络，而与意识形态背离的作品则受到排斥。一直在政治与艺术之间走钢丝的赵树理，经常因此陷入尴尬的境地：因发表"歪曲农民形象"的小说《金锁》，他不得不反复检讨；主编《说说唱唱》，被指责重视艺术形式（"能说能唱"）而忽视政治内容，并失去主编的职务；《锻炼锻炼》大胆触及了人民内部矛盾，被指责歪曲了农村干部和妇女形象；他热情支持的电影《花好月圆》(由《三里湾》改编)，在声势浩大的政治批判中销声匿迹；《十里店》耗时两年多前后修改六次，尽管统统删除了不符合政治要求的"阴暗面"，却一直未能正式上演。

政治对文艺的"筛选"和"取舍"功能，集中表现在"推陈出新"的文艺政策中。对这一政策赵树理也是有所认同的，他在新中国成立前就明确了"用新文艺来挤掉那些充斥于农村的充满封建迷信或荒诞淫秽思想的旧文艺"，"用自己写的作品去挤垮那些才子佳人、状元招亲、鬼怪迷信之类的作品，一步一步夺取封建小唱本的阵地"的目标，新中国成立后他立誓要让"所有大众能够接触文艺的场合，完全成了新作品或经过改造的旧作品的市场"[②]，唯其如此，他才会配合大演现代戏的潮流，创作上党梆子现代戏《十里店》和《焦裕禄》。但赵树理绝非随波逐流的，特别是1951、1958、1964年"推陈出新"的文艺政策被推向"以新换旧"的极端，文艺界大力鼓吹创作反映现代生活的作品，以巩

---

① 赵树理：《赵树理文集》(第四卷)，中国工人出版社2000年，第1627页。

② 同上书，第1640页。

固和扩大"社会主义新文艺"的阵地，并通过整治旧艺人、没收行头、封戏箱等粗暴方式禁演旧戏，以彻底把旧文艺（封建文艺和资本主义文艺）挤出传播网络，赵树理对此是极其反感的。他认为这只会使戏路越来越窄，助长蔑视旧戏剧、曲艺遗产的不良风气。广大艺人和老百姓并不买账，他们常常干部来了演新戏，干部走了演旧戏，每当意识形态的控制略有松动时（如 1950、1956、1962 年），文艺界便会有意淡化戏曲的政治教育意义，出现丰富戏曲上演节目的呼声，以及剧团大演旧戏、书场争说旧书的"逆流"。

　　赵树理知道，仅仅依靠政治的手段，是不能很好地解决新与旧的问题的。艺人和广大老百姓喜旧厌新，不全是因为他们思想有问题，而更多的是艺术上的原因：旧艺人出于谋生需要而创造的旧剧旧曲艺，大多曾经反复地接受过观众的检验，与老百姓的生活经验和审美需求是高度契合的，大多在艺术上是经过千锤百炼的，特别是"把政治的目的艺术化了"，"把古人的生活歌舞化了"①，而新戏曲的致命缺点，恰恰是没有把政治艺术化，现代生活"还没有化入歌舞中——还没有把这些生活集中为歌舞中的基本情调、基本动作，而歌舞应特有的化妆、服装、道具、音乐等也没有本着这些生活发明出来"。因此，新戏要想真正战胜旧戏，就必须在艺术上大胆地向旧戏学习，特别是学习如何"把现代生活化入歌舞之中"②。赵树理新中国成立后的现代剧作，正是朝着"把现代生活化入歌舞之中"这个方向努力的。在传达政治观念的同时，他经常沉醉于音乐、舞蹈和美术等纯艺术的探索中，也取得了一定的成绩。如秧歌剧《开渠》一唱到底，较为成功地将政治主题、故事情节、人物形象与音乐性的口语化的文字融为一体，给人一种轻快动听的美感。

---

① 赵树理：《赵树理文集》（第四卷），中国工人出版社 2000 年，第 2122 页。

② 同上书，第 1694 页。

《焦裕禄》在纯艺术探索上更见功力，作者巧妙地借助火车汽笛声和雨声强化了剧作的艺术氛围，焦裕禄开幕时的唱段、王大嫂模拟破屋漏雨的唱段，都很传神很有韵味，人物动作的画面感也很强，可惜该剧未能最终完成，否则当会有更为精彩的文字。

综上所述，我们可以认定赵树理重视普及而轻视提高，重视民族化而轻视世界化，重视农民而轻视知识分子，土里土气缺乏现代气息。但我们不能从某种抽象的"现代"观念出发，粗暴地把他关在"现代"文学的大门外，判定他是中国现代文学的"倒退"和"悲剧"。这种论调显然是缺乏历史感的，怎么能够奢望不识字的农民一步跃进到"现代"文学的道路上呢？又怎么能够撇开大多数的农民奢谈中国文学的现代化呢？把人的现代化作为文学现代化的前提，也是需要一个必不可少的历史过程的，男女平等、自由恋爱等现代观念，不正是通过上述赵树理所认可的路径才得以走向田间地头的吗？与那些更符合"现代"标准的作家相比，赵树理这类作家更具有关注"当下"的历史责任感，他们脚踏实地而不好高骛远，在种种不"现代"的条件下，用种种不"现代"的文艺，力所能及地改善了文艺创作与接受的关系，一步步地艰难地拓展了人民文艺的传播疆域，这一功绩是不容抹杀的[①]。

---

① 本文撰写过程中，还曾参阅戴光宗的《关于"赵树理方向"的再认识》（《上海文论》1988年第 4 期），郑波光的《赵树理艺术迁就的悲剧》（《文学评论》1988 年第 5 期），宋阜森的《关于赵树理悲剧的思考》（《理论学刊》2004 年第 1 期）和《关于赵树理悲剧的再思考》（《齐鲁学刊》2005年第 4 期）等，特此说明。

第十一章
近年来女性文学研究思路批判

受 20 世纪 80 年代中后期学术界"向内转"的主体性研究思路的制约，近年来的女性文学研究出现了脱离经济基础的思想文化批判，女性主体性与政治性对立，以性别对抗建构女性主体性等三种较为普遍的思路。这些研究思路，不利于增强女性文学研究与当前女性问题的良性互动关系，不利于科学地总结中国现代妇女解放运动和中国现代女性文学创作的经验和教训，同时也无益于女性主体性的建构和女性文学学科的健康发展。只有把女性文学研究重新放回历史的和现实的社会生产关系中去，女性文学研究才可能突破这些思路的束缚，走出当前的困境。

近年来，女性文学研究领域虽然出现了一些立足中国本土、具有较强历史意识和当代意识的佳作，开拓了女性文学研究的领域。但是，从总体上看，这些年的研究在面对中国女性问题的历史和现状方面，仍显得缺乏应有的活力。其主要表现为：研究者们真诚地探索了许多，但女性的处境并未因此有所改善[①]；研究者们不遗余力地呼唤女性的主体性，

[①] 2002 年，世界银行公布的《中国国别社会性别报告》指出，"由于政治经济体制改革，在某些方面，妇女的地位在过去十年有所下降，男女两性的差距有所加大"。中国妇联和国家统计局 2001 年公布的《第二期中国妇女社会地位抽样调查主要数据报告》，也显示出近年来女性地位下滑的趋势。

但面对的却是女性主体性的不断失落。造成这种尴尬状态的主观原因，一是许多论著延续 20 世纪 80 年代新启蒙的思维定式，而没有随着变化了的现实进行有效调整①，二是夸大西方女性主义的普遍性，而未能与中国女性问题的特殊性相结合。笔者深知，即使建立在量化分析的基础上，这一判断也难免有以偏概全之嫌，但可以肯定的是，本文指出的三种研究思路，都是在研究论著中大量存在并需要引起重视的。

第一节　脱离经济基础的思想文化批判

20 世纪 80 年代中后期倡导人的主体性、特别是精神主体性的新启蒙思潮，使文学研究界的重心"从外向内移动，从客体向主体移动"，以期"构筑一个以人为思维中心的文学理论和文学史的研究系统"②。追随新启蒙思潮而"浮出历史地表"的女性文学研究，同样从对女性的外部社会关系的研究，不断地向女性的内心世界深入③。

这种"向内转"的主体性研究思路，经过 20 世纪 90 年代初的短暂沉寂，通过与文化批评相结合的方式被持续下来。在不少人看来，"社会解放——妇女解放"的思路，不能使女性获得真正解放，因为性别歧视更顽固地存在于人类文化、语言、心理和潜意识中，这才是女性最难突破的"精神牢笼"。因此，尽管他们不否认经济基础的改造对女性解

---

① 对中国女性文学研究影响较大的贝蒂·弗里丹、西蒙·波伏娃、弗吉尼亚·伍尔夫、埃莱娜·肖瓦尔特等学者，在价值取向上并未超越启蒙主义的局限。从近年来有代表性的研究成果看，中国学者从启蒙的立场进行女性文学研究、建构女性文学史的热情并未减退。

② 刘再复：《文学研究应以人为思维中心》，《文汇报》1985 年 7 月 8 日。

③ 张抗抗：《我很怀疑中国是否有女性文学》(《文艺报》1988 年 5 月 27 日) 曾勾勒出 20 世纪 80 年代中后期女性文学创作与研究"向内转"的趋势。

放的作用，但显然更多寄希望于——对父权制文化的批判，消解男性中心意识和张扬女性的主体意识，争夺被男性剥夺了的话语权，等等①。对文学研究来讲，这些思想文化层面上的批判，自然非常必要。但由此产生的脱离经济基础的"在'纯粹精神'的领域中兜圈子"②的偏向却是不容忽视的。近年来，不少论者致力于揭示女性受压抑的精神状态，而忽视了对其背后的经济因素的分析；致力于批判男性中心意识，而忽视了男性中心意识产生的物质基础；致力于倡导女性主体性，而忽视了制约女性主体性的现实土壤；极力向女性个体的内心世界挖掘，而不再向影响着女性内心的公共空间开拓。不少论著在女性主体性的设计上倾注了大量热情，像药剂师那样精心地调剂着男性气质与女性气质，仿佛一旦整合出"两性同体"的精神标本，女性的黄金时代便可来临。甚至不少论著把女性主体性的建立完全寄托在"躯体写作"上，仿佛不触动现实的社会生产关系，仅靠展览女性身体和欲望，便能颠覆根深蒂固的父权制社会性别制度。

从大量论著中罗列出这些具有共性的问题，并不是否定女性文学研究的合理性及其取得的成绩，更不是否定女性主义学理建设的重要性，只是担忧弥漫其中的那种远离了社会实践、远离了以经济独立为中心求妇女彻底解放的历史传统的主体性研究思路，能否真正成为一股改造社会性别观念的力量。这些年来，中国女性被迫卷入远比20世纪80年代复杂的社会关系中，女性问题也因此变得更为复杂。沉醉于观念中的主体性研究思路，已经很难承担起分析、评判这一复杂问题的历史重任。

---

① 学界普遍使用的"父权制文化""男性中心意识""男权话语"等概念，其具体内涵多为外在于社会生产关系的社会心理结构和文化现象，尽管也有个别务实的研究者从"二元制理论"为这些概念寻找物质基础。

② ［德］马克思、恩格斯：《德意志意识形态》，《马克思恩格斯选集》第一卷，人民出版社1995年。

因此，把研究重心适度地向外部世界靠拢一下，已经很有必要（并非放弃人的主体性，而是要把它建立在社会实践的基础上）。重温马克思主义的意识形态理论，会有助于我们对此问题的理解：在追求人的全面解放时，马克思主义者始终坚持生产关系批判优先于意识形态批判的原则。恩格斯的《家庭、私有制和国家的起源》、奥古斯都·倍倍尔的《妇女与社会主义》、克拉拉·蔡特金的《妇女与劳动》等曾有力推动了妇女解放运动的论著，在探讨女性问题时，都是紧紧围绕经济问题展开的，都在女性研究领域成功运用了经济优先性原则，都高度重视性别不平等的社会原因与物质基础。在他们看来，男女不平等的观念，是男女在经济上不平等的结果而非原因，要想彻底摧毁它，也就应该从社会生产关系的改造入手，而不可过高寄希望于单纯的意识形态批判。

强调经济批判的优先性，并非取消对社会性别观念的批判，而是为了矫正其偏差，寻找能够更有效地与社会现实对话的研究路径。近年来，学术界从主体性（生理、心理、潜意识、父权制文化、语言）角度全面挖掘、彻底根除女性受压迫的根源，充分揭示了社会性别制度及其塑造性别角色的复杂机制。但令人困惑的是，这些研究既没有与当前的经济问题紧密结合起来，也没有与中国当代女性，尤其是底层女性的真实处境联系起来。这能否对当前的女性问题做出准确的解释和判断，能否在纷乱如麻的现象中抓住问题的症结并找到解决问题的关键，答案显然是不言而喻的。在我看来，女性文学研究中许多旨在斩草除根的学术行为，其实并未触及问题的根本，有时反而掩盖了问题的实质。当代妇女问题（就业难、下岗多、性别歧视、家庭暴力、缺乏权益保障、被迫从事淫秽色情活动等）产生的主导原因，恐怕不是生理、心理、潜意识或者父权制文化，它们显然不具备如此大的能量。归根结底，这些问题恐怕还是由当前的社会生产关系决定的。

　　事实上，在造成今日女性弱势地位的诸多原因中，具有决定性的恐怕还是其经济上的弱势地位。中国当代女性问题绝非一个仅仅通过批判父权制文化、增强女性的主体性或者夺取女性话语权就能解决的问题，它还没有发展到可以忽视经济平等这一必要前提的程度。女性文学研究要想与当代女性问题保持良性互动关系，便须深深扎根于经济基础的土壤里，最大限度地介入到当代生活中去。我们应该尽快摆脱"话语""社会性别""父权制文化"等概念的束缚，把研究对象放回到复杂的社会关系中去，应该尽快摆脱小处敏感而大处茫然的个人经验的限制，到广阔的社会生活中观察女性存在的真实状态——诸如经济转型中的农村妇女，新的雇佣关系中的保姆、打工妹和女店员，当代政治体制中的参政妇女，外资企业中的"高级"白领和廉价女工，都应成为作家人生经验的一部分，成为研究者问题意识的一部分。如此，女性文学研究或许才能像站在坚实大地上的"安泰"那样，重新获得分析与评判当代女性问题的能力。

第二节　女性主体性与政治性的对立

　　近年来，研究者们竭力追求的"女性主体性"理想，实则发轫于新启蒙的主体性思潮：它在20世纪80年代追求女性作为"人"的主体性的基础上，进而倡导女性作为"女"人的主体性。在学术目标和研究思路上，这种"为人为女"的主导价值取向，虽与新启蒙思潮存在着某些尖锐冲突，但更多地呈现出内在的一致性，而最明显的则是把主体性与政治性对立起来的思路。

　　20世纪80年代中后期，新启蒙倡导者以反思、批判革命理论与实践的方式倡导人的主体性，从而引发出个人话语与政治（民族、国家、阶级）话语的尖锐对抗，这种对抗成为支配20世纪90年代思想界的一股潜流。多数女性文学研究者显然认同了新启蒙的个人本位立场，试图以反思、批判中国现代妇运史的方式建构女性主体性。他们在"救亡压倒启蒙"思路的诱导下，不断重复着某些偏激的论断——在现代妇女解放运动中，"女性的个性意识完全被民族、阶级意识所取代"；发动妇女参加生产劳动和革命建设的方针，"使女性彻底政治化工具化，严重挫伤了女性的主体性"；通过政策、立法和政治运动确立的男女平等原则，"抹杀了性别的差异，压抑了女性主体性"，等等[①]。这些论断已被广泛运用于女性文学研究的方方面面："政治文本"与"女性文本""宏大叙事"与"女性叙事"成为使用频率极高的概念，抬高"女性文本""女性叙事"而贬低"政治文本""宏大叙事"成为一个固定的批评模式。一些论著以"具有自觉的女性意识"为标准，肯定"五四"时期与新时期的"女性"文学，肯定远离主流意识形态的女作家（如前期丁玲、张爱玲、梅娘、沉樱、苏青以及当代的"躯体写作"者）；以"受制于父权制文化""缺乏女性意识""雄化"等为标准，否定左翼、延安时期与"十七年"的"妇女"文学，否定那些关注民族、国家与人类的女作家（如后期丁玲、冯铿、罗淑、杨刚、谢冰莹、菡子、赵清阁、草明、李伯钊、葛琴、白朗、关露、陈学昭、韦君宜、李纳、宗璞、柳溪、李建彤、郁茹、柯岩、杨沫、茹志鹃、刘真、黄宗英、张抗抗、王安忆、毕

[①] 此类观点不胜枚举，可参考荒林的《两性对话》（中国文联出版社2001年出版，第27页）。戴锦华则不无困惑地说："一旦我明确选取了女性主义的立场，尤其是面对女性议题时，性别作为最重要的基点与视野，常常在不期然间遮蔽了对阶级和种族命题的思考与表达。"（戴锦华：《涉渡之舟：新时期女性写作与女性文化》，陕西人民教育出版社2002年，第537页）。

淑敏等）^①。这种二元对立的评价标准，实际上程度不同地剔除了女性主体性的社会历史内涵，否定了政治在推动女性解放中的作用，并逐渐消解了马克思主义妇女理论指导下形成的"妇女解放与民族、阶级解放密切结合"的历史传统^②。

当然，主体性与政治性对立的思路，并非一无可取。无论以反思革命史的方式建构人的主体性，还是以解构中国妇女运动史的方式建构女性主体性，这在 20 世纪 80 年代还是具有一定合理性和批判性的，它成功地清算了极"左"思潮对人与文学的戕害。但随着市场化进程的深入，这一思路开始逐渐失去其批判的锋芒。其一，进入20世纪90年代，新启蒙者追求的主体性理想，并未随着他们呼吁的市场经济的发展而得以兑现，从极"左"思潮中摆脱出来的人，又被套上金钱的枷锁。这时候，压抑女性主体性的问题也不再是极"左"思潮的产物，而是资本运作的结果。如果不加分析地把当前的妇女问题归罪于传统政治，如果不能及时地从对女性与政治关系的批判转向女性与经济关系的分析，就会使构建女性主体性的努力陷入刻舟求剑的迷途，不利于增强女性文学研究与当前女性问题的对话。其二，从全球的范围来看，跨国资本向落后民族国家的扩张，落后民族国家经济转型中利益群体的分化，使女性问题的民族性和阶级性特征日渐鲜明地呈现出来。如何审慎地辨析和应对

---

① 徐坤的《女性意识与女性写作》、《共和国文学五十年》（中国社会科学出版社 1999 年出版）具有代表性，假如左翼、延安时期与"十七年"的女性作家还有言说能力，近年来的女性文学研究也许更能异彩纷呈。遗憾的是，我们只能听到张抗抗、王安忆、毕淑敏的微弱抗议之声，她们认为：建立在狭隘的"女性意识"基础上的批评，是"要剥夺女作家对重大问题发言的权利"（李小江等：《文学、艺术与性别》，江苏人民出版社 2002 年，第 169 页）。

② 近年来，从唯物史观角度研究女性文学的论著寥寥无几。解放后出版的《妇女与社会主义》《克拉拉·蔡特金传》《马克思恩格斯列宁斯大林论妇女》《毛泽东周恩来刘少奇朱德论妇女解放》《蔡畅邓颖超康克清妇女解放问题文选》等著作，除某些社会学研究者外，很少有人翻阅，特别是女性文学研究者。

西方女性主义的殖民倾向，如何调整性别与民族、阶级问题的关系，如何重建性别研究的政治（民族性、阶级性）维度，已成为亟待解决的重大理论课题[1]。在新的世界政治、经济和文化格局中，如继续以二元对立的思路构建女性主体性，其结果恐怕会难免南辕而北辙。

因此，简单排斥中国现代妇女解放运动的思路有必要进行调整。这不仅仅是权宜之计，也是为了实事求是地总结历史经验。如果尊重历史，不刻意将主体性与政治性对立起来的话，我们便会发现，这段历史尽管存在诸多缺陷，却远不像我们想象的那样可怕。首先，中国现代妇女解放与民族、民主革命密不可分的历史传统，是在半殖民地半封建社会环境下形成的。妇女的个性不可能在殖民的淫威下发展，不可能在封建的束缚中伸张，她们只有与民族、民主革命运动结合起来才能获得解放。正是在长期革命实践中，中国女性的地位才获得切实的提高，其个性才得到发展的机会。民族民主革命在女性解放问题上虽然曾经出现过偏差与波折，但没有民族民主革命的推动，女性主体性的构建只能是美妙的空想。其次，延续几十年的鼓励妇女参加社会劳动的方针政策，在服务于革命、建设事业的同时，在很大程度上打破了性别分工的界限，使广大妇女由"家庭的人"变成"社会的人"，从而确立了她们在社会实践中的主体性，并为其精神的主体性创造了必不可少的物质基础。新时期的女性主体性，正是在这个基础上继续成长或逐渐弱化的。我们不能只看到社会劳动压抑女性主体性的一面，而忽略它提高了妇女的经济、政治、社会地位，从而增强了女性主体性的另一面。最后，通过政策、立法和政治运动确立的男女平等原则，使十几万被侮辱被损害的女性成为自食其力的劳动者，使女性获得平等受教育的权力，使大量女性

---

[1] 李小江对中国当代妇女研究的"后殖民化倾向""民族主体意识的危机"有精辟到位的分析（李小江：《女性性别的学术问题》，山东人民出版社 2005 年，第 145—161 页）。

走上社会政治舞台，这究竟是压抑还是唤醒了女性主体性，必须辩证看待，不能简单否定。

强调政治性与女性主体性的一致性，并不意味着两者不存在矛盾。笔者想要表明的是，在跨国资本及其意识形态所向披靡的语境下，被边缘化的民族、民主主义革命，社会主义革命和建设，以及与其相伴而生的妇女解放运动，已经开始呈现出历史的与现实的合理性。在这一形势面前，如果一如既往地从主体性角度强化现代妇女解放运动的封建性和专制性，遮蔽其反抗资本压迫的民主性和批判性，就会使女性文学研究失去一个宝贵的精神资源。我们接下来要做的工作，不应是继续瓦解这一历史传统，而是想法恢复其活力，使其成为维护妇女权利、推动社会民主化的有生力量。事实表明，这一在学术领域饱受冲击的历史传统，在当代生活中尚未完全丧失[①]。只有尽快摆脱偏见的束缚，认真地对待它（既非盲目否定，亦非简单重复，而是批判继承），我们才不至于割断与历史的联系，才能在日益全球化、资本化的女性问题面前，拥有更多的主动性和批判性资源。

第三节　以性别对抗构建女性主体性

近十年来，社会性别理论的引进，给研究者构建女性主体性提供了明确的方法论。从性别视角介入文学研究，突破了既往从民族、阶级和

---

① 冯小双的调查报告《转型社会中保姆与雇主的关系》表明：50 岁以上的雇主基本能与保姆平等相待，虐待保姆的多为 30 岁左右的雇主，因前者接受了过去宣传的人人平等的传统，后者成长于市场大潮中，易受传统等级文化的影响。蒋永萍的调查报告《世纪之交的中国妇女社会地位》也得出"当代中青年人的性别平等观念，普遍不如老年人"的结论（当代中国出版社 2003 年出版）。这说明，以政治手段确立的男女平等的主流意识形态在今天还有积极的作用。

文化视角研究文学的局限，使性别与文学的关系得到全面深入的开掘，大大拓展了文学研究的空间。这无疑是值得大力肯定的，但也存在不少的问题。尽管有的研究者极力反对性别对立或否认性别对立的存在，但性别视角与急于从"男女都一样"中分离出"女人"的心态相结合，还是引发出剑拔弩张的性别对抗情绪，并滋生出"以性别对抗建构女性主体性"的思维模式。

这种思维模式普遍存在于学术界使用的三种研究方法中。其一，解构把女性"客体化""他者化"的男性文本。这种方法对文学中腐朽的性别关系模式，的确很有批判锋芒，许多研究成果发人深省。但也有不少人难以摆脱性别对抗情绪，先入为主地带着"男性中心意识"的成见，吹毛求疵地到男性文本中寻找性别歧视的证据。对确实存在性别偏见的文本，这也未尝不可。但如把它公式化，去颠覆所有男性文本时，便可能把其中非常宝贵的民主性因素也瓦解了。例如，反抗暴政的民间传说《孟姜女》经过性别视角的过度阐释，竟变成"宣传贞妇的反动教材"；《红楼梦》字字带血地揭露了封建制度对女性的戕害，在性别视角的烛照下，却显现出"浓厚的男权意识"；鲁迅、老舍、巴金、曹禺、赵树理等曾长期有意识地抨击摧残女性的旧制度，论者们却硬是从他们的作品中挖掘出潜在的"男性中心意识"，指责他们"在进步、革命的名义下，悄悄转换、延续传统男权文化观念"①。这些貌似深刻的研究成果，是否有益于增强女性主体性，是需要打个问号的。其二，挖掘被埋没、扭曲的女作家，建立女性写作的文学传统。已出版的十余部女性文学史著，对中国文学史的研究功不可没。但由于研究者切入文学史叙述的角度，是"女性经验""女性意识""女性叙事"这些建立在个人本位基础上、缺乏社会历史性内涵的概念，经常会自觉不自觉地排斥民族、

---

① 李玲：《中国现代文学的性别意识》，人民文学出版社 2002 年，第 23 页。

国家、阶级等范畴（在个人本位的文学史中，这些东西是"反现代"的，在女性文学史中，这些东西则被看作"男权的"），从而在文学史的定位上，出现抬高女作家、贬低男作家的倾向。这不仅偏离了20世纪中国文学的发展实际，也抹杀了总数占90%以上的所谓缺乏"性别对抗意识"的女作家们为民族独立、国家富强而呼唤的历史功绩。其三，建立以女性为中心的知识体系、价值体系和美学体系。许多学者从文学领域转向文化领域，自觉承担起女性主义文化批评和建设的使命，他们从女性视角出发，抨击整个文化遗产（文化史、文学史）的性别倾向，以期创造有利女性主体成长的文化空间。这一动机、思路和某些研究成果是值得尊敬的，但也需要权衡利弊：如果把所有文化遗产性别化，是否会遮蔽其丰富性和复杂性，是否会对自然科学中无性别的知识、社会科学中民主性的文化造成不应有的破坏，是否会对女性主体性的建构欲益反损？这些问题都须引起重视。

这种性别对抗的情绪不可小觑。它已经潜移默化地瓦解了现代妇女解放运动中男女并肩作战的历史传统，并对当前女性文学研究产生了某些负面影响。有鉴于此，刘思谦主张以"双性主体间性"的视角取代极端化的"女性"视角[①]，陈骏涛则倡导"以两性和谐发展的意识替代两性对抗的意识，用两性对话的积极姿态替代单性独白的专断状态"[②]。这些主张都很好，但要变为现实，贯彻到具体的文学研究中去，却注定充满艰难。因为两性对抗的思路是很难超越的。它根源于深层次的性别经验的差异，经常由男性忽视、贬低、扭曲女性的经验所引发，并被女性的防卫过度所激化。近年来，一个饶有趣味的现象曾经反复出现：女性

[①]　刘思谦：《性别视角的综合性与双性主体间性》，《河南大学学报（社会科学版）》，2006年第2期。

[②]　陈骏涛：《成长中的中国女性主义》，见《第七届中国女性文学研讨会论文集》2005年，内部出版。

研究者常被指责"紧盯着那片白云而忽视了整个天空",男性研究者常被指责"关注着整个天空而忽视了那片白云"。这说明,在性别对立问题上男女都有反思之必要。

女性研究者紧盯那片"白云",并非她们缺乏把握整个天空的能力。这可能主要与女性文学研究特有的困境有关。性别差异和性别压迫是女性文学得以存在的基本前提,只有把女性经验从男性经验中剥离出来,把性别问题从其他社会问题中剥离出来,把性别压迫的历史线索从复杂的历史网络中剥离出来,女性文学研究才能获得现实的和历史的合法性,才能获得独立的学科身份和进一步发展的动力。如果把性别问题与其他社会问题整合起来,把性别压迫的历史线索与整个历史网络连接起来,这一新兴学科便可能被边缘化。许多令人尊敬的研究者正是出于学科建设的热忱,自觉不自觉地认可了性别对立的思路,或想要超越却难以超越。我们理解这种学科建设的热忱,但也不能忽视问题的另一面:如果无限夸大性别问题的独立性,不能摆正它在人类历史文化中的位置,女性文学研究便会失去其他学科的充分支持而陷于孤立。

性别对立难以超越,还因为它有着貌似严谨的社会性别史观的支持。但只要重新复习一下唯物史观,便会发现性别史观的局限性。在研究人类生产和阶级斗争的历史时,马克思、恩格斯发现,性别关系深受社会生产关系的制约,当阶级矛盾发展为社会主要矛盾时,性别矛盾退居次要地位,成为阶级矛盾的一个组成部分,这时,"工人家庭全体成员不分男女老少都受资本的直接统治"①。因此不应把妇女解放理解为两性间的斗争,而应把它与人类的解放结合起来。如果放弃生产关系和阶级分析方法,把反抗性别压迫的激情投射到历史中去,很容易把复杂的

---

① [德]马克思:《资本论》,见《马克思恩格斯全集(第二十三卷)》,人民出版社 1965 年,第 433 页。

社会关系简化为男性和女性的关系，把复杂的历史简化为男性压迫女性的历史，并在这一历史观的基础上把批判的矛头转向压迫女性的社会性别制度。从逻辑上讲，这种解读历史的方式和批判策略，可以凸显历史中的性别压迫现象。遗憾的是，不少女性主义者正是在性别史观的支配下，义愤填膺地把两性对立起来，把所有男性和压迫女性的权力等同起来，从而使社会性别制度批判蜕变为女性对男性的批判。由于未能对准问题的症结，选错了主攻方向，这种出于道德义愤的批判，不过是强化了性别对抗情绪，却无益于问题的真正解决。

总而言之，女性文学研究已经到了超越理论操练和情绪宣泄的时候了，还有许多艰苦、复杂而又实实在在的工作在等着研究者们的努力呢。

第十二章

再谈十七年文学的"人民性"

2015年左右，文艺界大力强调"坚持以人民为中心的创作导向"。重新审视20世纪文学的"人民性"写作传统，可以为这一创作导向提供某些有益的参照。笔者以为，十七年文学的"人民性"，主要体现在基础文化设施和传播媒介的人民化、工农兵成为写作的主体、工农兵成为文学的主要表现对象、"普及型"文体的大繁荣等几个方面。十七年文学所取得的成绩和所存在的局限，都值得我们认真思考。

国家领导人鲜明突出地强调要"坚持以人民为中心的创作导向"[①]，各地文艺界为实现这一创作导向，都采取了许多有力的推进措施。这一创作导向是与当代文学研究界的某些学术走向相一致的：基于对社会现状与文学现状的不满，为了增强文学应对时代重大问题的能力，发挥文学引导社会的功能，许多学者倡导"底层"文学写作，并试图以此重建文学的"人民性"。许多论著还向前追溯，到左翼、延安与十七年文学传统中为"底层文学"寻求可资借鉴的资源。这一学术走向，既令人欣

[①] 中共中央宣传部：《习近平总书记在文艺工作座谈会上的重要讲话学习读本》，学习出版社2015年，第54页。

喜又使人担忧：当我们从"历史"中汲取某种资源时，必须充分考虑到历史本身的"复杂性"，不能违背历史的"真实性"，既不要美化历史，也不要把历史妖魔化。

毫无疑问，左翼、延安和十七年文学，是有着强烈的"人民性"的。在十七年的文学中，"人民性"被贯彻到文学生产、传播与消费的各个环节，在每个环节都突出工农兵的主体地位。从文学的基础设施与传播媒介为民所用的程度、文学与人民群众保持联系的程度、文学反映人民生活的广度和深度、读者在总人口中的比例、出身底层的作家在作家队伍中的比例等等标准来看，十七年文学的"人民性"追求，都取得良好的成绩。但由于过分强调文学的"政治性"和"党性"，在上述几个方面，都存在着某些不尽如人意的现象，文学的"人民性"曾经被扭曲和异化。其中的经验和教训，都值得我们认真反思。

第一节　基础文化设施与传播媒介的人民化

新中国成立之初，为了满足群众对文化生活的需求，党和国家曾投入大量人力物力，建立了遍及全国的有线广播网、电影放映网、剧场传播网。各级广播电台大量播讲长篇小说、地方戏、广播剧、相声、曲艺、电影与话剧录音剪辑等，把文艺作品推向穷乡僻壤。通过制度的安排，电影放映队频繁"下乡"，到农村、林场、牧区等边远之地播放电影；不同级别的剧团定期"下乡"演出，把戏送到群众的家门口。在庞大的剧场传播网络的最底端，还发展了大量半工半艺、半农半艺的业余剧团，在活跃群众文化生活方面，发挥了重要的作用。上述基础文化设施建设，都是为了保证工农兵享有文化和参与文化建设的权利。

在十七年间，党和国家还按照"为人民服务"的宗旨，在全国范围内建立了文化宫、文化馆等基础设施。在公社、农村、厂矿、部队等基层单位，则普遍建立了文化站、俱乐部、图书室等基础文化设施。这些公益性的文化设施，既是工农兵文化活动的场所，也是群众文艺活动的组织机构。譬如，北京劳动人民文化宫于 1950 年创办北京业余艺术学校，1952 年成立北京职工文学创作组，老舍、赵树理、王亚平、王力、李广田、杨晦、冯至、卞之琳等著名作家，都曾在此举办文学讲座，先后培育出高占祥、李学鳌、韩忆萍、温承训、王恩宇等 40 多位工人业余作家。新中国成立初期，上海市工人文化宫与《劳动报》（隶属于上海市工会）也曾合办工人文学写作组，频繁举办各种文艺讲座，并耐心地辅导和培训工农兵写作者，胡万春、唐克新、费礼文、郑成义、仇学宝、沈虎根、福庚等工人业余作者，都是从写真人真事的小通信和小故事开始，逐渐成长为有影响的作家。

文化宫、文化馆培养工农作家的传统，一直延续到"文革"后期和新时期之初。陈建功等许多活跃于新时期的北京籍作家，在"文革"后期都曾是北京劳动人民文化宫工人业余创作小组的主要成员。上海工人文化宫则涌现出曲信先、宗福先、贺国甫、贾鸿源、汪天云、陈心豪、马中骏、瞿新华、史美俊等有影响的剧作家群体。遍及全国的县、区级文化馆，还成为业余作家成长为专业作家的重要"跳板"：韩少功调入汨罗县文化馆，刘醒龙调入英山县文化馆，余华调入海盐县文化馆，傅天琳调入重庆北碚文化馆，杨书案调入武汉江岸区文化馆，陈应松调入公安县文化馆，都成为其写作道路上的重要转折点①。

---

① 20世纪80年代中后期以来，庞大的剧场传播网络因缺乏"经济效益"，加重了国家的财政负担，而纷纷被解散，有的在"转企改制"中逐渐消失。在发展文化市场和文化产业的过程中，多数文化宫、文化馆变异为纯粹的商业性机构，而乡镇文化站则基本消失。近年来，国家加大了公共文化服务体系建设的力度，文化宫、文化馆开始逐渐向公共文化服务机构转变，回归"文化"和"公益"本质。各地开始大力发展乡镇文化站和农村文化活动中心及农家书屋。

　　为充分发挥基础文化设施的作用，其他文化传播传媒曾全力配合。当时文化管理部门曾经规定：地方文学刊物的主要任务，就是为工农兵的业余文艺活动提供演唱材料。1958年广东的《作品》杂志曾连续为农村俱乐部开设"红色俱乐部"栏目，每期刊登一首诗歌、四幅宣传画，供广大农村复制，美化农村生活。各级广播电台也曾为基层文化机构制作过大量节目，如1958—1966年福建电台曾常年开设"农村俱乐部""海防战士俱乐部""为工人举办的文艺"等配套节目，并经常介绍各地俱乐部的活动情况与经验，举办各种类型的专题文艺晚会，"农村俱乐部"栏目还推出普通话、闽南话、福州话三种版本。

　　为了增强文学的"人民性"，当时的文学报刊、广播电台、电影放映机构，都借鉴苏联的工农通信员制度，建立了庞大的通信员网络，通过通信员密切联系农村、工矿、连队，了解群众对文学的意见和要求，以此确定编辑组稿方针和电影放映计划。多数文学报刊都设置"读者通信""编读往来""读者论坛"等栏目，给通信员和读者提供发言平台。通信员制度有效地拓展了人民文学的传播疆域，譬如：业余作者韩文洲与王肯，1950年在山西省陵川县为《山西文艺》发展了64名通信员，建立了许多读者小组，读者小组定期研讨《山西文艺》上的作品，并采用类似于今天"直销"的方式，每期销售《山西文艺》100本到150本①。孙因曾回忆说：文艺通信员制度，"是刊物和读者之间的桥梁，哪里有工农兵作者，刊物就会在哪里生根，记得当年因为我为《草地》写稿，乡场上就有几十位《草地》的订户。"②当时的地方文学刊物，就是以这样的方式深入到最底层，创造出庞大的读者群，使人民文学"扎根

---

① 韩文洲：《〈山西文艺〉七年》，《文史月刊》2000年第1期。

② 参见武新军博客文章《孙因：重读〈草地〉（转载）》，2013年1月30日，http://blog.Sina.com.cn henandaxuewxj。

于人民生活的大地"。

为了让工农兵享有文学,当时的舞台、剧院、影院、文工团、文学报刊等各种传播媒介,都必须传播工农兵所能接受的文艺作品。1951—1952年,1958—1960年,1964—1966年,多数刊物都推出了"工农兵"专辑或者专号,工农兵的作品在各类传播媒介占据了支配性的地位,知识分子的提高性文体,则很难进入到传播网络中去。为了满足群众对文艺的需要,在传播资源有限的情况下,国家还专门创办了通俗读物出版社,其他出版社和文学期刊也推出大量面向农村的通俗书籍和文艺作品。文艺领导部门甚至采取了某些极端的措施:片面强调"普及"而限制"提高",硬性规定地方文学刊物必须坚持"普及性"和"群众性"的方向,限制向"提高"的方向发展。为满足农村读者的需要,《剧本》杂志还一度推出了"农村版"。

当时的各类文化传播媒体,都聚焦于工农兵作家,形成培养工农兵作家的"合力"。当时工农兵作家成长的规律一般是:首先在市、县级党报副刊上发表作品,然后出现于省级党报文艺副刊和省级文学刊物上,少数最优秀者则在《人民日报》文艺副刊或《人民文学》上发表作品。出版社则频繁地出版工农兵的作品,并不断地从文学报刊中遴选佳作,出版各种工农兵作品选本。广播电台热衷于播讲工农兵作家的代表作,介绍他们的成长的经历,展示工农兵文化翻身之后的可能性。这就是当时人所说的工农兵作家"报刊上有名,广播里有声"。而且,他们还在"文学团体里有地位",如在1960年第三次文代会上,黄声孝当选为主席团成员(并长期担任武汉市作协副主席),王老九当选为中国作协理事。阿凤则与孙犁、方纪、王林等名家一起,成为天津市作协理事。为了巩固和改造意识形态阵地,许多工农兵作家成名后,则被调入文学报刊和广播电台工作,获得更为有利的创作条件。进入新时期后,除少数"知识化"了的工农兵作家(如鄢国培等)外,多数工农兵作家迅速地从文坛淡出，尽管他们并未终止创作，但他们已经不再是各文学传媒关注的对象，发表和出版作品都很难。两相对比，也可看出十七年文学传媒所具有的很强的"人民性"。

但我们也不能把十七年文学传媒的"人民性"理想化。由于过分强调传媒的"党性"与"人民性"的一致，强调"作为党的代言人和反映人民的呼声，在根本上是完全一致的"，当时的多数传媒都失去了制衡政治权力的功能，在"人民性"和"民主性"方面大打折扣。特别是"大跃进"期间，当党的政策出现严重失误后，各文学传媒非但没有实事求是地捍卫人民利益，反而打击和压制群众说真话，为"浮夸风"推波助澜，对国民经济的发展带来伤害，严重损害了老百姓的利益。为此，刘少奇曾严厉批评《人民日报》等报刊："你们是党的得心应手的驯服工具，但却是缺乏独立思考的工具，不是有头脑的喉舌，只是无生命的传声筒"，他特别强调"党报也是人民的报纸，人民是报纸的主人"，并一再指出"报纸有责任考察政治的正确性"[①]。

在当时的历史条件下，文学传媒要想做到"党性"和"人民性"的统一，是非常困难的：在当时两个阵营尖锐对立的格局中，双方都会肆意渲染对方媒体上暴露出来的"阴暗面"，以此诋毁对方的社会制度。因此，无论是社会主义传媒还是资本主义传媒，都倾向于多报喜少报忧，更多发挥的是"政治宣传"的作用，而非"捍卫民主"的作用。由于过分强调文学媒介的"党性"和"政治性"，各文学传媒上的通信员来信，绝大多数是与"党"的要求保持一致的，鲜有对官僚主义、形式主义和社会阴暗面的批判，因此也不能真正反映出人民的思想和愿望、呼声和要求。在文学批评中，具有至高无上的"权威性"的群众来信，多数代表了一种教条主义的力量，声讨知识分子"写真实"与"干预生

---

① 胡绩伟：《刘少奇新闻观点述评》，《新闻学》1988 年第 1 期。

活"的作品，或者经常被宗派主义所利用，成为讨伐异己的"群众基础"。因此，胡风曾激烈批判文艺通信员制度 ①。

由于过分强调文学传媒配合政治任务，形成文学传媒与政治的高度整合。文学传媒更重视"政治"上是否正确，而较少考虑"专业"上是否优秀，因此推出大量配合政治运动的粗制滥造之作。此外，还有许多优秀作品在"政治"的控制和过滤之下被禁售或销毁，浪费了大量的出版和传播资源。1964 年后，许多作品以"封""资""修"的名义被禁止出版和传播。"文革"期间，出版社则只能出版"语录"和"样板戏"等，文学传媒的"人民性"被严重扭曲和异化。

第二节 "写人民"：工农兵成为写作的对象

过去的文学史论著在描述十七年文学的"人民性"时，经常会强调两点：其一，人民的新生活成为文艺表现的主要对象；其二，人民群众成为文艺作品的主人公。

为了帮助作家熟悉和表现人民的新生活，十七年文艺界曾建立一系列的管理制度，安排作家长期"下乡"，增加生活经验的"深度"。那一代作家普遍相信"永远不要中断和你描写对象的联系，要永远生活在你所描写的对象之中" ②。多数作家都有自己生活的"根据地"，譬如，柳青在陕西长安县皇甫村，赵树理在山西农村，艾芜在鞍钢，李季在甘肃玉门，碧野在新疆与湖北丹江口水库，傅仇在高原森林，都与人民群众建立了甘苦与共的血肉联系，并留下许许多多感人的故事：李季受迫害

---

① 胡风：《关于解放以来的文艺实践情况的报告》，《胡风全集（第 6 卷）》，湖北人民出版社1999 年，第 454 页。

② 王愿坚：《小说的发现与表现》，春风文艺出版社 1985 年，第 46 页。

时，得到千万石油工人的保护；碧野重返丹江口水库，数百人到车站迎接；刘知侠被追捕时，老区的"红嫂"们挺身掩护。

当时文艺界还想方设法地增强作家的"流动性"，以增加作家们生活经验的"广度"：1956—1957年上半年，1961—1962年，许多作家在作协的安排下"组团"出游，踏上了漫长的旅途，抵达新疆、云南、贵州、东三省、内蒙古等边远省份（少则半月，多则一到两个月）；在其他强调政治的年份，作家们则被安排到工厂、矿山、油田、铁路、水利、电力等建设工地"劳动"。作家们在"旅行"或"劳动"时，都是带着写作任务的，并且经常就创作计划相互交换意见。因此，各行各业所取得的成绩，群众方方面面的生活，都能得到及时的表现，而且越是边远之地的生活，在作品中表现得越是充分[①]。

从近年来出版的十七年作家的书信和日记来看，他们对"人民生活"的理解既有"深度"，又有"广度"。但在"写重大题材为主""写本质""写主流""写光明"等政治框框的束缚下，作家们的生活经验却不能自由地表达，不具备政治意义的人民的日常生活得不到充分表现。由于反复强调文学表现新时代、新生活，来自国统区的知识分子作家普遍不适应，他们必须改造思想（即"知识分子工农化"）并熟悉新的生活，才能进入创作状态。艾芜、骆宾基、路翎等少数作家经过短期调整，在1953—1954年很幸运地找到了艺术的感觉。而多数作家的创作潜力普遍受到压抑，他们在旧社会长期积累的生活经验很难在文学中表现出来。姚雪垠曾呼吁文艺界重视老作家的"旧经验"，换来的却是姚文元的讨伐（时称"二姚之争"）。赵树理曾把生活经验比作"货物"，

---

① 2015—2016年大规模的"深入生活，扎根人民"主题实践活动中，各省市都从项目经费支持、文艺班子业绩考核以及文艺工作者业务考核、职称评定、表彰奖励等方面，试图建立推动作家深入生活的保障机制，使作家深入生活制度化和经常化。这显然是有助于增强文艺创作的"人民性"的。

并慨叹说："可惜我自己有些旧货像隔了朝代的服装，永远卖不出去，而时兴货又时常脱销。"① 作为作协党组负责人，邵荃麟也曾强调旧时代与新时代的"连续性"，呼吁"旧题材"与"新题材"同等重要②。新中国成立后以多产著称的老舍，也只有在《茶馆》中才真正进入创作自由状态，可以随意驱遣他在旧社会积累的经验和记忆。机械地划分生活经验的"新"与"旧"，这是十七年文学在表现人民生活方面有"广度"但缺乏"深度"的重要原因。

十七年文学中，还有一个主导性的观念，即"生活的主人公，也应该是文艺作品的主人公"。在漫长的封建时代，帝王将相、才子佳人成为文艺作品的主人公，劳动人民则大多是配角和跑龙套的角色。这种人物关系模式传递的是统治阶级的意识形态，对劳动人民产生了潜移默化的"规训"，强化了他们的奴性意识。正是为了打破帝王将相、才子佳人垄断文艺舞台的传统，毛泽东才写信表扬京剧《逼上梁山》把颠倒了的历史"再颠倒过来，恢复了历史的面目"③。很明显，毛泽东是从民主革命的角度肯定人民群众在文艺作品中翻身做主的。让人民群众在文艺作品中翻身做主，有利于发掘人民群众中所蕴藏着的公平、正义、民主、自强、勤劳、善良等因素。但对这个问题的机械理解，也限制了文学的自由表达：路翎、方纪等以资产阶级、地主为主人公的作品，未必不能表达"人民性"和"民主性"的诉求，在帝王将相、才子佳人、牛鬼蛇神为主角的作品中，也不乏"人民性"和"民主性"的因素。路翎、方纪受到整肃和批判，夏衍、陈荒煤、齐燕铭等文化部领导最终被撤职，都窄化了文学的表现对象。文艺领导机构一方面强调工农兵成为

---

① 赵树理：《和青年作者谈创作》，《长江文艺》1956 年第 5 期。

② 邵荃麟：《从一篇散文想起的》，《人民文学》1959 年第 7 期。

③ 毛泽东：《给杨绍萱、齐燕铭的信》，《毛泽东文集》（第三卷），人民出版社 1996 年，第 88 页。

作品的主人公,另一方面却不允许表现工农兵真实的生存状态:当时各行各业的"人民"(工人、农民、解放军、医生、护士等),都有自己"本质化"了的美好形象,作家在创作中动辄被指责歪曲了某个行业的形象。这种把"人民"本质化了的强大的社会思潮,严重限制了作家的文艺探索。

强调"写英雄""写劳模",反对表现工农兵的缺点,也不应简单地归咎于教条主义。在当时的社会制度下,国家不可能广泛采用物质利益的刺激来推动社会生产,频繁地开展思想"运动"和生产"竞赛",不断推出各行业的"劳模"和"英雄",成为激发劳动者积极性的重要手段。当时的文学作品中出现大量保家卫国、捍卫社会主义制度的"英雄",出现大量改造农田、兴修水利、技术革新的"劳模",正是为了给政治、经济和文化建设提供"动力"支持。通过大量的"劳模"形象,艰辛而枯燥的"劳动"与民族、国家的未来联系起来,被赋予创造"新历史"和"新人类"的积极意义,被赋予了"解放人"的诗意和审美性。边唱歌边劳动,苦变成乐,劳动变成狂欢,这曾让当时来访的西方人士惊诧不已。

还有一个无法回避的问题:当时反复强调工农兵成为文艺作品的主人公,也不乏推进社会民主的考虑。当时许多作品中的工农兵,已经不是真正的工农兵,而是被高度"神化"了的"英雄",他们无私奉献、斗志昂扬,却没有任何物质的欲望和诉求,这是与现代民主、平等的观念相背离的。当所有的文化传媒都释放出相同的信息时,当文艺舞台上到处都是高大全的英雄时,工农兵根本无法准确地认识自己的生存处境,也只好回避与个人有关的问题,这无疑会削弱民主政治的根基。1961—1962年杨献珍提出"合二为一"论、周谷城提出"时代精神汇合"论、邵荃麟等人提出"写中间人物"论,在文学中为表现群众的"物质"诉求打开了一条通道,这条狭窄的通道是有利于增强社会民主的，但很快便被彻底堵塞了。"文革"期间，少数人根据政治阴谋的需要，不断"神化"工农兵形象，横扫所有的"封资修"文学遗产，否定"三十年代"和"十七年"文学传统，并对参与其事者横施迫害。他们把工农兵在文艺作品中翻身做主推向极端，文艺作品中的工农兵形象，逐渐演化为敌视法制、破坏经济、践踏文化、摧残人性的"造反派"，社会动乱也因此而被加剧。

第三节 "人民写"：工农兵成为创作的主体

工农兵从事文学写作，曾被视为"文化翻身"的主要标志；工农兵作家在作家队伍中所占的比重，曾经是衡量文学的"人民性"的重要标准。

当时党和国家大力培养工农兵作家，原因是多方面的：其一，不乏增强社会民主的考虑。在过去的历史上，人民群众一直是"沉默的大多数"，他们文化水平低下，无法清晰地认识自己的生存处境，无法表达自己在政治、经济和文化上的"诉求"，必须靠知识分子"代言"。大规模地培养工农兵作家，正是为了让他们在文学上发出自己的声音。其二，基于对"思想复杂"的知识分子的不信任。"现在的文学家都是读书人，如果工人农民不解放，工人农民的思想，仍然是读书人的思想，必待工人农民得到真正的解放，然后才有真正的平民文学。有些人说'中国已有平民文学'，这是不对的。"①鲁迅的这段话曾被反复引用，用来表达对知识分子的不信任。在当时的理论家看来，知识分子不彻底

---

① 鲁迅：《革命时代的文学》,《鲁迅全集》（第三卷），人民文学出版社 1981 年，第 421—422 页。

改造思想和转变立场，是很难担当人民群众的"代言人"的，而"被解放"了的工农兵则思想单纯，是坚决捍卫社会主义制度和新意识形态的。1958—1960年、1964年以后文艺界反复强调要建立以工农兵为主体的作家队伍，也正是以对知识分子的严重不信任为前提的，是为了与知识分子争夺文化的领导权。其三，为了打破脑力劳动和体力劳动的社会分工，促进人的全面解放和发展。"而在共产主义社会里，任何人都没有特殊的活动范围，而是都可以在任何部门内发展，社会调节着整个生产，因而使我有可能随自己的兴趣今天干这事，明天干那事，上午打猎，下午捕鱼，傍晚从事畜牧，晚饭后从事批判。"①在强调培养工农兵作家的意义时，马克思的上述观点曾被反复引用，并被凝练为"知识分子工农化，工农兵知识化"。其四，是为了让文学更好地为生产服务。大规模地发动工农兵作诗、作画、学哲学，把工农兵被剥夺了的文化权利交还给工农兵，使他们获得文化上"翻身解放"的自豪感，在心理和情感上认同新的政治、经济体制，从而更好地动员工农兵群众投身于生产的"大跃进"。可以说，这是一次通过精神解放运动来促进生产力的社会实验，即毛泽东所说的文化对经济基础的反作用：把哲学交给群众，群众就会成为社会变革的自觉力量。当时各基层党委、团委、工会、妇联等机构，都支持工农兵的文艺创作和文艺活动，是因为这能够激发生产的热情。"生产上是能手，创作上是积极分子"，这是那一代工农作家的最高理想。周扬在谈及新民歌运动时，也曾指出新民歌"促进了生产的发展"，是"车间或田头的政治鼓动诗""生产斗争的武器"②。

　　当时培养工农兵作家，确实取得了不小的成绩，出现一些家喻户晓

---

　　①　[德]马克思、恩格斯：《德意志意识形态》，《马克思恩格斯文集》(第一卷)，人民出版社2009年，第357页。

　　②　周扬：《新民歌开拓了诗歌的新道路》，《红旗》1958年6月创刊号。

的工农兵作家，如部队的高玉宝、崔八娃，北京的浩然、李学鳌、温承训、韩忆萍，上海的胡万春、唐克新、费礼文、陆俊超、福庚，天津的万国儒，武汉的黄声孝，湖北浠水四大农民作家张庆和、魏子良、徐银斋、王英，陕西的农民诗人王老九，河南的农民作家王文元等。"榜样的力量是无穷的"，上述工农兵作家的创作，鼓舞了广大工农兵参与文学创作的热情，充分发掘出工农兵文学创作的潜能。更为重要的是，通过大规模地发动工农兵写作，创造了庞大的工农兵读者群，扩大了人民文学的群众基础，营造出浓郁的人民文学的氛围，在全社会形成群众文艺活动的高潮。在十七年中，文学报刊、广播电台、作家都会收到数以万计的读者来信，这些读者来信，标志着人民参与文学的程度，是文学的"人民性"的一个重要体现。进入新时期之后，读者来信逐渐减少乃至消失，这也标志着人民群众广泛参与的文学逐渐向"圈子文学"转化。

但是，由于过分强调工农兵世界观"先进"、生活经验"丰富"、语言"生动活泼"，而不能正视工农兵在知识结构、文学禀赋、创作才能等方面所存在的严重不足，轰轰烈烈的工农兵写作运动也难免许多缺陷：

其一，违反艺术规律，人为地"拔高"工农兵创作。如果一个在旧社会完全被剥夺了文化权利的工农兵，能够创造出具有高度思想性和艺术性的作品，那就能够证明社会主义在解放人方面的优越性。工农兵作家所达到的高度，曾被视为人民文化水平的标志，各省市因此都争先恐后地发动工农兵写作具有"史诗性"的作品：辽宁省农民诗人霍满生发表诗作后，从县到市、从市到省都出面进行"帮助"，期望他能够写出囊括半个世纪的长篇史诗《铁牛传》，在制定修改方案时，不顾作者文化修养和生活经验限制，指望两个诗歌编辑帮助改写①。码头工人黄声孝确实具有想象力和创造性，语言也很丰富，但要独立完成长篇叙事史诗《站起来的长江主人》，他肯定是力不胜任的。在如何结构布局，如何写人物，如何抒情等问题上，著名诗人徐迟花费了巨大的心血将叙事诗的前两部"修改"后出版，完成于"文革"后期的第三部则始终未能出版，因为徐迟在新时期创作繁忙，实在抽不出时间帮助作者"修改"作品了。

其二，过分推崇工农兵写作，给知识分子作家带来了巨大的压力。为了培养工农兵作家，知识分子作家都曾投入大量时间和精力回答作者、读者来信，帮助业余作家改稿。茅盾、老舍、孙犁、魏金枝、王朝闻、周立波、艾芜、蹇先艾等著名作家，都曾出版过旨在提高青年业余作家创作水平的著作，这有助于提高人民文学的整体水平。但他们所做的许多普及文学知识的工作，实际上完全可以由文学教育或一般的文学编辑来完成。可以说，群众创作的繁荣，是"政治"安排、推动的产物，在某种程度上是以牺牲知识分子创作为代价的。为了帮助工农兵作家，多数知识分子作家沦为文学生产的"配角"，而不能充分发挥其创造的潜力。由于过分强调文学的"党性"和"政治性"，反复地以"政治"讨伐"专业"，许多在"专业"上最优秀的中青年作家，甚至某些富有才情的工农兵作家，频频遭受打击，甚至长期失去创作权利。这显然违背了马克思"使每一个社会成员都能够完全自由地发展和发挥他的全部力量和才能"的理想设计②。

其三，为了显示工农兵创作的"业绩"，还出现许多剥夺知识分子

---

① 厉风：《编辑札记》，《编海风云录》，书海出版社1989年，第77页。

② 恩格斯：《共产主义信条草案》，《马克思恩格斯文集》（第一卷），人民出版社2009年，第683页。

的劳动成果的弄虚作假的现象。许多曾经产生重大影响的工农兵作品，后来都发生了版权纠纷：为确立部队培养青年作家的典型，《解放军文艺》副主编荒草（郭冰江）被指定帮助高玉宝，由于高玉宝基础太差，荒草干脆代笔写作。长篇自传体小说《高玉宝》完成后，总政文化部与出版社商定二人平分稿费，署名高玉宝，在书后附录《我怎样帮助高玉宝同志修改小说》。后来出于政治宣传的需要，小说再版时删去荒草的后记。郭冰江去世前曾透露，小说前 13 章 12 万字是自己创作的。1961年中国青年出版社出版的《朝阳花》，署名"马忆湘著"，实际上是由参加过长征的红军女战士马忆湘口述，谭士珍和林志义执笔完成的，两位执笔者付出了更多的劳动，进入新时期后，双方在小说版权问题上曾两次对簿公堂。还有影响很大的长篇回忆录《我的一家》，在"文革"前署名"陶承著"，到新时期才改署为"陶承口述，何家栋、赵洁整理"。农民诗人王老九的代表作《想起毛主席》，也曾被质疑抄袭吴奔星收集整理的《新湖南山歌》①。

在过分推崇"人民写"的潮流中，也有不少知识分子作家头脑清醒。赵树理始终坚持以自己的创作影响青年，带动青年进行创作，他坚持认为："培养文艺界的新生力量要靠党的文艺政策、文艺领导机构与文艺书刊，而不能靠作家个人"②。文字不通的青年学生夏可为，曾先后给茅盾、李四光两位部长，赵树理、臧克家两位作家写信，请教如何创作 40 万字的长篇小说。赵树理在回信中劝他先学好文化和专业知识，再考虑创作问题，马上遭致"给青年泼冷水""打击青年创作的热情"的责骂。胡风、冯雪峰、彭柏山、苏金伞、曾卓、刘绍棠、吴雁、旭升等，都曾先后从"知识"和"才能"的角度，质疑盲目推崇工农兵写作

---

① 吴心海：《〈新湖南山歌〉与〈想起毛主席〉》，《博览群书》2009 年第 1 期。

② 赵树理：《青年与创作——答于夏可为鸣不平者》，《文艺学习》1957 年第 10 期。

的潮流，曾卓、刘绍棠还曾主张工农与作家各安其位，工农的主要任务是生产，作家的主要任务是创作。彭柏山担任上海市文化局局长期间，不赞成《解放日报》等报刊培养工农兵作家的思路，主张从青年学生中培养作家。上述质疑工农兵写作的知识分子，无一例外地以此获罪。

今天看来，从工农兵中培养的作家，其成功率比较低，在创作的持久性和发展的潜力方面，在整体上不如从受过正规教育的学生中培养的作家。孙犁曾在《天津日报·文艺周刊》推出万国儒、阿凤、滕鸿涛、董乃湘、郑固藩、大吕、艾文会等工农作家，但影响较大的还是受教育程度比较好的从维熙、刘绍棠、韩映山、房树民（被称为"荷花淀四杰"）。在这个问题上，"反人民"的胡风或许是正确的，他对舒芜、路翎等作家的指导方式，可谓是"点化成金"，惜乎这样的青年作家可遇而不可求，无法大量制作，也无法增强全社会参与文学的热情。

第四节　怎样写："普及型"文体的大繁荣

十七年的学者在谈论文学的"人民性"时，经常会把"文学文体""艺术形式"与文学的"人民性"联系起来。当时的文学文体曾被区分为"普及型"文体和"提高型"文体。普及型的文体包括曲艺、相声、鼓词、评弹、小说唱、小小说、民歌、快板、地方戏、报告文学、通俗故事、独幕剧等；提高型文体则包括中长篇小说、散文、诗歌（特别是叙事长诗）、多幕剧等。前者具有很强的"群众化"的特色，具有广泛的"人民性"，而后者具有较强的"文人化"的特征，时人认为其"人民性"程度不如前者。随着政治形势的变化和文艺政策的不断调整，两类文体之间曾经出现过激烈的斗争，并交替在文学刊物上占主导地位。

　　1951 年文艺整风后，普及型文体充斥各地方文学刊物，专业作家不得不放弃自己的特长，投入大量的时间和精力从事普及型文体写作。1953 年之后，提高型文体所占的篇幅明显回升，这个时期的《文艺月报》《河北文艺》等许多刊物曾被指责把文艺刊物变成了文学刊物，排斥工农兵所喜闻乐见的普及型文体。在反对"普及"文体方面，胡风及其追随者是最坚决的，认为这种文体是和封建思想是纠缠在一起的。曾卓在武汉反对快板、山歌、地方剧等普及型文体，倡导专业作家和工人作家写作诗歌、小说和话剧。"这就使得专业文艺工作者脱离了工人文艺活动，对供给工人文艺活动以演唱材料的工作做得很少。"[1]彭柏山在上海反对戏曲、国画、民间音乐，认为戏曲是"封建社会的产物"、是"落后"的，"没有保存的必要"，他曾先后解散华东京剧实验学校、华东京剧实验剧团、勒令《戏曲报》停刊，并试图解散华东戏曲研究院[2]。由于抵制普及型文体，胡风及其追随者在反党反社会主义的罪行外，还有一条"反人民"的罪行。

　　"双百"时期，文艺界再次出现排斥普及型文体的现象。苏金伞在《河南文艺》1956 年第 9 期发表《试论民歌快板的创作》质疑普及型文体，刊物上的民歌、快板及说唱文体的作品越来越少[3]。郭墟主编的《芒种》，曾卓主编的《工人文艺》及受其影响的《长江日报》文艺副刊，也出现排斥普及型文体的倾向，加大了刊发知识分子作品的力度。刘绍棠则提出"普及和通俗化问题，作家没有什么责任"，那只是国民

---

　　① 刘绪贻:《揭露曾卓对于武汉市工人文艺活动的罪恶阴谋》,《揭露胡风黑帮的罪行》,新文艺出版社 1955 年, 第 86 页。

　　② 周玑璋:《揭发胡风反革命集团骨干彭柏山破坏戏曲事业的罪行》,《揭露胡风黑帮的罪行》, 新文艺出版社 1955 年, 第 134—135 页。

　　③ 任毅:《把民歌快板的创作引导到哪里去》,《捍卫社会主义文艺路线》, 河南人民出版社 1958 年, 第 10 页。

教育的问题。他还积极介入《北京文艺》，建议把发表说唱文学的任务移交给同时同地出版的《群众演唱》①。在"反右"运动中，如何对待普及型文体，被上升到两条文艺路线斗争的高度。不少刊物被指责篡夺了文学传播的阵地。1961—1962年文艺调整期间，提高型的文体再次受到各文学报刊的青睐，普及型文体再次受到挤压。1964年，文艺报刊整体"左转"之后，调整时期的文学报刊再次遭遇到重视"专业"而轻视"政治"的指责，普及型文体再次主导各类文学报刊。

对作家文体选择产生影响的，除了普及型文体与提高型文体之争外，当时的文学组织机构还对各文体采取了计划性的宏观调控政策：1954年电影文学剧本供不应求，多数电影厂停工待料，文艺界呼吁作家支持电影剧本创作；1955年儿童文学作品远远不能满足儿童的需要，文艺界呼吁作家支持儿童文学创作；1958年为了改变文风，文艺界大力倡导小小说、新民歌、"四史"和革命回忆录创作；1958年底，为了向国庆十周年献礼，文艺界又大力倡导长篇小说、长篇叙事诗、电影剧本和多幕剧创作②，致使许多文学期刊都发生了"短篇荒"，又不得不强调"短篇"也可以献礼③。1961—1962年，为了拓展文学的题材领域，文艺界呼吁加强历史剧和历史小说的创作。1963年之后，文艺界又大搞报告文学和现代戏，此前产生的历史题材作品受到系统的批判。由于长篇小说借助于广播电台和民间艺人的说唱，已经在农村扎根，而短篇小说尚未在农村扎根落户，文艺界采取了许多有力的措施：由于报纸发行量大，"凡是《人民日报》《中国青年报》和省地两级报纸发表或转载了的短篇，就在农村读者中发生了影响，这篇作品就流传开了"，因此

---

① 刘绍棠：《暮春夜灯下随笔》，《北京日报》1957年5月14日。

② 臧克家：《呼唤长诗》，《诗刊》1958年第10期。

③ 郭小川：《短篇也可以献礼》，《文艺报》1959年第7期。

建议省报每月转载一两篇优秀短篇小说，并配发评论文章①。文艺界还动员赵树理等作家遴选自己最优秀的短篇小说，以丛书的方式送短篇小说下乡。在对各文学文体进行宏观调控时，中国作协和各地作协都普遍采用了"摊派"任务的做法，在当时的文学报刊上，经常会公布作家们的创作计划，有时还公布作家们完成创作计划的情况②。

文艺界反复倡导"普及型"文体而排斥"提高型"文体，是为了强化文学为政治、为生产服务，避免文学创作与群众文艺活动脱节。普及型文体在当时起到了"雪中送炭"的作用，满足了工农兵最基本的文化娱乐的需求，在农村、厂矿和部队文化建设方面发挥了重要作用，把大量文化水平低下的工农兵吸纳到文学传播之中，改变了文学的生态，使文学由"圈子化"走向"大众化"。十七年普及型文体的大繁荣，使文学创作与接受活动具有了广泛的"人民性"，影响了一代人的文化生活方式。普及型文体的繁荣，一直持续到20世纪80年代中前期，到了20世纪80年代中后期则日渐衰落，当代文学也随之走向"圈子化"道路。20世纪90年代以后，地方戏曲、相声、广播剧等普及型文体陷入前所未有的危机，在群众文艺生活中发挥的作用越来越小。近年来，国家和地方政府采用"购买"公益演出和保护非物质文化遗产等方式，为濒临危机的地方戏曲做了一次"人工呼吸"，使其生存处境多少有些改变，但能否在群众生活中生根，还是一个值得探讨的问题。

在肯定普及型文体的积极作用时，也要看到问题的另一面：在重视普及型文体的热潮中，在创作"计划"的压力下，多数知名作家都曾尝试过多种文体的写作，在文体选择上颇为杂乱多样，电影剧本、话剧、报告文学乃至曲艺、相声、快板、评弹等兼而有之，很少有作家能够专

---

①　侯金镜：《让短篇小说在农村扎根落户》，《文艺报》1963年第11期。

②　1950年《人民文学》曾经连续几期刊出《一九五〇年文学工作者创作计划完成情况调查》。

注于一种文体的创作。在写作普及型文体时，作家们也不乏雄心壮志，他们自认为是在探索"文学如何抵达群众"的道路，在为创作大作品做准备。遗憾的是，在反复多变的政治要求面前，多数作家不可能沉潜下来十年磨剑，创造长篇力作：姚雪垠的长篇历史小说创作，曾数次中断；赵树理的长篇小说《户》，始终未能动笔；沙汀长期酝酿的一部长篇小说，也未能付诸实施；吴强经常为其他写作任务打断，一部长篇写了几十年才完成。十七年文学有"高原"而无"高峰"，由此也可以得到合理的解释。

当然，也不应该把文学简单地等同于名篇佳作。如果把文学视为一种社会氛围或者一种生活方式的话，我们便可以对十七年文学的"人民性"追求多一些同情和理解：它使文学从狭小的圈子中走出来，走向了人民大众，从而营造出社会广泛参与文学的氛围；它使作家牢固树立了"为人民写作"的信念，使文学与人民的生活血肉相连，能够及时地反映出人民大众的情绪、愿望和呼声；它保证了人民大众享有文艺和参与文艺创造的权利，激发出人民大众中所蕴藏的丰富的创造潜力。而20世纪80年代中后期以来，随着文学的边缘化，文学与人民生活的联系淡化了，人民大众也逐渐远离了文学，参与文学创造的热情明显衰退。由于缺乏良好的文学氛围，文学新人的培养事倍功半，基层文学青年的成长困难重重，等等。今昔对比，重新强调和呼吁文学的"人民性"，也就很有必要了。

第十三章
"十七年"长篇小说普及本研究

近年来,笔者陆续从孔夫子旧书网上购买到一些"十七年"长篇小说旧版本,有精装本、平装本和普及本等不同的版本,版本属性不同,其目标读者亦明显不同,书价也存在明显差异。其中的普及本耐人寻味:除个人签名本外,有的盖有纺织厂、机械厂、煤矿、工会、妇联、文化馆以及县、镇中学的图书章,如今这些机构已经解体或沧桑巨变,其图书馆也早已不复存在,多数藏书流向社会。

"十七年"长篇小说普及本是当代文学出版史上一个值得关注的重要现象,是准确认识当时文学传播状态的一个重要环节,但相关研究成果还非常罕见。本文尝试从普及本的种类与读者群体、普及本的发行量与图书定价、普及本与轰轰烈烈的读书运动、普及本与作家写作方式的关系等角度,探讨当时长篇小说普及本的出版、发行与阅读状况,并结合长篇小说普及本探讨"十七年"文学出版研究中存在的某些有争议的问题。

第一节　普及本的种类与读者群体

我所见到的"十七年"长篇小说普及本，大致可分三类：

其一，有的在封面上或版权页直接标明为"普及本"，其目标读者是有一定阅读能力的工农兵读者。20世纪50年代中前期，长篇小说普及本尚不多见，只有新文艺出版社推出的《新儿女英雄传》(1953)、《铁道游击队》(1955)等少数几种，而新戏剧普及本则较多，如北京宝文堂书店1953年出版的《赵小兰》《婚姻自由》《大家评理》《梁山伯与祝英台》《红娘》等。1958年长篇小说普及本出现第一个波峰，人民文学出版社、作家出版社、中国青年出版社集中推出《红旗谱》《红日》《青春之歌》《保卫延安》《林海雪原》《六十年的变迁》《铁道游击队》《吕梁英雄传》《上海的早晨》《苦菜花》《野火春风斗古城》等长篇小说普及本，"书的形式除了开本略小一些外，纸张、字号等与原本完全相同"①。这些普及本在短短三个月内总发行量高达300万册。1963年之后又出现第二个波峰，作家出版社先后推出赵树理《三里湾》(1963年)，周立波《山乡巨变》续编(1963年)，陈立德《前驱》(上下册，1963年)，梁斌《播火记》(1964年)，艾明之《火种》(1964年)，李晓明、韩安庆《破晓记》(全本1册1.2元，上下册0.7元，1965年)，浩然《艳阳天》(1965年)，黄天明《边疆晓歌》(上下册，1965年)，柳青《创业史》第一卷(1965年)等普及本，中国青年出版社先后推出姚雪垠《李自成》第一卷(1963年)，刘流《烈火金钢》(上下册，1966年)等普及本。不仅种数多，发行量也比过去明显提升：《边疆晓歌》郑州普

---

① 《降价一半左右，12种优秀文艺作品出普及本》，《读书》1958年第5期。

及本达 20 万册，《播火记》普及本印数高达 39 万册，《艳阳天》普及本首印 10 万册，累计印数 45.2 万。《烈火金钢》仅 1966 年的重印即达 38.3 万册，《破晓记》普及本 1965 年出版，1965 年 10 月累计印数已达 70 万册。

其二，另一种最常见的普及本是长篇小说节选本，多为很精致的薄薄的小册子，节选的是长篇小说中最为精彩最有教育意义的章节，其目标读者是阅读能力更低的人，其出版的意图，大概是想把连环画读者转变为文学读者。20 世纪 50 年代中前期，人民文学出版社、通俗读物出版社都曾持续推出"文学初步读物丛书"，两套丛书中都有短篇小说单行本、中国古代和苏联长篇小说节选本，也有当代长篇小说节选本，如人民文学出版社的《斗争地主钱文贵》(1953 年，《太阳照在桑干河上》)，《地下的战斗》(1955 年，《战斗在滹沱河上》)，《大沙漠》(1955 年，《保卫延安》)；通俗读物出版社的《沿河村的血迹》(1956 年，《战斗在滹沱河上》)、《夜袭粮站》(1955 年，《保卫延安》) 等。

1958 年上海文艺出版社推出的"农村图书室文艺丛书"中也有长篇小说节选本，如《吐丝口》(《红日》)，《砸古钟》《反割头税运动》(《红旗谱》)，《秦德贵奋勇炸钢渣》(《百炼成钢》)，《坚强的母亲》(《苦菜花》) 等，薄薄的只有三五十个页码，书脊上无法显示书名和作者，而节选的也都是故事性强、富有教育意义的章节，因此发行量很大，多数首印 20 万册，多数定价 0.07 元，价格高的也不过 0.17 元。作家出版社"文学初步读物丛书"中的《钢铁的人》(1960 年，《百炼成钢》)，定价 0.16 元，这套丛书多为 80 页左右，"是为了供给广大农村的农业中学及城市中等学校的语文补充读物之用，读者可以从此开始去进一步接触更多的文学作品"[1]，由于目标读者是中学生，这套普及型丛书的发行量也很大。

---

① 艾芜:《钢铁的人》，作家出版社 1960 年，出版说明。

　　其三,还有一种普及本被称为"农村版",专供农村读者阅读。农村版有的没有标明农村版,如新华书店1962年7月组织重印102种农村读者需要的畅销书,其中有《红岩》《红日》《红旗谱》《朝阳花》《青春之歌》《野火春风斗古城》《林海雪原》《敌后武工队》《烈火金钢》等长篇小说,明确要求"应全部发到县书店,并设法发到农村去,不要在县城里卖掉"[①]。1962年作家出版社"工农文艺读物"中的《三里湾》,印行3万册,定价0.91元,多数也发往农村。1963—1964年,在中国作家协会农村读物工作委员会的努力下,作家出版社推出"农村文学读物丛书",主要是短篇小说集和报告文学作品。1965年8月,农村读物出版社选编第一批"农村版图书"15种,总定价只有4.17元,首印1200万册,其中长篇小说有《红岩》(上下册,中国青年出版社,0.75元)和《艳阳天》(上下册,人民文学出版社,0.6元,印40万册),封面上方都明确标示为"农村版",内封刊登《编选说明》:"选印时尽量对图书的内容和形式加以适当改进,并且降低定价,只发农村,不发城市。"1966年又推出《欧阳海之歌》农村版上下册。20世纪70年代中后期,农村读物出版社又重印推出《暴风骤雨》《吕梁英雄传》《铁道游击队》《创业史》(1977年)、《新儿女英雄传》(1978年)等农村版长篇小说,封面、书脊、封底标示"农村版",专发农村不发城市,优先供应生产建设兵团连队、插队知青学习站、文化馆的流动书籍以及农村文化室、图书室,"读者对象是广大贫下中农、农村知识青年、农村基层干部和农村中小学教师"[②]。

　　长篇小说普及本种类和发行量的逐渐增长,是以工农读者的数量与

---

　　①　李廷真:《为建设社会主义新农村服务的图书发行工作—1950年至1992年全国农村发行工作概述》,见宋应离等编《中国当代出版史料》(第4卷),大象出版社1999年,第315—316页。

　　②　农村图书编选小组:《铁道游击队》,上海文艺出版社、农村读物出版社1977年,出版说明。

阅读能力的提高为基础的，也是工农读者数量与阅读能力逐渐提高的证明。新中国成立之初，全国文盲率高达 80%，农村文盲率达到 95% 以上，这是当时长篇小说普及本较少的原因。1951 年新华书店各地分店艰苦辟荒，建立大量农村图书室①，图书室的图书以连环画、唱本、通俗故事等为主，很少有长篇小说②。随着扫盲、冬学运动的持续开展，工农读者数量逐渐增长：新中国成立之初，工人读者的数量远远不如学生读者，如 1949 年山东省图书馆开始组建读者小组时，学生占比 66.6%，工人仅占 10.4%，图书馆贯彻"以工人为主"的原则，使工人读书小组飞速发展；1952 年学生读者占比降至 34.5%，工人读者上升到 39.9%，"工人组夺取了自己的文化阵地，占据了读书小组的光荣地位——第一位"。在各类图书中，最受读书小组欢迎的是文艺作品③。农民读者增长速度则相对慢些：20 世纪 50 年代中前期，文学报刊上的"读者来信"中，很少有农村读者写的。普通农民还很少参与阅读活动，农村经常阅读文学作品的，是党/团委书记、文化宣传干部与文化活动的积极分子，在冬学和政治教育活动中，他们热心于给农民讲读小说。

　　由于农民文化程度普遍不高、农村文化设施落后，农村一直是文化传播的薄弱环节。为改变这一状况，出版社、文学报刊、新华书店做了大量工作：1951 年 8 月 18 日《人民日报》发表社论《加强农村书刊发行工作建立农村发行员制度》，各地方文学刊物大力在农村建立阅读小组，新华书店各分店努力在农村开辟销售点、图书室。但整体效果不好，因为农民无力购买文学书刊，也无买书的习惯，图书报刊在农村的发行量很小。20 世纪 50 年代中前期，农村图书发行网络逐渐改

---

① 新华社华南总分店：《关于普遍建立工厂农村图书室开展读书运动的意见》，《文物参考资料》1951 年第 6 期。

② 王堃：《怎样做好农村图书室工作》，《文物参考资料》1951 年第 6 期。

③ 山东省图书馆：《我们的读书小组是怎么组织和发展的》，《文物参考资料》1953 年第 8 期。

善,农村供销社普遍设立售书点,但"我们出版的一些通俗读物,能够真正达到农民手里、适合他们阅读的,还很少很少"①。1958年大搞群众文艺运动,为帮助农民在文化上翻身解放,各县级新华书店加强农村发行工作,并专门设置农村发行员,他们深入田间地头推销图书,开办租书业务。农村图书发行网络逐渐完善,这是长篇小说普及本能够进入农村的重要条件。

普及本是出版发行机构打开农村市场的重要策略,普及本在农村的销量逐渐加大,是因为农民读者的数量和质量不断提高:1959年上海奉贤地区建立县图书馆,"整个一月份,农民读者借阅书籍的仅有十九人次,占全部读者借阅一千一百三十人次的百分之一点七。到一九六五年四月份,农民读者全月借阅书籍已达八百五十人次,占全部读者借阅三千五百零七次的百分之二十四点二。其中文艺读物流通量在每月流通总数中均占百分之八十左右。"②1962—1963年,由于中小学教育普及,大批知识分子、复员军人、城市干部、工人回乡参加生产,农村文化生态明显改善,"现在二十五岁以下的青年大部分都是高小毕业程度。这批青年中至少有一半将阅读文学作品当作他们日常文化生活不可缺少的部分,这恐怕还是保守的估计"③。《湖南文学》编辑部在农村的调查也显示,"能够阅读书报、文学期刊的社员和干部占总人口的40%左右,25岁以下的青年农民一般具备阅读文学作品或通俗读物的能力"④。从当时留下来的相关材料来看,上面所提及的许多长篇小说普及本,许多农村青年都读过,没有阅读能力的中老年农民,也多通过广播电台听过这

---

① 编辑部:《为五亿农民写作》,《文艺报》1956年第1期。

② 王永生、邱明正:《文艺下乡问题初探——奉贤地区文艺面向农村问题调查札记》,《复旦大学学报》1965年第1期。

③ 中国作家协会创作研究室:《记一次"关于小说在农村"的调查》,《文艺报》1963年第2期。

④ 本刊编辑部调查小组:《农民对文学作品的意见和要求》,《湖南文学》1963年第8期。

些小说。1965 年农村版图书的出现，虽然是思想教育的需要，但也是以农村读者的增长为基础的。

第二节　普及本的发行量与定价问题

长篇小说普及本的发行量巨大，与其低廉的价格有关。普及本定价比精装本、平装本低，有的不及精装本的二分之一。由于农民文化消费能力远远不如工人，农村版图书比一般普及本定价更低，如《艳阳天》普及本（作家出版社1965 年），共463 千字，定价1.45 元，而《艳阳天》农村版（上下册，人民文学出版社，1965 年），共326 千字，字数减少不及三分之一（13.7 万字），定价却降至0.6 元。《红岩》农村版（上下册，中国青年出版社，1965 年），字数401 千字，与《艳阳天》普及本的字数相差不多，定价却只有0.75 元。

普及本图书售价低，很大程度上是国家指导定价的结果，当时国家为推进图书下乡，曾反复降低图书价格。1956 年4 月文艺著作的定价降低8% 以上。1958 年，为配合读书运动，文化部发出降低书籍和课本定价标准的通知，书价平均降低15% 左右，在降低定价标准时，"要根据出版物的性质、内容和读者对象，有区别地对待"，"现代作品中优秀的有重大教育意义的作品应比一般现代作品的定价低些；古籍中值得向读者推荐的又应比只供专家参考研究用的定价低些"。按物价指数折算，1957 年的图书售价只有1936 年的44% 左右[①]。在普及版图书中，当代小说的定价要比古典小说低，因为其更具有政治教育意义。国家反复降低书价，显然是基于以文化、文学为政治服务、为生产服务的考虑。

---

① 《文化部通知降低书价》，《读书》1958 年第12 期。

在计划经济时代,国家指导定价也要考虑成本核算问题。为降低普及本图书定价,出版、发行部门曾采取各种措施:纸张在出版成本中占重要地位,纸张的选用直接影响图书定价。普及本是为了让读者用,而不是为了藏,用纸质量一般比精装本、平装本差些。普及本的开本较小,多为便于携带和翻阅的小32开;排字相对密些,天头、地脚留白少,可以节约纸张降低成本。变竖排本为横排本,也可以提高10%-30%的纸张利用率。1955年新文艺出版社出版《新儿女英雄传》横排繁体普及本,行距和字距略小,书价从1954年的繁体竖版的22600元(旧币)变成1.16元,差不多降低一半,明显减轻了读者的负担。除了以最经济的方式使用纸张,在纸张严重紧张时,有关单位还想方设法降低纸价。此外,普及本印数多,每本书的出版、发行成本也会因此而降低。

作家稿酬、图书广告与发行等费用降低,也是普及本书价低的重要原因。为了让农民买到更便宜的书,赵树理宁愿拿较低的稿费,选择在通俗读物出版社出版《三里湾》,而放弃在人民文学出版社出书。为了尽可能地降低书价,赵树理原来计划在《三里湾》第四部分详细描写三对青年人的爱情,后来把相关的情节改为在前三部分简略介绍。1958年第一批长篇小说普及本出版时,正值大刮共产风,无偿捐献稿酬成为潮流,1958年10月10日文化部颁布降低一半稿酬的办法,减轻了出版社的负担。在计划经济体制中,出版社几乎不需要投入图书广告费,国家大量推出普及本是意识形态建设的需要,是取代反动、封建迷信、黄色淫秽的作品的重要策略,是社会主义精神文明建设的重要举措,各级宣传部门、报刊、团委、妇联、工会、图书馆等机构,都是普及本图书的有力宣传者。

各级新华书店为推广普及本,也降低行业收益,七五折进,八三折发。譬如,余庆县书店响应上级要求,扩大发行反映现实的文学作品普及本,提出"全县发行图书五十万,每人平均三册半"的口号,在农村大量发行《青春之歌》《林海雪原》《红旗谱》等文艺书籍。结果只完成预定计划 38%。未发行的书籍不得不减价 25% 批发给各销售点，造成不少损失①。在当时，亏本销售以及售价低于成本的现象是较为常见的，这对读者而言自然是有利的。

当然，价格低廉并不是粗制滥造，而是物美价廉、充分重视读者的审美趣味。由于农村读者文字阅读能力差，多数出版社非常重视普及本的插图，以生动活泼的图像吸引读者。人民文学出版社"文学初步读物"丛书的出版说明承诺"每版并附插图数幅"，王朝闻对此高度肯定并建议改善插图质量，使插图和小说相互结合、相得益彰②。通俗读物出版社的《飞车夺枪》《打岗村》(《铁道游击队》节选) 等"文学初步读物"丛书，也都精心配置插图，在今天来看，这些插图还是非常讲究的。上海文艺出版社的《秦德贵奋勇炸钢渣》《砸古钟》的封面，具有浓郁的农村生活气息，书内也都有黑白插图。《三里湾》普及本（作家出版社，1963 年，0.88 元）中有吴静波插图 29 幅，是这部小说所有版本中价格最低而插图最多的。马烽《太阳刚刚出山》(上海文艺出版社，1960 年，0.08 元) 有四幅插图，其中三个满页插图。而《艳阳天》农村版的插图则有二十多幅。

第三节　长篇小说普及本与读书运动

第一批长篇小说普及本的推出及其巨大的发行量，都与 1958—1959 年遍及全国的读书运动有关。各地的读书运动的组织者，都明确

---

① 《中国共产党余庆县历史》(第 1 卷)，贵州人民出版社 2007 年，第 146 页。

② 王朝闻:《谈文学书籍的插图》,《面向生活》，北京艺术出版社 1954 年。

反对厚古薄今，引导读者阅读反映现实的具有教育意义的作品。1956年之后，各地图书馆都出现古典文学借阅率直线上升的趋势："上海市图书馆统计《三侠剑》《平妖传》等书一年来出借均在1000册次以上"①，"工人们对中国古典作品是普遍感兴趣的，因为情节曲折，引人入胜，即使看过一遍，再看也不厌烦。但是对中国现代作品（按：当时使用"现代作品"的概念，均指新中国成立后创作的作品），看一遍就算了，很少能够引起他们看第二遍的兴趣"，北京东郊区关厢文化馆图书室《保卫延安》《暴风骤雨》《铁道游击队》的借阅次数较多，但还是比不上《东周列国志》《说岳全传》《水浒传》。北京劳动人民文化宫图书馆古典小说和翻译小说（以及巴金作品）借阅率较高，而"对中国的现代作品却很少有人问津"②。北京郊区丰台文化馆图书室的数据较为典型：1957年阅读古典文学之风日盛，年底的出借率比年初增加1.6倍，《三国演义》《红楼梦》《水浒传》《东周列国志》《聊斋志异》等很少能回到书架上，《今古奇观》《二十年目睹之怪现状》《官场现形记》《英烈传》《说唐》《说岳全传》《杨家将》《三侠五义》等书籍，也成为抢读对象③。某大学中文系学生所阅读的书籍中，古典作品占66.3%，1942年以后作品占17%，现代作品仅占4.3%，厚古薄今倾向明显④。

人民文学出版社、作家出版社也受到批评，两家出版社的总用纸量，古典文学书籍占45%，而现代著作只占17%⑤。为扭转"厚古薄今"倾向，各出版社集中推出第一批长篇小说普及本，目的是与古代作品尤

① 王维玲：《要帮助青年读古代文学作品》，《读书》1957年第8期。
② 常静文：《工人对文艺的渴望——从几个图书馆看群众阅读文艺作品的情况和他们对作品的意见》，《文艺报》1957年第10期。
③ 甦文：《一个值得注意的读书倾向》，《读书》1958年第3期。
④ 一丁：《厚古的流毒》，《读书》1958年第9期。
⑤ 澍：《从印数看"厚古薄今"倾向》，《读书》1958年第9期。

其是色情、迷信、剑侠、言情小说争夺思想阵地。龙世辉在审读《林海雪原》时认为："如果及时推出来，是可以代替旧小说，取代旧的武侠小说的读者市场的。"① 在1958年的"红旗读书运动"中，上海市文化局整顿小书摊，发动群众上缴黄色书籍，控制和取缔有害读物，帮助群众明确应该读什么书和怎样读书。

第一批长篇小说普及本抓住了最佳出版时机，批判"厚古薄今"的潮流，非常有利于这批作品的传播。为扭转厚古薄今的读书风气，有的图书馆限制某些古典小说外借，并在黑板报上说明原因，"当我们发现他们要借的一些书是属于不够健康的中国古典小说时，便耐心向他们解释，这些书他们阅读是不合适的，同时主动向他们推荐一些好书，如《红旗飘飘》《青春之歌》《林海雪原》《百炼成钢》等。"② 上海财经学院有些同学不愿看"读书运动"指定的书目，喜欢看《七侠五义》《隋唐演义》《秋海棠》《八十一梦》等书，院读书指导小组就利用黑板报、墙报、大字报开展"我们应看什么书？"的辩论，通过批评与自我批评，读好书的风气迅速占了上风③。上海国棉三厂在"鲁迅奖章读书运动"中，通过黑板报、大字报、宣传画、说唱等形式推荐好书，以前工人喜欢读《聊斋》《三言二拍》，现在争着读《红旗飘飘》等。上海圣玛丽亚女中和中西女中在新中国成立后更名为市立第三女中，同学们也不再迷恋《飘》《呼啸山庄》等西方作品，争相阅读《红旗谱》《青春之歌》《林海雪原》等小说④。

1958—1959年各地的读书运动动辄有十几万、几十万读者参与，

---

① 李频：《龙世辉的编辑生涯》，河南大学出版社1992年，第32页。

② 丁文：《我们怎样扭转读者的"厚古薄今"倾向》，《图书馆》1958年第7期。

③ 邓伟志：《上海财经学院紧密结合中心工作开展读书运动》，《邓伟志全集·传媒卷》，上海大学出版社2013年，第15页。

④ 沈景华：《"洋学堂"翻身记》，《上海解放十年》，上海文艺出版社1960年。

各类读书活动的推荐书目,有力地提升了普及本的销售量。1958 年上海市工会、团委、青联、学联发起"鲁迅奖章读书运动",向读者推荐了 42 本文学读物,《林海雪原》《红日》《红旗谱》《青春之歌》《我们播种爱情》《保卫延安》《六十年的变迁》等名列其中。1958 年吉林市图书馆组织读书报告会和诗歌朗诵会 35 次,阅读书目有《林海雪原》《青春之歌》《红日》《红色风暴》等,1959 年该图书馆与团市委合办"读书奖章活动",《青春之歌》《红日》等也被列入重点推荐书目①。为推动全民读书,各地大办民办图书馆、站,发动群众捐书或捐钱买书。上海市共出现 2000 多个民办图书馆,拥有图书 140 万册,其中有些是刚出版的长篇小说普及本②。

许多长篇小说能够成为畅销书和今天的红色经典,这是多种社会力量和传播媒介合力运作的结果。各类报刊积极宣传这些作品,各级妇联、团委、工会、图书馆、文化馆,也通过读书会、报告会、书评、讲座、朗诵等方式推荐这些作品。1958—1959 年,上海新文艺出版社"以各地读书运动中所普遍推荐的书目为主",集中推出"读书运动辅导"丛书,如吴岩《谈〈林海雪原〉》,刘金《谈〈红日〉》,王知伊《谈小说〈红旗谱〉的故事和人物》,王永生的《谈小说〈青春之歌〉》,晓江《〈山乡巨变〉变得好》,王世德《崇高壮丽的社会主义爱情—谈长篇小说〈我们播种爱情〉》,胡经之《谈谈〈野火春风斗古城〉》,王中青《谈赵树理的〈三里湾〉》,王尔龄《谈〈上海的早晨〉》等评论著作。作家出版社也推出《〈林海雪原〉评介》《〈青春之歌〉评介》《〈潜力〉评介》《〈百炼成钢〉评介》等。这些定价低廉、发行量很大的薄薄的小册子,有效推动了长篇小说普及本的传播。

---

① 吉林市地方志编纂委员会:《吉林市志·文化志》,吉林文史出版社 1999 年,第 265 页。

② 《两千多个民办图书馆遍布全市》,《文汇报》1958 年第 26 期。

长篇小说普及本发行量虽很大，但也未能充分满足读者需要，根据当时文学报刊上的信息和此后很多亲历者的回忆，《林海雪原》《苦菜花》《红旗谱》等长篇小说在各类图书馆中都是很难借到的"紧俏"书①；北京市第四中学"每个同学都抢着看《青春之歌》《林海雪原》等优秀小说，但图书馆经费有限，副本不多，这个馆就与新华书店联系，零售普及本，有的同学就可以买到自己喜欢的书了"②。

第四节　普及本与作家的写作方式

在当时文化普及的整体建设工程中，长篇小说普及本只是一个重要环节，承担着在普及的基础上"提高"的功能，其传播能量和普及性远远不如以图画为主的连环画，更比不上以说唱和表演为主的书场、剧场、影院。当时的长篇小说出版后，极易引起连锁反应，被改编为连环画、广播小说、戏剧、电影、曲艺等更具有普及性、群众性的艺术形式。

在普及重于提高的文学规范下，作家们都渴望进入以普及为主的文艺传播网络中，渴望自己的作品能够普及行远，能够深入农村和边远之地得到更多读者的关注。作家能够推出普及本也会获得政治声誉，意味着在"普及"与"人民性"方面做出了贡献。许多作家兢兢业业于文学普及工作，致力于改善与读者的关系，致力于如何走进普通民众心理的艺术探索。老舍、赵树理、梁斌、刘知侠、曲波、刘流、冯志等许多作

---

① 邱捷：《我与中山图书馆》，见广东省立中山图书馆编《情书—致中山图书馆》，广东教育出版社2012年，第142页。

② 《中学图书馆在跃进》，北京大学图书馆学系56、57级编《大跃进中北京地区的图书馆》，北京出版社1959年，第38页。

家,都特别重视农民读者的实际审美需求,特别重视农民读者不识字和文字阅读能力差的问题。赵树理、梁斌希望自己的作品能做到农村识字的人看得懂,不识字的人听得懂。浩然希望自己能够写得通俗、生动、真实,"能让工农兵喜欢看,特别希望能够把它送到农民同志手里。"①

为了推出老百姓喜闻乐见的作品,作家们在创作过程中高度重视读者的参与,习惯于反复征求读者意见,很多普及本就是在"说—听—改"的互动过程中产生的。赵树理经常把作品念给没有读过书的父母听,父母听不懂他就修改。易征与他的许多文友"稿子写好以后,不忙寄,先读给老婆听,再读给周围的朋友听,如他们听得并无表情,那就还不能寄;如他们听了还觉得有味道,再寄不迟"②。刘知侠创作《铁道游击队》,经常把铁道游击队的战斗故事讲给同志们听,"由于我对铁道游击队故事中人物的喜爱和热心传播,有的同志见到我竟喊我为'铁道游击队'了。当时所讲的故事,也许就成为我今天小说的胚胎了吧。"③刘流创作《烈火金钢》,经常把评书演员请到家里,把小说稿一段一段读给他们听,认真征求意见并反复修改④。作家反复与读者交流互动,实际上就是作家的生活经验,与读者的思想情感、阅读期待逐渐融合的过程,也是文学作品增强喜闻乐见功能的过程。

为了获得更多读者的认可,作家们喜欢根据读者意见修改文学作品。《艳阳天》第一卷出版后,浩然曾几次参加农村读者座谈会,并接到许多农村读者来信。不少读者提出作品太长不方便阅读,书价太贵,

---

① 浩然:《寄农村读者——谈谈〈艳阳天〉的写作》,《光明日报》1965年10月23日。

② 易征:《从我的发表欲说起》,《编余漫笔:编辑谈创作》,广东人民出版社1980年,第251—252页。

③ 刘知侠:《〈铁道游击队〉后记》,新文艺出版社1955年,第350页。

④ 熊坤静、郜雪群:《长篇小说〈烈火金钢〉创作的前前后后》,《党史博采》2013年第5期。

购买有困难①。浩然吸收读者意见，将《艳阳天》压缩修改后推出农村版，这个版本删削了枝蔓，故事更集中紧凑，冲突更尖锐，更符合农村读者的接受心理。《钢铁的人》是从《百炼成钢》第18章到第29章中节选出来的，第19章只节选1–5节，20–22与28章全部删除，某些文言词汇和地方方言被删改，作品更为通俗化和规范化。艾芜的《百炼成钢》出版后，《文艺报》曾在石景山钢铁厂、鞍钢举行工人座谈会②，艾芜表示尊重文艺批评家的意见，但更重视钢铁工业职工群众的意见，"他们的意见，是来自生活的。"③《百炼成钢》的写作与版本变化，也与工人读者的意见密切相关。

在"十七年"的文艺传播结构中，书场和剧场是强势传媒。作家们都期待借助书场、剧场传播自己的作品，期待能够进入以普及为主的传播网络，因此在写作方法上向强势传媒靠拢，长篇小说因此出现评书化、说唱化、戏剧化特征。刘知侠写道："在写作上尽可能注意以中国民族文学的特点来刻画人物，避免一些欧化的词句和过于离奇的布局与穿插，把它写得有头有尾，故事线索鲜明，使每一个章节都有一个小高潮。"④刘流看到许多评书演员因没有新评书本，只得反复说唱封建社会流传下来的旧评书，因此决定将《烈火金钢》初稿修改为章回评书体小说，采用说书人口吻，使作品直接进入书场传播。

《铁道游击队》《林海雪原》《敌后武工队》《破晓记》等长篇小说，也大多采用章回体，大故事套小故事，章节转换设置悬念，虽然不能直接说唱，但极易被改编为说唱书目。说书艺人根据说书艺术的特点和书

---

① 浩然：《寄农村读者——谈谈〈艳阳天〉的写作》，《光明日报》1965年10月23日。
② 张刚：《秦德贵和我们生活在一起——鞍钢工人座谈〈百炼成钢〉》，《文艺报》1958年第8期。
③ 毛文等编：《艾芜研究专集》，四川文艺出版社1986年，第172页。
④ 刘知侠：《〈铁道游击队〉创作经过》，《新文学史料》1987年第1期。

场表演的需要，将说唱艺术融入长篇小说，使这些长篇小说的传播如虎添翼，获得极大的传播能量："一九五八年初春，评书演员两人、西河大鼓演员两人，一齐到门头沟矿区两家书馆演出新书：评书是李鑫荃说《保卫延安》、李荫力说《吕梁英雄传》，西河大鼓是刘田利唱《铁道游击队》、贾莲芳唱《林海雪原》。两个月的演出，轰动了门头沟，门头沟的听众，大部分是煤矿工人，这些新书，大大地感动了矿工。"①

第五节　普及本与"十七年"文学出版问题

在 20 世纪 80 年代知识分子主体性确立和启蒙文学思潮兴起的过程中，"十七年"的文学出版遭到诸多的质疑，如过分重视政治性而轻视专业性，扼杀了思想和艺术的创造性；过分重视普及而轻视提高，下里巴人多而阳春白雪少；过分重视政治教育性，缺乏多样性和丰富性；等等。这些观点也有一定的道理，但对当时文学出版的具体历史条件缺乏深入的理解，尤其是忽视了当时出版资源的有限性，如纸张供应紧张、印刷生产能力落后等问题。

"十七年"文学出版强调为政治服务，各种普及本的大量出版，也是政治干预的结果。两次长篇小说普及本出版的高峰期，都是意识形态领域紧张时期，都是极力强调文艺为政治、为工农兵服务的时期。在1956 至 1957 年上半年、1961—1962 年两个意识形态领域相对宽松的时期，长篇小说普及本的出版量明显减少。文学出版为政治服务，也确实存在着诸多需要反思的问题，但它并非一无是处。在出版资源尤其是纸张紧张、读者购买力有限情况下，出版部门因时、因地制宜大力出版普

---

① 金受申：《说新书》，《人民日报》1963 年 10 月 12 日。

及本，这无疑是雪中送炭的重大举措，用最大力量保障了工农兵的文化权利，满足了他们如饥似渴的文化需求，普通工农兵是最大的受益者。

长篇小说普及本种类和发行量的迅速增长，说明当时"在普及的基础上提高"的文学出版规划还是有成效的。从普及本的传播过程也可看出当时文学出版与发行网络为民服务的程度，文学与人民群众密切联系的程度，基层群众参与文艺活动、文学阅读的程度，文艺作品反映人民生活的广度和深度，普通读者在总人口中的比例，业余作家在作家队伍中所占的比例等，都有了明显的提升，鲜明地体现出文学出版"为人民服务"的时代特征。

"十七年"文学出版确实存在重视政治轻视专业的问题，但也不能就此得出结论，认为这是"一种思想控制的手段"。各种类型的普及本在宣传社会主义思想之外，还具有传播科学文化、提升大众文化水平、启蒙普通读者，满足普通读者精神需求与娱乐需求的功能。文学出版与政治紧紧绑在一起，也不意味着完全失去了专业性，长篇小说普及本在服务于政治的同时，也在艺术性、娱乐性等方面取得了不容低估的成绩，只有深受群众欢迎能够深入人心的作品，才能一版再版，才能成为老百姓喜欢的普及本。

至于当时的出版方针是否抑制了思想和艺术的探索性，也是需要讨论的。与新时期的形式探索不同，"十七年"的文艺探索是以寻找和扩大读者群体、更好地发挥文艺的政治动员功能为目的的，而新时期的形式探索，则是以背离广大读者而走向"圈子化"为代价的。"十七年"的形式探索，是在充分借鉴传统艺术形式特别是民间艺术形式的基础上进行的，而新时期的形式探索，则是在背离传统向西方现代艺术形式学习的过程中失去读者的。

当时的文学出版的确是阳春白雪少而下里巴人多，在出版资源有限的情况下，雪中送炭与锦上添花之间的矛盾很难解决。如果大量出版为少数人服务的提高性的作品，势必会占用大量出版资源，难以满足广大人民群众的文化需求。面粉是有限的，用于制作少数人喜欢的甜饼干多了，用于制作满足多数人需要的黑面包就会减少，广大劳动群众艺术创作和艺术欣赏的权利也就得不到保障。如果不反对文艺工作者轻视普及、脱离群众的贵族化倾向，作家们也很难从表现自我的小圈子中走出来，投入为人民服务的普及性文学写作中去。

从长篇小说普及本来看，当时的文学出版确实缺乏多样性和丰富性，对此进行反思是很必要的，但也不宜走向极端：多样性并不等于不需要主导和限制，在出版资源有限的情况下，扼制滥编滥印浪费纸张的无序现象，把有限的纸张用于满足人民群众的文化需求，还是十分必要的。出版机构大力出版各类普及读物，取代反动、荒谬、淫秽的旧作品，净化出版物市场，这也是符合人民群众利益的，也是有利于增强社会主义道路的认同感、建构国家形象、凝聚社会共识、塑造健康人格、提升民族精神、协调社会矛盾的。